I0643573

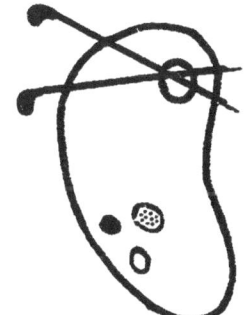

Couvertures supérieures et inférieures
en couleur

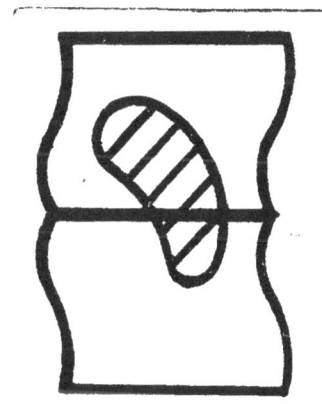

Illisibilité partielle

VALABLE POUR TOUT OU PARTIE
DU DOCUMENT REPRODUIT

BIBLIOTHÈQUE CONTEMPORAINE

ALFRED DE BRÉHAT

L'HOTEL
DU DRAGON

SOUVENIRS DE VOYAGE — DEUX VISITES

LES GENS QUI POSENT

M · L

PARIS

MICHEL LÉVY FRÈRES ÉDITEURS

RUE AUBER, 3, PLACE DE L'OPÉRA

LIBRAIRIE NOUVELLE

BOULEVARD DES ITALIENS, 15, AU COIN DE LA RUE DE GRAMMONT

1876

NOUVEAUX OUVRAGES EN VENTE
Format in-8°

J. AUTRAN de l'Acad. franç.   f. c.

ŒUVRES COMPLÈTES, t. III. — La Flûte
et le Tambour.................... 6 »

COMTE DE PARIS

HISTOIRE DE LA GUERRE CIVILE EN
AMÉRIQUE, t. I à IV............ 30 »
ATLAS POUR SERVIR A L'HISTOIRE DE
LA GUERRE CIVILE EN AMÉRIQUE.
Livraisons I à IV................ 30 »

VICTOR HUGO

LES CHÂTIMENTS.................. 6 »
PENDANT L'EXIL.................. 6 »

PAULINE L.

LE LIVRE D'UNE MÈRE............ 6 »

J.-H. MERLE D'AUBIGNÉ   f. c.

HISTOIRE DE LA RÉFORME EN EUROPE
AU TEMPS DE CALVIN, t. VI....... 7 50

ERNEST RENAN

L'ANTECHRIST.................... 7 50

J. MICHELET

ORIGINE DES BONAPARTE.......... 6 »
JUSQU'AU 18 BRUMAIRE.......... 6 »
JUSQU'A WATERLOO.............. 6 »

J. SIMON

SOUVENIRS DU QUATRE-SEPTEMBRE. —
Le gouvernement de la Défense nationale......................... 6 »

L. DE VIEL-CASTEL de l'Acad. fr.

HISTOIRE DE LA RESTAURATION. —
T. XVII......................... 6 »

Format gr. in-18 à 3 fr. 50 c. le volume.

A. ACHARD   vol.

LA TOISON D'OR.................. 1

TH. BENTZON

LE VIOLON DE JOB............... 1

E. CADOL

LA BÊTE NOIRE.................. 1

ALEX. DUMAS FILS de l'Acad. franç.

THÉRÈSE........................

O. FEUILLET de l'Acad. française

UN MARIAGE DANS LE MONDE....... 1

TH. GAUTIER

PORTRAITS ET SOUVENIRS LITTÉRAIRES.. 1

GUSTAVE HALLER

LE BLEUET..................... 1

Vte D'HAUSSONVILLE

C.-A. SAINTE-BEUVE. — Sa vie et ses
œuvres........................ 1

A. HOUSSAYE

LES DIANES ET LES VÉNUS.......... 1

VICTOR HUGO

QUATRE-VINGT TREIZE............ 2

AL. KARR

PLUS ÇA CHANGE................ 1
PLUS C'EST LA MÊME CHOSE....... 1

KEL-KUN

PORTRAITS..................... 1

PROSPER MÉRIMÉE

LETTRES A UNE INCONNUE........ 2
LETTRES A UNE AUTRE INCONNUE.... 1

MÉRY

RÉVA......................... 1

MICHELET

LA MER....................... 1

CH. MONSELET   vol.

LES ANNÉES DE GAIETÉ........... 1

D. NISARD de l'Acad. française

LES QUATRE GRANDS HISTORIENS LATINS. 1

JULES NORIAC

LA MAISON VERTE............... 1

ÉDOUARD OURLIAC

DERNIÈRES NOUVELLES............ 1

PAUL PARFAIT

LA SECONDE VIE DE MARIUS ROBERT.... 1

EDMOND PLAUCHUT

LES QUATRE CAMPAGNES MILITAIRES DE
1871......................... 1

A. DE PONTMARTIN

NOUVEAUX SAMEDIS, T. XII......... 1

HENRI RIVIÈRE

AVENTURES DE TROIS AMIS......... 1

C.-A. SAINTE-BEUVE

PREMIERS LUNDIS............... 3

GEORGE SAND

FLAMARANDE................... 1

J. SANDEAU de l'Acad. française

JEAN DE THOMERAY. — LE COLONEL
ÉVRARD...................... 1

L. ULBACH

LE SECRET DE MADEMOISELLE CHAONIER. 1
LA PRINCESSE MORANI........... 1

A. VACQUERIE

AUJOURD'HUI ET DEMAIN......... 1

PIERRE VÉRON

CES MONSTRES DE FEMMES........ 1

L. VITET

LE COMTE DUCHATEL, avec un portrait. 1

Boulogne (Seine). — Imp. JULES BOYER.

L'HOTEL

DU DRAGON

CALMANN LÉVY, ÉDITEUR

OUVRAGES
DE
ALFRED DE BRÉHAT

Format grand in-18

L'AMOUR AU NOUVEAU MONDE.	1 vol.
LES AMOUREUX DE VINGT ANS.	1 —
LES AMOURS DU BEAU GUSTAVE.	1 —
LES AMOURS D'UNE NOBLE DAME.	1 —
L'AUBERGE DU SOLEIL D'OR.	1 —
LE BAL DE L'OPÉRA.	1 —
LA BELLE DUCHESSE.	1 —
BRAS-D'ACIER.	1 —
LA CABANE DU SABOTIER.	1 —
LES CHASSEURS D'HOMMES.	1 —
LES CHASSEURS DE TIGRES.	1 —
LE CHATEAU DE VILLEBON.	1 —
LES CHAUFFEURS INDIENS.	1 —
LES CHEMINS DE LA VIE.	1 —
LE COUSIN AUX MILLIONS.	1 —
DEUX AMIS.	1 —
UN DRAME A CALCUTTA.	1 —
UN DRAME A TROUVILLE.	1 —
UNE FEMME ÉTRANGE.	1 —
HISTOIRES D'AMOUR.	1 —
L'HÔTEL DU DRAGON.	1 —
LES MAITRESSES DU DIABLE.	1 —
LE MARI DE MADAME CAZOT.	1 —
LES ORPHELINS DE TRÉGUERRO.	1 —
LE ROMAN DE DEUX JEUNES FEMMES.	1 —
SCÈNES DE LA VIE CONTEMPORAINE.	1 —
LA SORCIÈRE NOIRE.	1 —
SOUVENIRS DE L'INDE ANGLAISE	1 —
LE TESTAMENT DE LA COMTESSE.	1 —
LES VACANCES D'UN PROFESSEUR	1 —
LA VENGEANCE D'UN MULATRE.	1 —

F. Aureau. — Imprimerie de Lagny.

L'HOTEL
DU DRAGON

SOUVENIRS DE VOYAGES

DEUX VISITES

LES GENS QUI POSENT

PAR

ALFRED DE BRÉHAT

PARIS

CALMANN LÉVY, ÉDITEUR

ANCIENNE MAISON MICHEL LÉVY FRÈRES

RUE AUBER, 3, ET BOULEVARD DES ITALIENS, 15

A LA LIBRAIRIE NOUVELLE

—

1876

Droits de reproduction et de traduction réservés

L'HOTEL DU DRAGON

I

Le mois de mai touchait à sa fin. De nombreux voyageurs commençaient à sillonner l'Allemagne pour se rendre aux divers établissements d'eaux minérales des bords du Rhin. Les hôtels avaient fait leur toilette d'été et leurs *kellners* (garçons) en habit noir se tenaient prêts à recevoir les touristes. Vers quatre ou cinq heures de l'après-midi, un jeune homme se présenta à l'hôtel des *Quatre-Saisons*. Une malle, un carton à chapeau, un nécessaire, une boîte

1

à couleurs, un chevalet portatif, un pliant et un de ces vastes parapluies à l'usage des peintres, tel était le bagage du nouveau débarqué. Les arts et la fortune marchant rarement de compagnie, les hôteliers n'ont qu'une fort médiocre estime des Raphaëls et des Titiens en herbe. Le moindre épicier au ventre et au gousset rebondis leur paraît bien plus respectable. Imbu de ces bons principes, le garçon qui servait de guide au jeune Anglais montait devant lui, d'un air dégagé fort différent de l'empressement obséquieux qu'il savait si bien témoigner d'habitude. Il paraissait disposé à grimper ainsi jusqu'au toit de la maison, mais le voyageur s'arrêta résolûment au second étage.

— Je ne monte pas davantage, dit-il au domestique.

— C'est que nous n'avons ici que de grandes chambres.

— Eh bien! donnez-m'en une.

Le garçon lui jeta sournoisement ce regard investigateur qui jauge un homme à deux cents francs près.

— Je vais chercher l'*oberkellner*, dit-il.

L'*oberkellner* ou premier garçon est, en Allemagne, une sorte de fondé de pouvoirs du maître d'hôtel. C'est lui qui dirige le service, commande aux autres domestiques et répond aux voyageurs. Le maître d'hôtel ne se montre que dans les grandes occasions. Quant à l'ober-kellner, c'est le plus souvent le fils de quelque maître d'hôtel des environs, qui étudie ainsi son métier avant de prendre la direction de la maison paternelle. Tous parlent couramment puIsieurs langues, et la plupart ont reçu une excellente éducation.

Il ne fallût qu'un seul coup d'œil à l'ober-kellner des *Quatre-Saisons* pour juger le voya-geur. Des vêtements d'été simples, mais d'une coupe élégante, du linge fin, des gants frais, l'air distingué, la voix douce et ferme d'un homme habitué à être obéi promptement, c'était là plus qu'il n'en fallait pour donner à l'ober-kellner une bonne opinion du nouvel arrivé. Il l'installa dans une jolie chambre du second étage, et descendit avec l'autre garçon, en fai-sant à ce dernier un cours de physiologie que Lavater n'eût pas désavoué.

Il y avait quelque chose de si aristocratique dans la figure et dans la tournure du jeune voyageur, que l'oberkellner fut presque surpris de n'avoir à inscrire sur son registre que le nom plébéien de William Mewill, esquire. Le passeport, visé par l'Autriche, la Prusse et divers petits États allemands, portait le signalement suivant :

Age, vingt-quatre ans; taille, cinq pieds neuf pouces; nez droit; front élevé; yeux bleus; cheveux blonds; menton rond; visage ovale; teint clair.

Le signalement aurait pu ajouter que Mewill avait une figure douce, rêveuse et très-sympathique, mais les passe-ports n'en disent pas si long.

L'hôtel des Quatre-Saisons n'avait jamais possédé un hôte plus tranquille que celui-là. Il se faisait servir dans sa chambre, ne mettait jamais le pied au *kursaal* (casino) et ne parlait à personne. Il allait deux fois par jour à la poste pour porter les nombreuses lettres qu'il écrivait, ou pour retirer les lettres *bureau restant* qu'il recevait assez fréquemment. La plupart avaient des enveloppes et des cachets qui révélaient une origine bureaucratique et provenaient de divers consuls anglais de l'Allemagne. Une partie de la journée de William se passait à répondre à ces lettres, ou bien à compulser des papiers contenus dans un petit coffret garni de bandes d'acier.

M. Mewill attendait sans doute quelqu'un à Wiesbaden, car il ne manquait jamais d'assister à l'arrivée de chaque train. Coiffé d'un chapeau de paille à larges bords, et vêtu d'un paletot-sac qui le rendait méconnaissable, il se plaçait derrière quelque voiture et regardait attentivement chaque personne qui descendait des wagons.

Le soir, il prenait un livre et s'en allait tout seul faire de grandes promenades dans la campagne. De temps en temps il partait par le chemin de fer et faisait des absences de deux ou trois jours.

Un soir que, revenant de Mannheim, il arrivait à Mayence, il se fit conduire de la station du chemin de fer à la maison du consul anglais. Ses bureaux étaient déjà fermés. Il prit le part de coucher à Mayence. Après le dîner il alla se promener sur les bords du Rhin.

La lune qui se levait en ce moment éclairait de sa lueur argentée la campagne verdoyante et les flots rapides du grand fleuve allemand.

Absorbé dans la contemplation de ce magnifique spectacle, William marchait lentement sur la route poudreuse.

—*Aufgeschaut!* (garel) lui cria la voix enrouée d'un cocher de *droski* (voiture de place).

Tout en se rangeant sur le côté de la route, William jeta un regard distrait vers les personnes qui se trouvaient dans la voiture. Tout à coup il tressaillit et porta la main à son front comme quelqu'un qui se réveille en sursaut; puis, prenant sa course, il se précipita sur les traces du droski, qui s'éloignait au grand trot.

La voiture ayant déjà beaucoup d'avance, William avait fort à faire, non-seulement pour la rejoindre, mais pour ne pas la perdre de vue. La sueur ruisselait à flots sur son visage, et ses tempes commençaient à battre avec violence. Lorsqu'il se sentait sur le point de tomber il s'arrêtait durant quelques secondes; puis, dès que la respiration commençait à lui revenir, il reprenait sa course.

A la fin cependant, le droski s'arrêta devant le jardin d'une de ces brasseries qu'on trouve aux environs de presque toutes les villes allemandes, et qui ressemblent un peu aux guinguettes de la banlieue parisienne. Leurs bosquets, leurs tonnelles et leurs berceaux de verdure abritent chaque dimanche une foule nombreuse de buveurs et d'amoureux.

Un jeune homme sauta lestement de la calèche. Il offrit sa main à une vieille dame que suivit une jeune femme fort jolie.

— Ainsi, Henriette, tu ne veux pas venir avec moi chez le capitaine Zufriedlen? dit un vieillard qui était resté dans la voiture.

— Non, bien certainement, mon père, répon-

1.

dit la jeune femme ; Mme de Vesperren et moi nous vous attendrons ici.

— En buvant de la bière? demanda le vieillard en riant.

— Certainement, monsieur, repartit le jeune homme, ma mère a déjà commandé pour elle seule trois *moos* et trois *butterbrod* (petits pains fendus par la moitié et beurrés).

— Une vraie partie de cabaret enfin, dit la jeune femme en riant.

— Très-bien! Alors dans une demi-heure je viendrai vous prendre, répliqua M. de Splittern en leur faisant un geste d'adieu.

Le droski s'éloigna, tandis que Mme de Vesperren, son fils et Mlle de Splittern s'enfonçaient gaiement dans les bosquets de la brasserie.

Ils s'attablèrent sous une tonnelle qui donnait

sur la route, et se firent servir des rafraîchisse-
ments.

Henriette de Splittern et Philip de Vesperren
étaient fiancés. L'anneau de fiançailles, en Allemagne, est un pavillon à l'ombre duquel l'amour
navigue hardiment et souvent pendant bien des
années avant d'atteindre le port de l'hymen.
On assure que les naufrages sont fort rares. Il
est vrai qu'en cas de malheur les navires désem-
parés en sont quittes pour arborer un nouveau
pavillon.

La conversation d'Henriette révélait une
femme vive et spirituelle. Quant à son fiancé,
c'était un très-bel homme, fort bien habillé.
Avec la meilleure volonté du monde, on n'aurait pu trouver autre chose à dire sur son
compte. Il avait l'air très-content d'être au

monde et devait jouir d'un fort bon caractère, malgré la suffisance qui perçait dans ses moindres paroles.

Au bout de quelques minutes, Mme de Vosperren s'éloigna un peu des deux fiancés, sous prétexte de regarder ce qui se passait sur la route.

Tandis qu'Henriette et Philip exécutaient à demi-voix leurs variations sur ce thème inépuisable qu'on appelle l'amour, William Mewill s'était silencieusement installé dans un bosquet voisin de celui qu'ils occupaient.

Dès que la servante de la brasserie lui eut apporté la bière qu'il avait demandée et se fut retirée, il se glissa à travers les arbres jusqu'à la charmille qui abritait les amoureux. Quoiqu'ils parlassent à voix basse, il en entendait

assez pour apprendre qu'ils étaient fiancés depuis un mois, et qu'ils se rendaient à Ems. Ils
devaient y rester jusqu'aux premiers jours de
juillet et revenir ensuite à Münschen pour s'y
marier.

M. de Vesperren aurait voulu visiter, en passant, Wiesbaden, dont on n'était qu'à une demi-
lieue par chemin de fer. Mais Henriette s'y op-
posa avec une vivacité singulière. Comme il
insistait, elle lui répondit d'un ton si impatient,
si contrarié, qu'il en resta tout surpris. Elle
tourna la chose en plaisanterie et le tout se ter-
mina par un raccommodement à l'allemande,
c'est-à-dire par un baiser rapidement échangé
après un regard furtif jeté du côté de Mme de
Vesperren.

Au bout de quelques minutes, la servante

apporta des gâteaux et de la limonade gazeuse.
Tandis que cette fille essuyait la table, Henriette
remarqua qu'elle portait à la ceinture une très-
jolie montre d'or d'une forme bizarre, mais
assez gracieuse. Mlle de Spittern fit un geste de
surprise.

— Vous avez là une bien jolie montre, dit-
elle en se penchant pour examiner de plus près
l'objet en question.

— On vient de me la donner à l'instant, répondit la servante.

— Un jeune homme?

— Oui, mademoiselle, un bien joli jeune
homme, je vous assure, qui a l'air si doux et si
triste! Quand je suis arrivée il allait la broyer
sous un cruchon d'eau de seltz qu'il avait déjà
levé au-dessus. Je lui ai crié bien vite :

— Ah! monsieur, donnez-la-moi plutôt que de la casser. Il s'est retourné et m'a regardée quelque temps avant de répondre, puis il me l'a donnée.

— Sans rien dire? demanda Mlle de Splittern, qui cherchait à prendre un air moqueur pour dissimuler son émotion.

— Sans rien dire, repartit la servante.

— Quelque fou ! dit Vesperren en haussant les épaules.

Lorsque la servante se fut retirée, Philip essaya de renouer la conversation avec Henriette, mais il trouva celle-ci distraite et préoccupée.

— Il fait froid ici, dit-elle un instant après avec une sorte de frisson. Allons rejoindre madame votre mère et marchons un peu.

Au moment où ils arrivaient à côté de Mme de Vesperren, le droski du baron de Splittern s'arrêtait à la porte du jardin. Mme de Vesperren, son fils et Henriette remontèrent dans la voiture, qui se dirigea vers Mayence aussi vite que peut marcher un cheval allemand conduit par un cocher allemand.

Une demi-heure après, Lisette vint voir si le généreux consommateur qui lui avait donné la montre n'avait pas besoin de quelque chose. A sa grande frayeur, elle le trouva étendu par terre et complétement évanoui.

Aux cris de Lisette, toutes les autres servantes accoururent. On transporta Mewill dans l'intérieur du café. Lorsqu'il rouvrit enfin les yeux, il jeta autour de lui un regard vague et brûlant et murmura quelques mots sans suite.

— Il a le délire, dit quelqu'un.

— Et une fièvre épouvantable, ajouta la maîtresse de la brasserie, qui tenait la main du jeune homme. On chercha dans la poche de sa redingote pour voir si l'on n'y trouverait pas quelque papier qui indiquât son nom et son adresse. Une facture de gants, livrés le jour même à M. Mewill à l'Hôtel du Dragon, ayant fourni le renseignement demandé, on transporta M. Mewill dans une voiture qu'on avait envoyé chercher à Mayence.

Quelques minutes après, il arrivait à l'Hôtel du Dragon. M. Reinhold Seiffert, le maître de l'hôtel, était absent; mais l'oberkellner, un brave garçon à figure ouverte et bienveillante, fit placer un matelas sur une sorte de civière, et ce fut sur ce brancard improvisé qu'on transporta Mewill de la voiture dans sa chambre.

Pendant ce temps, un autre garçon courait chercher le médecin.

William resta plusieurs jours dans un état qui donna quelques inquiétudes. Il revint enfin à la santé, mais la secousse qu'il avait éprouvée avait été tellement violente qu'il lui fallut long-temps avant de recouvrer ses forces. Son état de faiblesse ne lui permettant pas de retourner à Wiesbaden, dont le séjour semblait d'ailleurs lui être devenu odieux, il fit venir tout son ba-gage à Mayence.

De profonds accès de mélancolie, provenant autant peut-être de son état de faiblesse que de tristes souvenirs, retardaient sa convales-cence. Si le médecin ne l'y avait forcé, il ne serait sorti de sa chambre que pour aller à la poste porter ou réclamer ses lettres. De temps en temps, pour obéir aux prescriptions de la Faculté en prenant un peu d'exercice et de distraction, il se faisait conduire en droski à l'une des promenades publiques qui entourent Mayence. Il marchait un peu; puis, bientôt fatigué, il s'asseyait sur un banc, et y restait quelquefois des heures entières plongé dans ses tristes pensées.

Sans ami pour le consoler, sans motif impérieux pour l'arracher à ses sombres préoccupations en le forçant à travailler, William tournait tout doucement à la consomption. Il lui manquait un coup de fouet qui rendît à son organisation le ressort dont elle avait besoin pour réagir contre l'état de faiblesse et de morne indifférence qui lui était devenu habituel.

II

Parmi les villes échelonnées sur les bords du Rhin, il en est peu dont l'ensemble offre plus de contrastes et d'originalité que Mayence.

A partir de l'endroit où le Mein se réunit au Rhin, la vieille cité des archevêques déroule le long du fleuve agrandi ses vastes promenades, ses fortifications neuves et coquettes et ses vieilles maisons aux étroites fenêtres. Non loin du pont de bateaux qui réunit Mayence à Cassel, s'élèvent comme deux géants le *Deutches-Haus* et le château électoral. L'aspect sombre et imposant de leurs murs d'un brun rougeâtre révèle tout un passé de grandeur et de puissance.

Au centre de Mayence, le dom ou cathédrale, dominant de sa haute tour les habitations entassées dans l'intérieur de la ville, semble faire planer au-dessus de la cité les ombres majestueuses des anciens archevêques. A l'extrémité de Mayence, de l'autre côté de la Neuthor, une charmante promenade, connue sous le nom de *Neue-Anlage* (Nouvelles Plantations), étend ses pelouses et ses jardins sur la colline située en face de l'endroit où le Mein et le Rhin réunissent leurs ondes.

Un soleil splendide rayonnait sur l'azur du ciel et diamantait d'éblouissantes étincelles le mobile miroir du fleuve.

Une foule nombreuse circulait dans les allées, autour des pelouses, des massifs et des parterres; les deux *restaurations* ou cafés-restaurants, établis à l'extrémité de la promenade, étaient remplis de consommateurs.

Tout autour de ces cafés s'étendaient en plein air des rangées de tables, de bancs et de chaises, occupées par des gens de tout âge et de toutes conditions. Ici, des officiers autrichiens à la courte tunique blanche; là, des lieutenants prussiens à l'uniforme bleu foncé, à la tenue raide et compassée; puis de bons bourgeois à l'honnête figure, entourés de leurs familles en habits de dimanche.

Tout ce monde travaillait consciencieusement de la fourchette, de la cuiller et du verre. Jambon, langue fumée, butterbrod, bière, vin du

Rhin et café au lait, disparaissaient comme par enchantement devant le robuste appétit de la rêveuse Allemagne.

Il est bon de le remarquer en passant, ce sont les peuples les plus portés au sentiment et à la rêverie qui sont en même temps les plus grands consommateurs de comestibles.

Pendant ce temps, la musique d'un régiment autrichien, groupée sur une estrade, non loin des restaurations, lançait dans les airs des bouffées d'harmonie que la brise emportait usqu'aux points les plus éloignés de la promenade. Au milieu des soldats se promenant bras dessus bras dessous, des bonnes traînant leurs enfants, des petits commerçants remorquant leurs épouses et leurs héritiers, marchaient nonchalamment quelques couples amoureux se

tenant par la main ou par la taille, ces tendres
fiancés se parlaient tout bas et s'embrassaient
bravement *coram populo*, sans que personne
trouvât à redire à leurs naïfs épanchements.
Assis sur un banc, presque à l'extrémité de la
promenade, du côté opposé aux restaurations,
William Mewill s'abandonnait à ses rêveries
habituelles. Ses yeux fixés à terre ou perdus.
dans l'espace ne voyaient ni les gens qui pas-
saient, ni les jeunes filles, dont plus d'une se
détournait pour le regarder. Au milieu de tout
ce monde qui semblait si gai, si heureux, il
se sentait plus triste, plus désolé que jamais.

A quelques pas de lui, une douzaine d'enfants de sept à huit ans jouaient au soldat avec
un zèle et une animation qui eussent fort réjoui
l'ombre du grand Frédéric. Armés qui d'un

fusil, qui d'une lance, celui-ci d'un sabre, celui-là d'un arc avec son carquois, ils s'efforçaient de marcher au pas sur la trace de leur colonel, qui caracolait à cheval sur un bâton, en brandissant un sabre de bois.

En tête de la colonne, un tambour battait la marche avec un certain talent dont un observateur eût deviné la source en examinant l'entretien animé qui avait lieu tout près de là, entre la bonne du gamin et un jeune tambour autrichien. Ce dernier était évidemment en train de réclamer le prix de ses leçons à la bonne de son élève, et celle-ci ne semblait nullement disposée à lui faire banqueroute.

Tandis que les futurs guerriers manœuvraient bravement entre les jambes des promeneurs, une recrue vint les rejoindre.

2

C'était un charmant petit garçon de quatre
ans environ. Ses longs cheveux blonds volti-
geaient autour de sa mignonne figure comme
des flocons de soie dorée. Ses joues rosées, légèrement brunies par le soleil, indiquaient un
enfant heureux et bien portant. Un sourire mutin
retroussait ses jolies lèvres vermeilles et donnait une charmante expression d'espièglerie à sa
figure de chérubin. Ses grands yeux pétillants
de vivacité brillaient de cet amour du mouvement et du bruit si puissant à son âge.

Il avait probablement couru de toute la vitesse de ses petites jambes pour rejoindre les
autres enfants, car il était encore tout essoufflé.
Cela ne l'empêchait pas de taper vigoureusement
sur le tambour qu'il portait en sautoir, en compagnie d'un magnifique sabre doré.

Malheureusement pour lui, le pauvre petit ne savait pas encore que, dans ce monde, l'homme qui se présente seul devant une réunion d'autres individus est fort exposé à devenir leur esclave, s'il n'a pas la force de s'imposer à eux. Déjà hommes sous ce rapport, les gamins accueillirent assez mal l'innocente recrue qui venait se mêler à leurs plaisirs. On commença par lui rire au nez; on le railla, puis on le poussa. Enfin le *Thersite* de la bande lui tira la langue.

En sa qualité de tambour, le petit garçon se plaça résolûment en tête de la colonne. Son collègue, dont il troublait les savantes mélodies, détourna sa baguette de son usage habituel, et ce fut sur les doigts de son rival qu'il continua la marche commencée. Le petit riposta en criant, mais sans quitter son poste. Alors le colonel (j'en rougis pour lui) saisit la caisse du nouveau venu et la lui enfonça sur la tête.

Aveuglé par cet étrange colback qui lui descendait jusqu'aux épaules, et bousculé par toute la colonne, le pauvre petit tomba par terre en poussant des cris déchirants. Ses ennemis n'y répondirent que par des éclats de rire.

Comme on venait de recommencer la musique, l'allée était presque déserte en ce moment. Heureusement pour le pauvre tambour, William avait assisté de loin à toute cette petite scène. Il courut à l'enfant, le remit sur les pieds et lui enleva sa coiffure improvisée. Je crois même qu'il administra deux ou trois taloches au colonel et à l'autre tambour. Cette démonstration mit en fuite tout le régiment, qui se sauva dans le plus grand désordre.

La déroute de ses ennemis apaisa un peu l'enfant, mais il n'en continua pas moins à pleurer. Le pauvre petit ne pouvait se consoler de son humiliation. De grosses larmes remplissaient ses grands yeux bruns et des sanglots soulevaient sa poitrine.

Pour le consoler, son protecteur feignit de courir après les gamins en faisant siffler sa badine. Puis, voyant que le sourire avait reparu sur les lèvres du petit garçon, il le prit par la main et le fit asseoir sur un banc à côté de lui.

— Comment t'appelles-tu, mon petit ami? lui demanda-t-il.

— Diepold Smithson, répondit l'enfant, mais mon tambour est cassé.

— Je vais te le raccommoder. Assieds-toi là.

— Et toi, monsieur, comment t'appelles-tu?

2.

— William Mewill.

— C'est difficile ton nom, monsieur. Pourquoi n'en as-tu pas pris un plus commode à dire?

— On ne choisit pas son nom, répondit William en souriant; puis, je ne pouvais deviner qu'il te déplaisait. Voyons, donne-moi ton tambour.

Au bout de cinq minutes, le jeune homme et l'enfant étaient les meilleurs amis du monde. A cheval sur le genou de son protecteur, et le bras passé autour de son cou, Diepold suivait attentivement chaque mouvement des doigts de ce dernier, qui raccommodait tant bien que mal l'instrument endommagé.

— Est-ce que vous êtes tout seul dans ce jardin, mon ami? demanda M. Mewill.

— Oh! non, monsieur, ma tante Martha est avec moi.

Comme il achevait ces paroles, une jeune fille de dix-neuf à vingt ans parut à l'extrémité de l'allée. Elle marchait fort vite et ses yeux inquiets semblaient chercher quelqu'un. En apercevant Diepold, elle se dirigea vivement de son côté.

En dépit de sa tristesse et de sa préoccupation, William ne put s'empêcher de regarder cette jeune fille; elle avait plutôt l'air d'une Anglaise que d'une Allemande. Sa taille mince et svelte ondulait insensiblement à chaque pas comme la tige d'un jeune peuplier, et ses pas légers semblaient à peine effleurer le sable de l'allée.

Tordus en nattes épaisses qui se réunissaient en arrière, ses magnifiques cheveux blonds encadraient son front de leurs tresses dorées. Il y avait quelque chose de si pur et de si limpide dans les yeux de cette jeune fille, qu'en les contemplant un instant, on semblait voir son âme à travers, comme le sable d'une rivière sous le cristal transparent de l'onde. Une nuance rosée animait la blancheur de l'albâtre de son teint, que sillonnaient çà et là de légers filets d'azur.

— Quelle figure angélique! murmura William.

Telle était, en effet, l'impression que cette jeune fille devait produire sur tous ceux qui l'apercevaient pour la première fois.

Arrivée à huit ou dix pas de l'enfant, la jeune fille lui fit signe de venir la rejoindre. Ce n'était pas le compte de maître Diepold, qui tenait à se ménager l'appui de M. Mewill. Il tourna la tête d'un autre côté et ne leva plus les yeux.

— Voyons, mon petit ami, dit William, il ne faut pas désobéir ainsi à ta tante. Donne-moi la main; nous irons au-devant d'elle et je ferai la paix entre vous.

L'enfant se leva en sautillant. Rassuré par la présence de William, qu'il voyait à côté de lui, il courut se jeter dans les bras de sa tante. Celle-ci voulut le gronder, mais le petit drôle lui ferma la bouche par des baisers. Mewill arriva sur ces entrefaites et raconta ce qui s'était passé.

La jeune fille le remercia, tandis que Diepold, appuyant ses joues roses sur la main de Martha, qu'il tenait dans les siennes, regardait tour à tour sa tante et son protecteur.

— Maintenant, dit la jeune fille, remercie monsieur et partons.

— Non, non, s'écria l'enfant; monsieur m'a promis de raccommoder mon tambour; je veux mon tambour pour m'en aller.

— C'est vrai, mademoiselle, dit M. Mewill; si vous voulez bien attendre deux minutes, je vais remplir ma promesse.

Il reprit sa place sur le banc. Sans attendre d'autre invitation, Diepold s'installa sur ses genoux.

— Tu gênes monsieur, lui dit Martha en anglais.

— Non, non, répondit l'enfant dans la même langue. N'est-ce pas, monsieur, que je ne te gêne pas? continua-t-il en embrassant William.

Ce dernier leva son regard doux et triste sur

Martha et lui fit signe de laisser l'enfant sur son coursier improvisé.

— Vous parlez anglais comme si vous étiez ma compatriote, dit-il à la jeune fille.

— Je suis née en Allemagne, répondit-elle, mais mon père était Anglais.

— Voulez-vous me permettre de vous demander son nom? dit William avec une certaine vivacité.

— Smithson, monsieur, répondit-elle après un instant d'hésitation et presque d'embarras.

Il parut désappointé.

— Pourquoi me demandez-vous cela? dit-elle à son tour.

— Pour rien, répondit-il.

Il se remit à raccommoder le tambour et

retomba dans ses tristes pensées, en dépit du gentil bavardage de maître Diepold.

Tandis qu'il travaillait silencieusement, Martha remarquait combien il avait l'air pâle et affaibli. Sans trop savoir comment cela s'était fait, elle se trouva assise à côté de lui sur le banc. Comme elle se penchait pour voir l'ouvrage de William, elle s'aperçut qu'il avait les yeux remplis de larmes.

— Pauvre jeune homme! murmura-t-elle, qu'a-t-il donc?

Grâce à cette sensation inexplicable qui nous avertit qu'on nous regarde, William sentit que Mlle Smithson l'observait et leva les yeux sur elle. La jeune fille rougit et détourna précipitamment la tête. William en fit autant et s'essuya les yeux.

— Vous avez quelque chagrin? murmura Mlle Smithson avec un accent si doux et si timide qu'elle semblait réclamer le pardon de son indiscrétion.

— Oui, mademoiselle, répondit-il, touché de l'affectueux intérêt qui vibrait dans cette voix émue. Vous devez me trouver bien peu courageux, mais je crois que cela tient un peu à mon état de faiblesse.

— Vous avez été malade?

— Oui, mademoiselle. Ce n'est que depuis cinq ou six jours qu'on me permet de sortir.

Il y eut un instant de silence. Martha passa la main sur le front de Diepold afin d'arranger les cheveux de l'enfant et l'attira vers elle pour l'embrasser.

— Vous l'aimez bien? lui dit William.

3

— Oh! oui, monsieur, autant que s'il était
mon fils. Ma pauvre sœur est morte il y a trois
ans, et depuis ce temps, Diepold ne m'a jamais
quittée.

William lui fit quelques compliments sur la
gentillesse de l'enfant.

La jeune fille y répondit avec une effusion
reconnaissante qui prouvait toute sa tendresse
pour son neveu. Celui-ci se mêla à la conversation, et son joyeux babil établit bientôt
une sorte de familiarité entre les deux jeunes
gens.

Au moment de partir avec sa tante, Diepold
se jeta au cou de son nouvel ami et lui dit
mystérieusement :

— Vous reviendrez ici demain, n'est-ce pas,
monsieur? Moi, j'y viens tous les jours avec

tante Martha. J'apporterai mon fusil et je vous
montrerai à faire l'exercice.

— Nous verrons cela, répondit William en
souriant.

Mais les enfants ne se payent point de ré-
ponses évasives.

— Vous viendrez, n'est-ce pas? reprit Diepold.
Il faut me promettre de venir.

— Eh bien, je te le promets, mon ami, dit
enfin William en embrassant l'enfant, que Martha, un peu confuse, cherchait à emmener.

— Où demeurez-vous? demanda Diepold, qui
méditait probablement d'aller chercher à domi-
cile son nouvel ami, dans le cas où ce dernier
lui manquerait de parole.

— A l'hôtel du Dragon, répondit William;
sais-tu où il se trouve?

— Oh! oui, monsieur, c'est l'hôtel du méchant M. Seiffert; n'est-ce pas, tante Martha?

Une expression de contrariété se peignit sur les traits de la jeune fille. Son neveu prit aussitôt l'air contrit d'un enfant qui sent qu'il vient de faire une sottise.

— Vous connaissez mon maître d'hôtel? demanda Mewill à Mlle Smithson.

— Oui, monsieur, un peu, répondit-elle après un instant d'hésitation; mais, ajouta-t-elle avec un certain embarras, dans le cas où vous vous trouveriez à causer avec M. Seiffert, je vous prie de ne lui parler ni de Diepold ni de moi.

— Cela me sera d'autant plus facile, répliqua-t-il, que je n'ai pas encore adressé la parole à M. Seiffert. Il n'est guère probable que j'aie jamais l'occasion de causer avec lui.

Mlle Smithson et son neveu s'éloignèrent. Du bout de l'allée, Diepold se retournait encore pour envoyer des baisers à M. Mewill et lui crier : A demain !

Pourquoi a-t-elle paru embarrassée quand je lui ai demandé le nom de son père? murmura William en regagnant son hôtel. Quel motif peut-elle avoir pour me défendre de parler d'elle à M. Seiffert? Après tout, que m'importe? C'est une femme, et, par conséquent, elle ne vaut pas mieux que les autres; c'est dommage pourtant. Elle a une physionomie si douce et si sympathique! N'y pensons plus...

Et il y pensa toute la soirée.

Mewill avait pour principe qu'on ne doit jamais manquer à sa parole, même pour les choses les plus insignifiantes, et surtout envers les enfants.

« Il faut, disait-il, les habituer de bonne heure à regarder une promesse comme une chose sacrée. »

Aussi ne manqua-t-il pas de revenir le lendemain au *Neue-Anlage*. Il s'assit machinalement sur le banc qu'il avait occupé la veille et ne tarda pas à retomber dans ses rêveries.

Tout à coup une voix fraîche et joyeuse retentit à son oreille, en même temps que deux lèvres roses se collaient sur ses joues.

C'était maître Diepold qui arrivait tout haletant, suivi de Martha, qu'il avait abandonnée pour courir plus vite à M. Mewill.

La jeune fille tendit la main à William comme à un vieil ami et s'assit à côté de lui sur le banc. En dépit de la froideur de Mewill qui était dans ses idées noires, le joyeux entrain de Diepold anima la conversation des jeunes gens; mais l'immobilité ne pouvait convenir longtemps à l'enfant. Les pieds lui démangeaient de courir. Il demanda bientôt à se promener.

Comme on avait recommandé à William de faire le plus d'exercice possible, il se mit à marcher à côté de Martha. Au bout de quelques minutes il fut obligé de s'arrêter pour reprendre haleine. Quand il se remit en marche, la jeune fille lui tendit machinalement le bras, sur lequel il s'appuya sans y songer. Ils continuèrent ainsi leur promenade, précédés de Diepold, qui courait à droite et à gauche et revenait à chaque instant les forcer de se mêler à ses jeux.

Ce jour-là, quand William et Martha se sépa-
rèrent, le mot : « A demain! » vint de lui-même
sur leurs lèvres sans qu'ils y songeassent.

A vingt-cinq ans les résolutions misanthro-
piques ont rarement des racines bien profondes.
Au bout de huit jours, Mewill aurait été fort
contrarié s'il lui avait fallu passer une journée
entière sans voir Mlle Smithson.

Pendant quelque temps il se forgea des pré-
textes pour justifier envers lui-même le désir
de revoir sa jolie compatriote. Quelquefois
même il se promettait de rompre une habitude
qui commençait à lui devenir trop chère.

Pendant toute la matinée il se faisait de magnifiques raisonnements là-dessus et se prouvait
clair comme le jour qu'il devait renoncer à tout
commerce avec les descendantes perfides de

notre mère Ève. Puis, à l'heure accoutumée, il se rappelait quelque promesse faite à Die- pold, quelque renseignement attendu par Mlle Smithson, ou toute autre chose de ce genre, et s'en allait au Neue-Anlage en se jurant que ce serait pour la dernière fois.

Souvent, à peine arrivé auprès de Martha, il lui prenait une sorte de honte de sa propre faiblesse. Alors il entamait des philippiques fou- droyantes contre la race humaine en général, et les femmes en particulier.

Comme Martha supportait ces boutades avec une patience et une douceur angéliques, le bon cœur de William reprenait aussitôt le dessus. Il lui arrivait souvent de se surprendre termi- nant par des compliments à l'adresse de Martha sa diatribe contre la gent féminine.

3.

Par suite de circonstances que nous ferons connaître plus tard, Mlle Smithson venait de passer plusieurs années dans le plus complet isolement. Le besoin d'aimer et d'être aimée que Dieu a donné à la plupart des femmes pour en faire nos anges gardiens gonflait le cœur de la pauvre enfant.

Comment n'aurait-elle pas aimé un jeune compatriote si doux, si beau, si triste, qui montrait tant de complaisance et de bonté pour Diepold? Aussi ne se faisait-elle aucun raisonnement. Elle se laissait aller naïvement à ce charme si nouveau pour elle d'une intimité dont elle sentait la douceur, sans en prévoir, ou peut-être sans vouloir en prévoir les dangers.

Ainsi qu'il arrive presque toujours en pareille

circonstance, l'amour faisait souvent les frais de la conversation, mais on n'en parlait que comme théorie. L'une voyant tout en bien, l'autre tout en mal, la discussion n'en était que plus animée et plus intéressante.

A les entendre, on eût dit deux moralistes; mais je dois avouer que les regards et les inflexions de voix n'étaient pas toujours d'accord avec les paroles.

Un dimanche que William se promenait au Neue-Anlage avec Martha et Diepold, la jeune fille fit tout à coup un brusque mouvement pour prendre une allée détournée.

— Qu'y a-t-il? demanda Mewill.

— C'est le méchant M. Seiffert, répondit Diepold, qui s'arrêta aussitôt en baissant les yeux devant le regard sévère de sa tante.

— Qu'avez-vous donc contre mon maître d'hôtel? demanda M. Mewill.

— J'aime mieux qu'il ne nous voie pas ensemble, murmura-t-elle avec un peu d'embarras.

Malheureusement il était trop tard. Soit qu'il eût déjà aperçu les deux jeunes gens, soit que le hasard le conduisit de leur côté, Seiffert ne tarda pas à les croiser. Il examina Mewill d'un coup d'œil curieux et passa en saluant Mlle Smithson d'un air sarcastique et renfrogné.

— C'est donc là le maître de mon hôtel? dit William en le suivant des yeux. Eh bien, franchement, il n'a pas une figure sympathique.

Martha fit un geste d'assentiment, mais elle ne répondit pas. William comprit que ce sujet de conversation était désagréable à la jeune fille et mit l'entretien sur le compte de Diepold, qui venait de partager avec un petit camarade les gâteaux que Mewill lui avait apportés.

— Quel excellent cœur a cet enfant ! dit William en montrant Diepold, qui arrivait en sautillant.

— Il a tout le caractère de son père, répondit la jeune fille. Pauvre Otto ! il était si bon !... Tout le monde l'aimait. La moitié de la ville était à son enterrement, quoique bien des gens...

Elle s'arrêta brusquement.

— Où est mort M. Kleinberg ? demanda William.

— A Mannheim.

— A-t-il laissé quelque fortune à son fils ?

— Hélas! non, monsieur; mais Diepold ne manquera de rien tant que je vivrai.

— Mais vous-même, ne m'avez-vous pas dit l'autre jour que vous n'aviez pour toute fortune que six cents florins?

— Aussi je travaille, comme vous voyez, et ma broderie ne me quitte jamais. Cela m'a un peu coûté d'abord, car j'avais toujours été habituée à ne rien faire; mais mon petit Diepold m'a donné du courage.

— Vous ne devez pas gagner beaucoup, reprit William.

— La vie n'est pas chère dans ce pays..., et d'ailleurs j'ai si peu de besoins! Si je désire quelquefois être riche, c'est surtout à cause de mon neveu. En attendant, il est toujours gai et bien portant, comme vous le voyez, et j'en remercie Dieu du fond de mon cœur.

Tout cela était dit avec tant de douceur et de simplicité que William en fut profondément touché.

— Cet enfant est une grande consolation pour vous, lui dit-il; mais ne craignez-vous pas aussi que ce ne soit un obstacle à votre mariage?

— Je le sais bien, monsieur; mais je n'en suis, au contraire, que plus heureuse de l'avoir avec moi.

— Pourquoi donc?

— Si l'homme qui voudra m'épouser ne m'aime pas assez pour se charger, par amitié pour moi, de mon pauvre Diepold, c'est que son amour ne sera pas bien sincère. Je regarderai alors comme un bonheur de ne l'avoir pas épousé.

— Est-ce que vous avez déjà quelques pré-
tendants?

Elle sourit sans répondre.

— Ma question serait-elle indiscrète?

— Oh! non, monsieur! Mon Dieu, je ne sais
trop pourquoi j'ai hésité à vous dire : *oui.*

— Ainsi il y en a plusieurs?

— Il y en *avait,* dit-elle en souriant.

— Vous les avez refusés?

— Tous, fit-elle en riant.

— Pourquoi cela?

— Pour bien des raisons.

— Mais encore?

— Eh bien, monsieur, les uns sont des ouvriers sans fortune comme moi; les autres, des
hommes dans une position plus élevée, mais
déjà d'un certain âge. Un ouvrier n'aurait ni

la même éducation, ni les mêmes habitudes que moi, et je sens qu'il me serait difficile de vivre heureuse avec lui. Si j'avais pour mari un homme commun, mal élevé, je souffrirais trop, plus encore pour lui que pour moi. Quant à un vieillard, on penserait que je l'ai pris pour sa fortune, et cela m'humilierait beaucoup. Puis j'aurais bien de la peine à l'aimer comme on doit aimer son mari. Vous voyez que je suis fort difficile, quoique je n'aie pas le droit de l'être : aussi y a-t-il bien des chances pour que je reste vieille fille; et je m'en console d'avance, continua-t-elle gaiement en embrassant Diepold.

Au moment où William allait lui répondre, il remarqua qu'elle rougissait et détournait la tête avec vivacité. Il suivit la direction de ses yeux et aperçut cinq officiers allemands qui allaient passer tout près de lui. Deux d'entre eux portaient l'uniforme prussien, deux autres la tunique blanche et le pantalon bleu de l'armée autrichienne; le cinquième appartenait aux troupes du duché de Nassau.

Le sous-lieutenant prussien, qui se trouvait en tête, était un beau garçon de vingt-deux à vingt-trois ans, à l'air insolent et hautain. Il se dandinait en marchant et faisait retentir son sabre et ses éperons. En passant à côté de Martha, il la regarda d'un air assez impertinent. Puis, se retournant vers ses compagnons, il leur adressa quelques mots qui les firent rire à gorge déployée.

Martha rougit et baissa la tête en fronçant ses jolis sourcils.

C'était décidément le jour aux mauvaises ren-
contres.

— Qu'est-ce donc? demanda M. Mewill.

Elle ne répondit pas.

— Je vous demande pardon, reprit-il. Je
m'aperçois que je deviens d'une indiscrétion...

— Mais non, répondit-elle avec vivacité : je
ne connais pas cet officier.

— Ah! fit William, j'avais cru...

— Seulement, chaque fois qu'il me rencontre, il m'adresse des compliments qui me dé-
plaisent. Cela me contrarie tellement que je
quitte souvent la promenade afin de ne pas le
rencontrer. Je vais me hâter de partir avant
qu'il ne revienne.

— Voulez-vous me permettre de vous reconduire jusqu'à la grille?

Martha ne répondit pas, mais, en se levant, elle prit un des côtés de l'allée comme pour laisser de la place à M. Mewill. Ils continuèrent à causer tout en marchant.

Au bout de quelques minutes, on entendit des éclats de voix dans une allée qui aboutissait à celle qu'ils suivaient; Martha tressaillit.

— Les voici encore, murmura-t-elle.

Au même instant les cinq officiers parurent au détour du sentier. Le sous-lieutenant prussien, dont les poursuites contrariaient tant Martha, fit un geste qui signifiait clairement : Nous les tenons!... et les autres jeunes gens se mirent à rire.

Martha continua la conversation avec la volubilité distraite d'une personne embarrassée et contrariée.

Quant à William, il regardait fixement les jeunes gens qui s'avançaient en se tenant par le bras de manière à barrer presque entièrement l'allée.

En passant à côté de Martha, le sous-lieutenant se pencha pour regarder la jeune fille, qui détourna la tête, et lui dit en allemand :

— Ma belle demoiselle, vous ne passerez pas avant de nous avoir dit depuis quand les Allemandes préfèrent John Bull à leurs compatriotes.

— Probablement, monsieur, répondit William dans la même langue et d'un air hautain, depuis que John Bull se montre mieux élevé que vos compatriotes.

En achevant ces paroles, il fit passer devant lui Martha et le petit Diepold.

— Je crois cependant, monsieur, dit le sous-lieutenant d'un ton rogue, que pour votre compte vous pourriez bien vous faire donner en Allemagne quelques leçons de politesse.

— Si j'avais à prendre des leçons de ce genre, monsieur, je tâcherais de trouver un professeur un peu plus expérimenté que vous.

— Monsieur! s'écria le Prussien exaspéré du ton de raillerie froide et polie de son interlocuteur.

— Je suis à vous dans un instant, répondit ce dernier. Veuillez m'attendre dans cette allée.

Il salua les officiers avec une dignité dont ils ne purent s'empêcher d'être frappés, et rejoignit Martha. Celle-ci marchait lentement et ne s'éloignait qu'à contre-cœur en se retournant à chaque instant.

— Que s'est-il passé entre vous, et ces messieurs? lui demanda-t-elle avec anxiété.

— Rien, mademoiselle... je leur ai fait comprendre qu'ils avaient tort, et tout est fini.

— Vous ne me dites pas la vérité! j'ai entendu les paroles que vous avez échangées, et je sais bien qu'il s'agit d'une querelle.

— Je vous assure que non.

— Donnez-m'en votre parole d'honneur!

Il hésita.

— Vous voyez bien! s'écria-t-elle. Mon Dieu! mon Dieu! que je regrette de vous avoir dit tout cela! S'il vous arrivait malheur.

— Ne vous désolez pas trop, reprit-il en souriant. Il n'y a encore rien de décidé entre ces messieurs et moi. Il est fort possible que notre discussion se termine à l'amiable. En tout cas, n'ayez aucun remords. Si vous saviez combien je tiens peu à la vie!...

Elle voulut répondre, mais les larmes lui coupèrent la parole.

— Voyons, voyons, reprit-il, touché de cette émotion si vive, calmez-vous! On nous regarde. Que va-t-on penser?

— Ah! que m'importe! Quand je songe que vous allez peut-être vous faire tuer pour moi, pour une femme que vous connaissez à peine!... Ah! je n'aurai pas un instant de repos avant d'apprendre que vous êtes sain et sauf.

— Voulez-vous que je vous écrive un mot?

— Oh! oui, monsieur, vous serez bien bon, mais je ne serai rassurée que lorsque je vous aurai vu... Promettez-moi de venir ici demain.

— A quelle heure?

— Je vous attendrai, à partir de deux heures... jusqu'à la nuit, s'il le faut. Vous viendrez?

— Je vous le promets... A moins, pourtant...

— C'est vrai. Si vous étiez blessé, tué... Eh bien, si je ne vous vois pas demain sur la promenade, j'enverrai demander des nouvelles à l'hôtel.

— Que vous êtes bonne! Vous ne sauriez croire combien je vous suis reconnaissant de votre intérêt.

William resta un instant silencieux, les yeux fixés d'un air rêveur sur Mlle Smithson et sur le petit Diepold.

— Vous vous appelez Martha Smithson, n'est-ce pas? dit-il enfin, et votre neveu Diepold Steinberg? Sont-ce bien vos noms?

— Oui, monsieur, répondit en hésitant la jeune fille un peu étonnée de cette question et surtout du ton presque solennel de M. Mewill.

— Vous demeurez?

— Rue Louis, près de la place Gutenberg.

Il inscrivit ces deux noms et cette adresse sur son portefeuille et tendit la main à Mlle Smithson.

— Nous voici à la grille, lui dit-il, et ces messieurs m'attendent. Adieu!

Il embrassa Diepold et s'éloigna rapidement, de peur de rencontrer encore le regard suppliant de sa jolie compatriote.

William rejoignit les cinq officiers qui l'attendaient au coin de l'allée. Le sous-lieutenant prussien paraissait fort mécontent et ses amis cherchaient à le calmer.

— Vous nous avez fait attendre bien longtemps, monsieur, dit-il d'un ton brusque.

— Je vous en demande pardon, messieurs,
répondit ce dernier avec politesse; mais j'avais
promis de reconduire cette jeune personne
jusqu'à la porte du jardin, et j'ai dû tenir ma
promesse. Maintenant je suis tout à vous.

— Très-bien! monsieur, dit le Prussien, vous
allez me faire des excuses de vos railleries ou
m'en rendre raison.

— Vous avez, monsieur, repartit William du
ton le plus calme, une façon expéditive de
conduire les explications. Permettez-moi seulement de vous faire observer que c'est de vous
que viennent les premiers torts.

— De vous ou de moi, peu importe : des
excuses ou un duel; choisissez.

— Je choisis le duel, répondit Mewill d'un ton ferme.

Il n'y a rien qui exaspère les gens emportés comme le sang-froid de leurs adversaires. Déjà furieux de l'intimité qui semblait exister entre Mewill et Martha dont il était fort épris, le Prussien allait répondre par quelque grossièreté, lorsque le capitaine autrichien lui prit le bras et le tira un peu à l'écart.

— Calmez-vous, Rumohr, lui dit-il à demi-voix. Au point où en sont les choses, des injures seraient déplacées. Votre adversaire est évidemment un homme comme il faut.

— Qui sait? grommela Rumohr.

— Au fait, dit un autre officier qui les avait suivis, si vous lui demandiez son nom?

Le capitaine autrichien s'approcha de Mewill et lui dit avec courtoisie :

— Mon ami, M. Frédéric de Rumohr désirerait savoir, monsieur, avec qui il aura l'honneur de se battre.

Le jeune Anglais lui tendit sa carte, que l'officier remit aussitôt à M. de Rumohr. Celui-ci fit une grimace d'assez mauvais goût en lisant le nom plébéien de Mewill. William s'en aperçut et se mordit les lèvres.

— Deux mots, je vous prie, dit-il à demi-voix à M. de Heck, l'officier autrichien, qu'il emmena un peu à l'écart.

« Monsieur, continua-t-il, des motifs qui n'ont rien que d'honorable et dont je vous ferai juge, si vous l'exigez, m'ont décidé à prendre le nom de Mewill et m'obligent à le garder

4.

encore quelque temps. Voici mon vrai nom, ajouta-t-il en lui montrant l'adresse d'une lettre qu'il tira de son portefeuille. Veuillez prendre connaissance de cette lettre, monsieur; je suppose que la signature ne vous en est pas étrangère.

— Non certainement, monsieur, répondit M. de Heck, qui venait de reconnaître la signature d'un des princes régnants de l'Allemagne.

— Maintenant, monsieur, reprit William, je confie à votre honneur cette communication que je vous prie de garder pour vous *seul*. Je suppose que votre ami M. de Rumohr voudra bien s'en rapporter à vous lorsque vous lui garantirez qu'il peut se battre avec moi sans déroger.

— Je vous remercie de votre confiance, répondit l'Autrichien, et je me charge de tout arranger avec Rumohr.

Il salua William et se rapprocha des autres officiers.

— Mon cher, dit-il à Rumohr, vous me connaissez. Eh bien, je vous donne ma parole d'honneur que si j'avais une querelle avec M. Mewil, je regarderais comme un honneur qu'il voulût bien croiser le fer avec moi.

— Tant mieux alors! repartit le Prussien. Il ne reste plus qu'à fixer les conditions du duel.

— Il faudrait d'abord que M. Mewill nous indiquât ses témoins pour que nous puissions nous entendre avec eux, fit observer l'ami de M. de Rumohr.

Mewill parut un peu embarrassé.

— Je ne connais personne à Mayence, répondit

Mewill. — Monsieur, continua-t-il après un instant de silence en s'adressant à M. de Heck, oserai-je vous demander de me rendre encore ce service? Vous voyez quel est mon embarras!

— Cela ne vous ferait qu'un seul témoin, répondit le capitaine.

— Eh bien, je me battrai avec un seul, si je ne puis faire autrement.

— C'est impossible... Attendez... Glenzendorf, reprit-il en s'adressant à l'autre officier autrichien, voulez-vous être avec moi témoin de M. Mewill?

— Mon Dieu! monsieur, je ne refuse pas, dit à William M. de Glenzendorf, qui était un colosse à la figure plus franche et plus ouverte qu'intelligente; mais notre position vis-à-vis de vous sera très-fausse. Qui vous garantit que nous prendrons vos intérêts, à vous que nous avons à peine l'honneur de connaître, contre notre ami Rumohr?

— Vous êtes militaires, messieurs, répondit William. Je ne demande pas d'autre garantie que celle-là, et je vous donne pleins pouvoirs pour toutes les conditions du combat.

— Maniez-vous bien le sabre? demanda M. de Heck, en l'emmenant un peu à l'écart.

— Pas trop... surtout en ce moment, répondit William en regardant ses bras amaigris et sans force.

— Et l'épée?

— Un peu mieux, mais je suis loin d'être habile. Au reste, je vous le répète, peu m'importe; j'accepte tout.

Malgré sa nature emportée et sa jalousie,

Rumohr était, somme toute, un homme bien élevé. Dès qu'il fut décidé que le duel aurait lieu, il devint plus poli, et se montra fort accommodant pour toutes les conditions du combat.

On convint que les deux adversaires se rencontreraient le lendemain, à neuf heures du matin, dans un petit bois situé aux environs de Mayence.

Les témoins de Rumohr ayant demandé qu'on se battît avec de longs sabres de cavalerie, suivant la méthode allemande, ceux de Mewill firent observer que ce dernier paraissait hors d'état de soutenir ce genre de combat, qui demande une certaine force, et qui, d'ailleurs, lui était probablement inconnu. M. de Rumohr, que ses amis allèrent consulter, déclara aussitôt qu'il renonçait au sabre, mais qu'il ne voulait pas du pistolet.

L'épée fut alors choisie d'un commun accord et l'on se sépara. Les cinq officiers continuè-rent leur promenade. William monta dans un drowski qui le reconduisit à son hôtel.

III

L'hôtel du Dragon, qu'habitait William Mewill, jouissait à cette époque d'une grande réputation. Son propriétaire était un Suisse nommé
Reinhold Seiffert, qu'on citait comme un homme
fort capable et fort intelligent. On lui reprochait
seulement de trop bien s'entendre aux addi-
tions, et de comprendre dans le total des notes
qu'il faisait présenter aux voyageurs jusqu'au
numéro de leur chambre.

Les erreurs du maître d'hôtel attiraient quelquefois des scènes fort désagréables à son oberkellner, Adolphe Dietz, car Seiffert lui-même ne se montrait que fort rarement. Si quelque voyageur exaspéré forçait la consigne et pénétrait dans le cabinet de Seiffert pour lui adresser des reproches, le digne Reinhold se désolait avec tant de bonne foi de ces erreurs involontaires et grondait si rudement ses garçons, auxquels il les attribuait toujours, qu'on était tout honteux d'avoir pu soupçonner un si brave homme.

Je dois avouer pourtant que Seiffert ne jouissait pas de l'estime générale de ses concitoyens. Quoiqu'il passât pour fort riche, on lui faisait un triste accueil. Les mauvaises langues du pays racontaient, relativement à l'origine de sa rapide fortune, certaines histoires aussi peu

5

honorables pour son cœur que pour sa probité.
Heureusement pour lui, il méprisait toutes ces
rumeurs et s'en dédommageait en empilant
florins sur florins dans sa grande caisse de fer.

On l'accusait aussi d'aimer les jolies femmes
et de trouver moyen de concilier son amour
pour le beau sexe avec son avarice. Plus d'une
pauvre fille, disait la chronique, avait dû lui
payer, pour l'argent qu'il prêtait à la petite semaine, d'autres intérêts que ceux stipulés au
contrat.

Il traitait tout son personnel avec une dureté
incroyable et se dédommageait sur ses garçons
de sa platitude envers sa clientèle aristocratique.

Le portrait du digne Seiffert était assez difficile à tracer. A le voir de loin avec ses vête-

ments gris et sa figure enluminée, on eût dit
une citrouille surmontée d'une pomme de cal-
ville rouge. Son nez avait la courbe particulière
au bec des oiseaux de proie. Quoique très-gros,
il était assez ingambe et gravissait vingt fois par
jour les quatre étages de son hôtel afin de tout
surveiller. L'astuce, l'hypocrisie et l'avarice se
lisaient dans ses petits yeux enfoncés et sur ses
lèvres minces.

Lorsqu'il était seul et qu'il ne se sentait pas
le besoin de dissimuler, sa figure prenait une expression de sécheresse et de dureté incroyable.

Adolphe Dietz, son oberkellner, était au contraire un gros joufflu, plein de cœur et de bonne
volonté. Il travaillait du matin au soir avec un
zèle et une ardeur infatigables, sans se rebuter
de l'exigence et de l'ingratitude de son maître.

Seiffert, auquel une parole ne coûtait rien, lui avait promis de lui céder son hôtel au bout d'un certain temps, et Dietz attendait ce moment avec confiance. Ce qui lui donnait surtout du courage, c'est qu'il avait devant lui l'image de Charlotte, la jeune et jolie fille du maître de l'hôtel Impérial à Cologne.

Dietz avait servi chez maître Buttmann. Charlotte et lui s'étaient aimés, et la jeune fille avait avoué à son père qu'elle ne pourrait être heureuse qu'avec Adolphe. Après avoir jeté feu et flammes, Buttmann s'était un peu calmé. Il n'en avait pas moins mis Adolphe à la porte, mais il avait à peu près promis que, le jour où Dietz se verrait à la tête d'un hôtel un peu important, Charlotte serait libre de suivre le penchant de son cœur.

Comme le charlatan de La Fontaine, le maître d'hôtel comptait sur le temps, mais il n'avait pas assez présumé de l'affection et de la constance de sa fille. Charlotte refusa énergiquement tous les partis, et dans la loyauté de son cœur, Adolphe, de son côté, n'eut pas le moindre doute à l'égard de sa fiancée.

On comprend qu'avec un tel espoir devant les yeux, le digne garçon supportât bien des ennuis. Lorsqu'il était accablé de fatigue, que quelque humiliation ou quelques grossièretés lui faisaient monter le rouge à la figure, il songeait à Charlotte et renfonçait courageusement ses chagrins. Depuis quelque temps néanmoins, il commençait à devenir un peu triste, car il lui semblait remarquer que Seiffert évitait avec d'autant plus de soin toute allusion à leurs conventions, que la clientèle devenait plus nombreuse et plus brillante.

Comme William traversait le corridor, un domestique l'avertit que M. Seiffert désirait lui parler, et le conduisit dans le cabinet du maître d'hôtel.

Après quelques mots d'excuse sur les exigences de la police, Seiffert pria M. Mewill de lui remettre son passe-port, afin qu'on pût inscrire sur le registre de l'hôtel les renseignements d'usage.

Comme il y avait déjà près d'un mois que William logeait au Dragon, cette demande tardive lui parut singulière. Il remarqua aussi que Seiffert l'examinait avec une attention extraordinaire.

William remit son passe-port, dont la lecture

sembla rendre Seiffert à son calme habituel.
Tout en l'inscrivant sur son registre, il essaya
d'amener la conversation sur la rencontre qu'il
avait faite ce jour-là de M. Mewill et de
Mlle Smithson.

Sans avoir la hauteur de certains Anglais,
William n'était pas familier, surtout avec les
gens dont la figure lui déplaisait autant que
celle de Seiffert. Il regarda tranquillement le
maître d'hôtel, replia son passe-port et s'en
alla comme s'il n'avait rien entendu.

Une fois dans sa chambre, il prit dans sa
malle le petit coffret garni d'acier dont nous
avons déjà parlé. Il l'ouvrit avec une petite clef
qu'il portait toujours à la chaîne de sa montre,
et en retira divers papiers. Il écrivit quelques
mots au bas de l'un d'eux qui avait assez l'air

d'un testament et le remit dans le coffret qu'il referma.

Il écrivit ensuite trois lettres et sortit pour les mettre lui-même à la poste. En rentrant il en écrivit encore deux autres qu'il mit toutes cachetées et bien en évidence sur la cheminée de sa chambre.

Le lendemain matin, vers sept heures, MM. de Fleck et de Glenzendorf entrèrent dans la chambre de William.

— Nous vous demandons pardon de devancer ainsi l'heure fixée, lui dit le capitaine ; mais il est survenu hier soir des événements fort graves qui nous obligent tous à partir aujourd'hui.

— Que vous est-il donc arrivé?

— Une malheureuse querelle entre des Croates de mon régiment et des soldats du régiment de

Rumohr. Ceux-ci, qui devaient partir demain matin, comme vous le savez, ont un peu trop fêté leur changement de garnison.

Il y avait depuis longtemps une certaine animosité entre eux et mes Croates. Une scène de cabaret a mis le feu aux poudres : chacun s'est précipité au secours des siens, et la bataille est devenue générale. On est venu nous prévenir et nous nous sommes empressés de faire tous nos efforts pour arrêter le combat, mais ils y mettaient un tel acharnement que nous avons été sérieusement exposés nous-mêmes. Ce pauvre Fettzer, que vous avez vu hier avec nous sur la promenade, a reçu un coup de sabre qui ne lui était probablement pas destiné, et il est mort quelques minutes après. Pour comble de malheur, quelques ouvriers qui travaillaient dans

5.

un chantier voisin ont pris parti contre mes Croates et plusieurs de ces ouvriers ont été blessés. Pour éviter de nouveaux désordres, on a décidé que mon régiment quitterait Mayence dès aujourd'hui. Je vous avoue que, sans la promesse que je vous avais faite hier soir, je ne serais pas venu ce matin, car j'ai hâte d'être de retour à la caserne.

Pendant ce récit, William s'était habillé, il monta dans la voiture qui avait amené ses deux témoins et se rendit avec eux à l'endroit fixé pour le rendez-vous. Rumohr les y attendait déjà, en compagnie de MM. de Zawitz et de Steinberg.

Calmé par le repos de la nuit, Rumohr se montra moins brusque que la veille. Les deux adversaires se saluèrent avec courtoisie. Les conditions du duel étant convenues à l'avance, et les officiers ayant hâte de retourner à leurs casernes, on ne perdit pas de temps en pourparlers : cinq minutes après leur arrivée, les deux combattants étaient en présence.

Malheureusement pour William, M. de Zawitz, qui avait choisi les épées, avait pris des lames énormes ; elles pesaient beaucoup trop pour les mains affaiblies du jeune Anglais. De son côté, M. de Rumohr tirait assez mal, et l'on voyait à son jeu qu'il avait bien plus l'habitude du sabre que de l'épée.

Aussi braves l'un que l'autre, les deux adversaires s'attaquèrent avec tant de vivacité qu'après deux ou trois passes tout au plus, ils firent coup fourré et s'enferrèrent réciproquement. Rumohr, qui s'était littéralement jeté sur l'épée de son adversaire, mourut presque sur le coup. Quant à Mewill, il eut la poitrine traversée de part en part et roula sur le gazon, après avoir fait un demi-tour sur lui-même. Ses témoins coururent à lui, tandis que Zawitz et Steinberg relevaient le corps inanimé de M. de Rumohr. Comme les lois sur les duels sont très-sévères en Allemagne, il fut convenu que la mort de ce dernier serait censée provenir d'une blessure reçue dans la bagarre de la veille, durant laquelle il avait en effet reçu quelques égratignures.

Quant à William, M. de Fleck et son ami le portèrent dans la voiture et le ramenèrent à son hôtel.

M. Seiffert se trouvait par bonheur absent à cette heure-là, et ce fut Adolphe Dietz qui reçut le pauvre blessé. L'oberkellner avait pris en affection le jeune Anglais, dont la figure sympathique l'avait séduit dès le premier jour.

Le digne garçon fit porter William dans sa chambre et envoya chercher un chirurgien. Quant aux deux officiers, que le devoir appelait à leur poste, ils furent obligés, bien à contre-cœur, de quitter M. Mewill. Ils s'étaient promis de venir le voir avant leur départ ; mais la querelle des soldats et des ouvriers mayençais ayant recommencé, les autorités militaires obligèrent le régiment de M. de Fleck à quitter la ville, de peur de nouvelles scènes de désordre. Quant au régiment prussien, dont le départ était fixé depuis longtemps, il partit aussi le même jour.

En attendant le chirurgien, Dietz se prome-

nait devant la porte de l'hôtel. Chaque minute
paraissait un siècle au brave garçon. De l'autre
côté de la rue, Martha Smithson, plus inquiète
et plus agitée encore qu'Adolphe, faisait à peu
près le même manége.

Depuis trois heures au moins elle croisait
ainsi devant l'hôtel. Elle avait vu arriver le
droski et avait aperçu Mewill au moment où on
le transportait de la voiture dans la maison.
Elle eût donné la moitié de sa vie pour qu'il lui
fût permis d'entrer et de monter dans la chambre du blessé; mais, bien qu'elle eût vu Seiffert
sortir en voiture quelques minutes auparavant,
elle n'osait pas demander des nouvelles de
M. Mewill.

Après avoir croisé deux ou trois fois Adolphe
Dietz, dont la figure bienveillante lui donnait

un peu de courage, Martha se décida à questionner l'oberkellner.

Quoique peu clairvoyant de sa nature, Adolphe n'eut pas de peine à deviner ce qui se passait dans le cœur de la pauvre fille. Il en fut attendri et se dit que, s'il était à la place de Mewill, ce qui lui ferait le plus de bien ce serait la vue de sa bien-aimée Charlotte Buttmann.

— Vous voudriez bien voir M. Mewill, n'est-ce pas? dit-il d'une voix émue.

Martha joignit les mains sans répondre, mais ses yeux parlaient si bien pour elle, qu'Adolphe ne put y résister.

— Eh bien! venez, lui dit-il.

— Que Dieu vous récompense, vous et celle que vous aimez, murmura la jeune fille, dont

les yeux se remplirent de larmes de reconnaissance.

· Elle arriva dans la chambre de Mewill sans
s'être aperçue qu'elle avait monté deux étages. ·

William gisait inanimé sur son lit. Ses traits
pâles et immobiles semblaient déja glacés par
la mort. Un de ses bras était replié autour de sa
tête; l'autre pendait inerte sur les draps ensan-
glantés.

Martha saisit la main de William et la pressa
sur ses lèvres et sur ses yeux. Il semblait à la
pauvre enfant que l'amour qui remplissait son
cœur devait réchauffer cette main glacée et ra-
nimer le pouls insensible du blessé.

Il n'y avait pas deux minutes qu'Adolphe et
Martha étaient dans la chambre de William
lorsqu'ils entendirent frapper à la porte.

Ils tressaillirent et jetèrent un rapide regard autour d'eux. Martha s'élança vers le cabinet de toilette, mais elle ne put en ouvrir la porte. Adolphe courut à elle pour l'aider. Au même instant, le médecin entra dans l'appartement. Martha baissa promptement son voile et fit un mouvement pour se retirer; mais, en voyant le médecin se pencher sur William, elle n'eut pas le courage de partir sans savoir ce qu'il pensait de l'état du malade.

Le docteur Humpfell, dont la physionomie placide et bienveillante révélait le caractère, examina longtemps M. Mewill.

— Eh bien? demanda l'oberkellner, alarmé par ce silence prolongé.

— Eh bien? répondit M. Humpfell, la blessure est fort grave : je crains que le poumon ne soit attaqué. Avant tout, il faut l'immobilité la plus complète et un repos absolu au physique comme au moral...

— Mademoiselle est sans doute sa sœur? ajouta-t-il en s'adressant à Mlle Smithson, dont un sanglot venait de trahir la présence.

— Non, répliqua Adolphe, c'est... c'est sa fiancée; mais, je vous en prie, monsieur, ne dites à personne, pas même à M. Seiffert, que vous l'avez vue ici... vous comprenez, une jeune fille...

Le docteur fit un signe affirmatif et regarda Mlle Smithson avec un sourire indulgent qui sembloit lui promettre le secret.

— Si on le transportait dans une chambre plus vaste et plus aérée? dit Adolphe.

— Cela vaudrait mieux, en effet; mais pour

le moment, il n'y faut pas songer. Si les poumons ont été touchés, comme je le crains, une secousse, une émotion violente même suffirait pour achever le malade en quelques minutes.

Tout en parlant, il plaçait deux oreillers sous le buste de William et un troisième sous sa tête.

— Il faut qu'il ait toujours la tête et le buste très-élevés, reprit le docteur. Il est essentiel d'éviter que le sang se porte à la poitrine en ce moment. Qu'on y fasse bien attention, et surtout qu'on ne le laisse jamais seul.

— M. Seiffert peut arriver d'un moment à l'autre, dit Adolphe à Mlle Smithson. Vous feriez bien de vous retirer auparavant.

Au moment de sortir, Martha revint sur ses pas et saisit la main du médecin.

— Sauvez-le, monsieur, lui dit-elle d'une voix

tremblante : sauvez-le, et je prierai Dieu toute
ma vie pour vous et pour votre famille.

— Soyez tranquille, ma pauvre enfant, je
vous jure que je ferai tout ce qui dépendra de
moi, répondit le digne homme en serrant à son
tour la main de Martha. Dieu aidant, nous vous
conserverons votre ami.

Comme Dietz refermait la porte de la chambre
sur le médecin qu'il laissait auprès du blessé,
on entendit un pas lourd et brusque retentir sur
les marches de l'escalier.

— C'est M. Seiffert, s'écria Dietz en retenant
M⁰⁰ Smithson. Impossible de descendre en ce
moment, nous le croiserions. Il vient sans doute
chez M. Mewill. Entrez dans cette chambre,
continua-t-il en ouvrant précipitamment la porte
d'un appartement voisin de celui de William. Je

viendrai vous chercher lorsque le patron sera parti.

Il ferma la porte sur elle et rejoignit le médecin. Seiffert entra un instant après. Il jeta un regard furieux au pauvre Dietz, qui baissa la tête, puis il demanda au docteur ce qu'il pensait de l'état du blessé.

M. Humpfell répéta ce qu'il venait de dire à l'oberkellner. Il pansa la blessure, écrivit une ordonnance et sortit avec Dietz.

Dès qu'ils eurent refermé la porte, Seiffert jeta un rapide regard autour de lui, comme pour s'assurer qu'il était bien seul. Il s'approcha ensuite du lit et contempla quelques secondes M. Mewill en murmurant :

— Non, cette ressemblance n'était pas un effet de mon imagination. Maintenant encore il me semble voir Elding sur son lit de mort.

Un nuage passa sur son front et ses traits se contractèrent.

— J'en ai trop fait pour reculer, murmura-t-il.

Par un brusque mouvement, il saisit la redingote du blessé, qui était posée sur une chaise à côté du lit, et plongea la main dans la poche de côté où la plupart des hommes mettent leurs papiers. Il en retira un portefeuille, une lettre décachetée, et deux autres lettres écrites de la main de William et scellées de son cachet.

En parcourant la première lettre, il laissa échapper le geste d'un homme qui voit se confirmer ses soupçons ou ses craintes. Il regarda ensuite l'adresse des deux autres lettres et montra le poing au blessé avec un élan de colère qui avait quelque chose d'effrayant.

Après avoir mis les trois lettres dans sa poche, il ouvrit les tiroirs du secrétaire avec l'empressement fiévreux d'un homme qui se croit sur le point de découvrir un secret important. Ne trouvant pas sans doute ce qu'il cherchait, il revint auprès du blessé.

La montre de William était suspendue à son chevet. Seiffert remarqua une petite clef en or attachée à la chaîne, et s'en empara avec un mouvement de joie. Au moyen d'une autre clef qu'il trouva dans la poche du pantalon de Mewill, il ouvrit la malle dans laquelle ce dernier avait renfermé la veille le coffret garni d'acier. Il ouvrit ce coffret qui renfermait des papiers et se hâta de les parcourir.

Le bruit de la porte qui s'ouvrait doucement interrompit Seiffert. Il rejeta précipitamment les papiers dans le coffret qu'il referma et qu'il remit dans la malle. Puis il se leva pour voir quelle était la personne qui arrivait si mal à propos, et que les rideaux du lit lui masquaient encore.

Il fit un geste de colère en reconnaissant Adolphe Dietz. N'entendant aucun bruit, ce dernier avait cru que Seiffert était parti et venait s'en assurer avant de faire évader Mlle Smithson.

Seiffert referma précipitamment la malle; puis, se tournant vers Adolphe, il l'apostropha de la manière la plus brutale, et lui reprocha d'avoir laissé transporter le blessé à l'hôtel.

— Il demeurait ici, répondit Dietz, et l'humanité...

— Il fallait le faire porter à l'hôpital! s'écria Seiffert en jurant. Je ne me soucie pas d'avoir des moribonds dans mon hôtel, moi. Il n'y a rien qui fasse tort à une maison comme un enterrement.

Dietz essaya de se justifier, mais le maître d'hôtel ne voulut rien entendre. Il se montra si dur et se grossier pour son oberkellner, que celui-ci malgré toute sa patience ne put se contenir plus longtemps. Pour ne pas faire de bruit dans la chambre du malade, il avait amené M. Seiffert dans une pièce voisine. Là, pour la première fois de sa vie, il osa dire à son patron ce qu'il avait sur le cœur.

Seiffert, qui semblait avoir quelque secret motif pour pousser à bout son oberkellner, redoubla de grossièreté et finit par montrer la porte à Dietz en lui déclarant qu'il le chassait.

6

Rendu à lui-même par cette menace, Adolphe voulut rappeler au maître d'hôtel les arrangements dont ils étaient verbalement convenus. Seiffert lui rit au nez et nia tout.

A chaque argument de Dietz il répondait :

— Si vous avez des droits, faites-les valoir en justice. En attendant, moi, je vous chasse.

— Et tout le temps que j'ai passé chez vous, tout le zèle que j'ai mis à faire prospérer un hôtel que vous deviez me céder, tout cela serait perdu! dit le pauvre Adolphe exaspéré.

Seiffert lui tourna le dos en haussant les épaules. En dépit de cette cruelle déception et de la colère que lui inspiraient la mauvaise foi et la brutalité de Seiffert, Adolphe s'était encore un peu contenu jusque-là, mais il fut mis hors de lui par la pensée que ce manque de parole de son patron lui enlevait l'espoir d'épouser Charlotte Buttmann. Comme la plupart des gens naturellement pacifiques, une fois en colère, il ne se connaissait plus. Il apostropha à son tour M. Seiffert, qui lui répondit par un déluge d'injures et de sarcasmes. Enfin, Dietz exaspéré, se laissa entraîner à un argument *ad hominem* qui, sous la forme d'un coup de poing, étendit Seiffert sur le carreau.

Le coup était à peine porté, que Dietz se repentait amèrement de sa vivacité, mais le mal était fait. Le maître d'hôtel se releva dans un état de fureur épouvantable.

Adolphe essaya de l'apaiser par quelques mots de repentir, mais Seiffert s'éloigna en murmurant d'une voix étranglée par la colère qu'il allait porter plainte chez le magistrat. Le pauvre

Adolphe se crut un homme perdu et se mit à pleurer comme un enfant.

Au milieu de son désespoir, il songea pourtant à Mlle Smithson, et courut la prévenir qu'elle pouvait se retirer.

— Que vous est-il donc arrivé? lui demanda-t-elle en voyant la figure décomposée du pauvre garçon.

Tandis qu'il racontait ce qui s'était passé entre lui et Seiffert, ce dernier, remettant à un autre moment sa visite au magistrat, était retourné dans la chambre de Mewill.

Après s'être bien assuré que le malade était toujours dans le même état d'immobilité, il courut ouvrir la malle. A sa grande stupéfaction, il n'y trouva plus le coffret. Il crut d'abord s'être trompé, mais ce fut en vain qu'il vida complétement la malle. Le coffret avait décidément disparu.

Étouffant une malédiction, Seiffert regarda autour de lui pour tâcher de découvrir quelque indice qui lui permît de conjecturer ce qu'étaient devenus les papiers auxquels il paraissait attacher tant de prix.

Il courut au cabinet de toilette et l'ouvrit précipitamment. Il n'y trouva personne. La pensée lui vint un moment que William avait eu la force de se lever et de prendre son coffret; mais un seul coup d'œil jeté sur le lit suffit pour le rassurer à cet égard.

Il fallait donc alors qu'une autre personne fût entrée dans la chambre pendant la courte absence de Reinhold et qu'elle eût enlevé le coffret. Quelle pouvait être cette personne? Com-

6.

ment connaissait-elle l'existence du coffret et l'importance des papiers qu'il renfermait? Sous quel prétexte avait-elle pu pénétrer dans la chambre de William? Qu'était-elle devenue?

Tout en faisant ces réflexions, Seiffert s'était rapproché du lit de William. Les oreillers qui soutenaient le buste du blessé s'étaient dérangés. La tête avait glissé et se trouvait déjà presque aussi basse que les pieds. Sans un tout petit coin d'oreiller qui la soutenait encore, elle eût été tout à fait en dehors du lit. La respiration de William était déjà plus embarrassée et sortait par saccade.

Une pensée sinistre traversa les yeux de Seiffert. Pâle comme un mort, les dents serrées et les yeux dilatés, il repoussa doucement l'oreiller sur le coin duquel reposait la tête de William ;

privée de point d'appui, elle s'affaissa plus bas encore. Debout à côté du lit, Seiffert tenait les yeux fixés sur la figure de Mewill. Sa main, violemment contractée, s'appuyait sur le dossier d'une chaise qu'il brisa sans s'en apercevoir.

Au milieu du profond silence qui régnait dans la chambre, la respiration entrecoupée de ces deux hommes avait quelque chose de lugubre et d'effrayant. Tout à coup, Reinhold bondit en arrière et sa figure devint livide. La porte s'entr'ouvrant doucement avait laissé passage à Mlle Smithson et à Dietz.

Ceux-ci furent presque aussi effrayés que Seiffert.

Au moment de sortir de l'hôtel, Martha avait voulu revoir encore une fois William Mewill.

Croyant Seiffert chez le commissaire de police, et rassuré par le silence qui régnait dans la chambre du blessé, elle était entrée avec l'ober-kellner. En apercevant Seiffert, le premier mouvement de la pauvre Martha fut de battre précipitamment en retraite; mais un coup d'œil jeté sur le blessé lui rendit son courage. Elle s'approcha du lit, releva la tête de William, et la replaça sur les oreillers, qu'elle assujettit solidement.

— Est-ce pour me braver que vous venez ici? s'écria Seiffert en marchant vers Adolphe d'un air menaçant.

En parlant ainsi, il prit Adolphe par les épaules et le poussa dehors, sans que le pauvre diable, déconcerté, osât faire de résistance.

Resté seul avec Martha, Seiffert la regarda

quelques instants sans parler. Il fit quelques
pas dans la chambre, pour calmer l'agitation
que trahissait le tremblement de sa voix et de
tout son corps, et peut-être aussi pour tâcher de
deviner les motifs qui avaient pu amener ainsi
Mlle Smithson dans la chambre d'un étranger.

— Serait-ce elle qui a pris le coffret? se de-
mandait-il. Alors tout serait perdu. Mais ce n'est
pas possible... non... Comment savoir ce qui
est?

Tandis qu'il marchait ainsi, se parlant à lui-
même et jetant un regard inquisiteur sur la
jeune fille, celle-ci ne savait quel parti prendre.
A la fin, pourtant, elle serra une dernière fois
la main de William et fit un pas vers la porte.

Seiffert lui barra le chemin.

— Comment vous trouvez-vous ici, mademoiselle Martha? lui demanda-t-il brusquement.

— J'étais venue pour savoir des nouvelles de M. Mewill, répondit-elle en faisant un effort sur elle-même.

— Diable! fit le maître d'hôtel, ce monsieur vous est donc bien cher?... Un ami, un parent peut-être? ajouta-t-il en attachant ses yeux perçants sur ceux de Martha.

— Un ami, dit-elle toute confuse.

— Un ami de vingt-quatre ans... et joli garçon, ma foi... reprit Reinhold du même ton moqueur.

Martha baissa la tête et ne répondit pas.

Une nouvelle idée surgit sans doute dans la cervelle du maître d'hôtel, car il se remit à marcher de long en large dans la chambre.

— Connaissiez-vous ce jeune homme avant

qu'il vint à Mayence? demanda-t-il en s'arrêtant devant Mlle Smithson.

— Non, monsieur.

— Et pourtant vous lui portez déjà assez d'intérêt pour venir le voir ici... *chez moi... chez moi* que vous haïssez tant... car je suppose, que vous êtes toujours aussi injuste qu'autrefois !

— C'est en prenant ma défense contre un officier qui m'insultait, répondit Martha, que M. Mewill s'est trouvé entraîné dans un duel dans lequel il a été blessé.

— Ah! vraiment! comment cela s'est-il donc passé?

Martha le lui raconta. Malgré la frayeur et la répulsion que lui inspirait Seiffert, la pauvre fille ne pouvait se décider à s'éloigner de William, et surtout à le laisser seul avec le maître d'hôtel.

Tandis qu'elle parlait, Reinhold ne la quittait pas des yeux. Lorsqu'elle eut terminé, il poussa le soupir de soulagement d'un homme qui se voit délivré d'une grande inquiétude. Il fit encore deux ou trois tours dans la chambre, puis il revint à la jeune fille avec une expression de figure singulièrement modifiée.

— Votre intérêt est tout naturel, dit-il d'un ton qu'il s'efforça de rendre gracieux et bienveillant. Ce pauvre garçon ne connaît personne à Mayence et n'a pas même un ami sur la visite duquel il puisse compter. D'un autre côté, vous comprenez que, dans un hôtel comme le mien, les domestiques sont trop occupés pour qu'ils puissent entourer un malade des soins continus qui lui sont nécessaires. Puisqu'un sentiment de reconnaissance, bien naturel, vous engage à vous faire sa garde-malade, je vous laisse près de lui. Je vais dire en bas qu'on vous donne tout ce qui lui sera nécessaire.

Surprise et touchée de ces paroles, auxquelles elle était si loin de s'attendre, Martha balbutia quelques remercîments. Seule et de sang-froid, elle n'aurait probablement pas osé s'établir la garde-malade du blessé; mais Seiffert semblait trouver la chose si naturelle, et la lui présentait si bien comme un devoir, qu'elle s'empressa de céder à la voix de son propre cœur.

Il faut ajouter aussi qu'en entrant dans la chambre de William, elle avait été frappée de la position dangereuse dans laquelle elle avait

7

trouvé M. Mewill et de la physionomie sinistre
de Seiffert. Elle frémissait à la seule pensée que
pareille chose pouvait se renouveler et que
William était exposé à périr, faute de soins,
d'un moment à l'autre.

Soit que Seiffert désirât empêcher Martha de
sortir de l'hôtel, soit qu'il eût quelque autre
motif secret, il proposa à Mlle Smithson d'envoyer
chez elle un domestique de l'hôtel pour préve-
nir de son absence et rapporter ce dont elle
aurait besoin.

Surprise, mais non rassurée, par cette obligeance du maître d'hôtel, la jeune fille accepta
pourtant sa proposition. Elle écrivit quelques
mots à une vieille voisine qui demeurait porte
à porte avec elle, et Seiffert expédia aussitôt un
domestique.

Dès qu'il eut fait partir le messager, Reinhold prit une vrille dans une de ces boîtes d'outils qu'on a dans tous les hôtels et remonta doucement au deuxième étage. Il entra sans bruit dans une chambre contiguë à celle de William et s'y enferma à clef. A l'aide de sa vrille, il pratiqua à la cloison quatre ou cinq trous qui lui permirent de voir et d'entendre ce qui se passait de l'autre côté.

Toujours préoccupé du coffret, Seiffert avait espéré qu'une fois seule avec William et ne se voyant pas surveillée, Martha se laisserait aller à quelque imprudence qui la trahirait. Il n'en fut rien. Le front appuyé sur la main de William qu'elle serrait dans les siennes, Martha priait Dieu avec ferveur. Quand elle levait ses yeux baignés de larmes, ce n'était que pour les porter sur la figure du blessé avec une tendre et profonde anxiété.

— Décidément, ce n'est pas elle qui a enlevé ce damné coffret, murmura Seiffert en quittant son poste d'observation. Voilà toujours le plus grand danger évité. Reste Adolphe... Cela n'est pas probable, pourtant, car il serait plus hardi. Essayons encore de ce côté-là.

Il descendit dans son cabinet et fit mander l'oberkellner. Ce dernier se présenta l'oreille basse et les yeux rougis par les larmes qu'il avait versées, car le pauvre garçon avait pleuré comme un enfant.

En le voyant si humble et si abattu, Seiffert comprit que le coffret n'était pas en sa possession. Aussi le traita-t-il avec la dernière rigueur et envoya-t-il, séance tenante, sa plainte à la police.

Dans la soirée, le commissaire, qui avait eu
une assez longue entrevue avec Seiffert, fit appeler Adolphe Dietz. Il commença par adresser
une forte mercuriale au pauvre oberkellner, que
l'idée seule de comparaître en justice avait bou-
leversé et qui tremblait de tous ses membres.

— M. Seiffert voulait d'abord vous traduire
devant les tribunaux, continua le commissaire.
Il m'a cependant autorisé à vous dire que, si
vous vous engagiez à partir demain et à lui signer un dédit de mille florins dans le cas où
vous reviendriez à Mayence avant deux ans, il
consentait à suspendre les poursuites. Dans
votre intérêt, je vous engage à accepter; votre
affaire est mauvaise et vous seriez infailliblement
condamné pour voies de fait.

Le pauvre Adolphe baissa tristement la tête et

raconta quelle avait été la conduite de Seiffert à son égard.

— Avez-vous quelque titre, quelque preuve à faire valoir? lui demanda le magistrat.

— Hélas! non, monsieur.

— Alors que voulez-vous que je vous dise? C'était à vous à prendre vos précautions. Enfin, décidez-vous. Si vous m'en croyez, vous accepterez les conditions de M. Seiffert et vous quitterez Mayence. Je sais que vous êtes un brave garçon, et il m'en coûterait de vous poursuivre.

Dietz remercia le magistrat et déclara qu'il se soumettait aux conditions imposées par M. Seiffert.

Dix minutes après, il rentrait à l'hôtel et commençait ses paquets. Lorsqu'il les eut achevés, il voulut dire adieu à M. Mewill.

Quoique trop faible encore pour pouvoir parler ou bouger, William avait enfin repris connaissance. Son premier regard était tombé sur Mlle Smithson qui, assise à côté de son lit, tenait encore ses mains entre les siennes.

Une expression de surprise et de joie traversa les yeux de William. Ses lèvres s'agitèrent faiblement, mais un geste suppliant de Martha lui imposa silence. Il obéit et laissa retomber sa tête sur l'oreiller avec l'expression de calme et de confiance d'un enfant qui s'endort sous l'œil affectueux de sa mère.

Lorsque Adolphe entra dans la chambre, Martha lui fit signe de parler tout bas; mais William l'avait déjà entendu. Son regard, encore vague et terne, s'arrêta un instant sur l'ober-kellner. Dietz s'approcha du lit et prit la main du blessé. Une légère pression et un sourire affectueux lui prouvèrent que Mewill le reconnaissait.

Le pauvre Adolphe était si ému que de grosses larmes coulaient sur ses joues rebondies. Il se retira dans un coin de la chambre avec Mlle Smithson, et lui annonça qu'il était obligé de quitter immédiatement Mayence.

Ce fut un grand chagrin pour la jeune fille. Elle n'avait pas eu besoin de beaucoup de temps pour apprécier les bonnes qualités de l'ober-kellner et se voyait ainsi privée du seul appui sur lequel elle pouvait compter dans l'hôtel.

— Pourvu que M. Mewill ait de l'argent au moins, murmura Dietz, qui connaissait le caractère de son patron.

— Croyez-vous qu'il se trouvât à court? dit

Martha; moi, j'en ai un peu, et si cela était...

— Je n'en sais rien, interrompit Adolphe, mais il peut être longtemps malade, et, avec un homme comme mon patron, il faut tout prévoir. Voici mon adresse. S'il manquait quelque chose à M. Mewill, écrivez-le-moi; quoique je ne sois malheureusement pas riche, j'aurai bien toujours un billet de cent florins à vous envoyer.

Martha promit de le tenir au courant de l'état du blessé, et l'oberkellner partit, après avoir jeté un dernier regard de respectueux intérêt sur M. Mewill.

Trois jours s'écoulèrent, trois jours pendant lesquels Martha ne quitta pas la chambre du blessé. Celui-ci était toujours à peu près dans le même état; mais chaque jour qui s'écoulait

7.

ainsi sans accident ajoutait une chance de plus
à son rétablissement.

— Encore deux ou trois jours comme cela, dit
enfin le médecin, et la blessure du poumon sera
cicatrisée. Alors je réponds du malade.

On comprend les transes par lesquelles dut
passer la pauvre Martha. Songer que la vie d'un
être chéri reposant là, sous vos yeux, est sus-
'pendue à un fil; qu'une secousse, une émotion
trop vive, une quinte de toux, peuvent l'enlever
en quelques minutes!

.A chaque mouvement de William, la pauvre
fille tressaillait et sentait le sang se glacer dans
ses veines.

Durant ces trois jours, elle avait déjà éprouvé
plus d'émotions qu'il ne lui aurait fallu en toute
autre circonstance pour tomber malade; mais

elle les avait vaillamment supportées, soutenue qu'elle était par cette prodigieuse énergie qu'on retrouve chez la plupart des femmes lorsque leur cœur est en jeu.

Le quatrième jour, quelques minutes après le départ du médecin, Soiffert entra dans la chambre.

En dépit de l'air bienveillant qu'il cherchait à donner à sa physionomie, ses petits yeux gris et ses lèvres pincées avaient une expression qui fit pressentir quelque méchanceté à Mlle Smithson.

Il commença par demander des nouvelles du blessé, et par féliciter Martha sur le courage et le dévouement qu'elle montrait. Puis, après avoir dit que sa maison était remplie de haut en bas, qu'il manquait de chambres, que le soir même, cependant, il lui arrivait un grand personnage, et qu'un malade était une chose bien gênante dans un hôtel, il annonça qu'il allait faire transporter M. Mewill à l'hôpital.

— A l'hôpital! s'écria Mlle Smithson; à l'hôpital! mais, monsieur, vous savez bien que le médecin a dit, ce matin encore, qu'il falloit avant tout un repos absolu; que la moindre secousse, la moindre émotion...

— Bah! bah! ce sont des idées de médecin, dit-il en haussant les épaules. D'ailleurs, voyez-vous, si M. Mewill doit mourir, j'aime mieux que ce soit ailleurs que chez moi. Il n'y a rien qui fasse tort à un hôtel comme la présence d'un cadavre. Les Russes du premier étage ont déjà déclaré qu'ils allaient quitter, et je ne me soucie pas de perdre, pour les beaux yeux de M. Mewill, les cinq ou six cents florins que ces Russes dépensent par semaine dans ma maison.

Ce fut en vain que Martha essaya de faire comprendre à Spiffert tout ce qu'il y avait de cruel et d'inhumain dans sa résolution. Reinhold semblait du reste avoir quelque secret motif pour augmenter les alarmes de la jeune fille, car, loin de chercher à la rassurer, il se contentait de répondre à ses observations et à ses instances par des motifs d'intérêt personnel.

Lorsqu'il la vit bien désespérée et toute en larmes, il entra dans une nouvelle voie.

— Les jeunes gens sont bien heureux, dit-il avec amertume. Sans même les connaître, on les soigne, on se dévoue pour eux. Si pareil accident m'était arrivé, du diable si quelqu'un se fût occupé de moi... A quoi cela me sert-il d'avoir amassé quelque fortune à force de travail et

d'économie ?... Si je tombais malade, on me laisserait crever comme un chien sans personne à
mon chevet.

— Vous pouvez vous marier, dit Martha.

— Moi !... épouser quelque femme qui me
prendrait pour mon argent et qui me planterait
là afin de suivre quelque jeune galant !... Non,
non... Ah ! si je trouvais une femme comme
vous, par exemple !...

Partant de là, et ne se laissant point arrêter
par les efforts de Martha pour détourner la conversation, il en arriva à demander à Mademoiselle
Smithson si elle voulait devenir sa femme.

Pour tout observateur de sang-froid, il était
évident que Seiffert tendait à ce but depuis son
entrée dans la chambre ; mais Mademoiselle Smithson était trop bouleversée pour avoir remarqué

tout cela. Elle s'attendait si peu à la demande de Seiffert qu'elle resta atterrée. Il fut obligé de répéter ce qu'il avait dit, en jurant qu'il parlait sérieusement.

— Comment! dit-elle enfin, vous voulez m'épouser, moi, une pauvre orpheline sans fortune?...

— Qu'importe si je vous aime, répondit Seiffert en essayant vainement de faire briller un éclair de passion dans ses yeux ternes et sans expression.

— Mais, vous ne m'aimez pas, Monsieur Seiffert, reprit-elle avec vivacité. En mainte occasion, au contraire, vous m'avez témoigné une véritable aversion.

— J'étais froissé, jaloux, aigri!... On m'avait rapporté certains propos que vous aviez tenus sur mon compte... Puis, vous me receviez si mal chaque fois que j'essayais de vous parler! Le courage avec lequel vous avez supporté la pauvreté et travaillé pour vivre a encore augmenté l'estime et l'affection que vous m'inspiriez. Je suis sûr que vous ferez une femme capable et dévouée.

— Mais je ne vous aime pas, moi, monsieur Seiffert.

—Hélas! je le sais bien; mais avec le temps...

— Jamais! s'écria-t-elle avec une vivacité qu'elle ne put contenir...

Quoi que Seiffert pût dire pour persuader Mademoiselle Smithson de son amour, elle ne paraissait nullement disposée à se laisser convaincre. Il est vrai que, malgré la chaleur qu'il mettait à plaider sa cause, le maître d'hôtel avait l'air

aussi faux qu'emprunté dans son rôle d'amoureux. Il le sentit bientôt lui-même. Changeant
alors de ton, il déclara nettement à Mademoiselle
Smithson qu'il allait envoyer immédiatement
Mewill à l'hôpital, si elle ne jurait pas de
devenir Madame Seiffert.

On comprend l'indignation et les instances
de la jeune fille à cette cruelle condition.
Seiffert laissa passer le premier torrent de reproches et de prières, et revint à la charge avec
le sang-froid et la logique impitoyable d'un
homme sans cœur qui est maître de la situation
et qui veut être obéi.

Ce fut en vain que Martha, éperdue, épuisa
tous les arguments, en vain qu'elle se jeta aux
genoux de Seiffert en le conjurant de sauver
M. Mewill, sans lui imposer à elle-même le sa-

crifice de sa liberté. Reinhold·resta inexorable.

— Que M. Mewill meure ou non, dit-il enfin
avec colère, cela ne me regarde pas. Dans une
heure, il aura quitté mon hôtel, ou vous m'aurez
juré sur l'Évangile de devenir ma femme et de
ne jamais raconter à cet Anglais ce qui se passe
aujourd'hui entre vous et moi.

La lutte entre Reinhold et la pauvre Martha
se prolongea quelque temps encore. Vingt fois
peut-être Seiffert se leva pour sonner le domestique ; vingt fois Martha, se jetant au-devant de
lui, lui dit qu'elle allait obéir ; mais, au moment
de mettre la main sur la Bible pour prononcer
le terrible serment qu'exigeait Seiffert, le courage manquait toujours à la pauvre enfant.

A la fin, cependant, brisée par les sanglots,
épuisée par la lutte, il lui fallut céder à l'impi-

toyable volonté du maître d'hôtel. Elle étendit la main sur la Bible et jura que, dans deux mois au plus tard, elle épouserait Seiffert, « à moins, ajouta-t-elle, que M. Seiffert lui-même ne me dégage de ma parole ».

Reinhold haussa les épaules en entendant cette addition au serment qu'il avait dicté.

— Soit, dit-il; seulement vous pouvez être certaine que je ne changerai pas d'avis. Je vous laisse maintenant, mademoiselle. Je ne vois que trop que ma présence vous importune et je ne vous en tourmenterai plus. Dès que M. Mewill sera rétabli, nous reprendrons notre conversation d'aujourd'hui.

Restée seule, Martha se laissa tomber dans un fauteuil et se couvrit la figure de ses deux mains. Les larmes ruisselaient entre les doigts

de la pauvre enfant. Tout son corps tremblait
sous les sanglots qu'elle s'efforçait vainement de
contenir. Elle se jeta à genoux et pria quelque
temps. Puis, un peu calmée par la prière, ce
baume divin de tant de blessures, elle reprit
son poste au chevet de William.

Au bout de quelques jours, qui parurent
autant de siècles à la jeune fille, le médecin
déclara que la convalescence de William serait
peut-être longue encore, mais qu'il le regardait
désormais comme hors de danger. Cette nouvelle récompensa Mademoiselle Smithson de
toutes ses peines. La pensée de son engagement avec Seiffert vint seule troubler le bonheur de la pauvre enfant.

Grâce à la jeunesse et à la saine constitution
de Mewill, son rétablissement marcha rapide-

ment. Le médecin trouvait de l'amélioration presque à chacune de ses visites.

Le premier regard, la première parole de William, avaient été pour remercier Mademoiselle Smithson.

Comme la chaleur qu'il mettait à exprimer sa reconnaissance lui faisait oublier les recommandations du docteur, Martha fut obligée de lui imposer silence; mais si les lèvres du malade restaient muettes, il n'en était pas ainsi de ses yeux, qui suivaient tous les mouvements de la jeune fille avec une tendresse et une reconnaissance profondes.

Dès que le médecin en eut accordé la permission, Martha fit venir le petit Diepold, qu'elle avait été obligée jusque-là de confier aux soins de sa vieille voisine. Le pauvre enfant entra dans la chambre sur la pointe de ses petits pieds. Quand il vit son ami William étendu sur le lit et tout pâle encore, il se mit à pleurer.

Martha le prit dans ses bras et le porta à Mewill. L'enfant se jeta au cou du jeune homme et lui prodigua les plus charmantes caresses. Comme il pleurait toujours, Mewill se hâta de le consoler et n'eut pas de peine à y parvenir. Cinq minutes après, Diepold riait de tout son cœur des histoires que lui racontait le jeune Anglais.

A partir de ce jour, Diepold accompagna sa tante dans les longues visites qu'elle faisait chaque jour au malade. Martha se trouvait ainsi moins seule et le babil enfantin du petit garçon apportait une agréable diversion à l'entretien des deux jeunes gens.

Quand Martha faisait la lecture à haute voix,

Diepold s'asseyait sur un petit tabouret au pied de la jeune fille, sur les genoux de laquelle il posait les deux mains. Puis il écoutait de toutes ses oreilles. Quelquefois le pauvre petit s'endormait, Martha le couchait alors sur le pied du lit ou dans un fauteuil, et reprenait sa lecture.

Depuis que sa présence n'était plus indispensable dans la chambre du blessé, Martha retournait chez elle chaque jour pour l'heure des repas. De temps en temps, elle rencontrait Seiffert sur l'escalier ou dans le corridor.

A la grande surprise de Martha, qui ne l'aurait jamais supposé capable d'une telle réserve, il n'importunait nullement Mademoiselle Smithson, et ne cherchait en rien à troubler les entretiens des deux jeunes gens.

Il y mettait une délicatesse dont Martha ne

lui aurait certes pas été si reconnaissante, si
elle avait su que le maître d'hôtel passait souvent des heures entières dans la chambre voisine, l'oreille ou les yeux collés aux trous qu'il
avait pratiqués dans la cloison.

Mademoiselle Smithson avait vécu si longtemps
dans l'isolement le plus complet, que sa vie lui semblait toute transformée. Son cœur s'épanouissait
dans la chambre de William comme une fleur
au soleil. A peine levée, elle songeait au moment
de partir pour l'hôtel du Dragon. Sans qu'elle
s'en aperçût, elle n'avait pas une seule pensée
qui ne se rapportât à M. Mewill. Il en était de
même de Diepold, qui avait un culte pour William. Outre ce besoin de dévouement qui existe
à l'*état latent*, comme le dirait un chimiste, chez
presque toutes les femmes, Mademoiselle Smith-

son sentait chaque jour augmenter son intérêt pour ce jeune homme si doux, si bon et si courageux.

M. Mewill était, en effet, un malade charmant : au plus fort même des douleurs que lui causait sa blessure, il n'avait jamais un moment d'impatience et montrait un calme inaltérable. Il paraissait avoir beaucoup voyagé et possédait une grande instruction.

Bien que Mademoiselle Smithson eût reçu de son côté une excellente éducation, elle apprenait chaque jour quelque chose de nouveau dans ses entretiens avec M. Mewill. Elle se perfectionnait avec lui dans la langue anglaise et lui donnait à son tour des leçons d'allemand.

C'était vraiment plaisir de les voir intervertir ainsi les rôles. Plus d'une fois, il arrivait que l'élève grondait le professeur parce qu'au milieu

8

de sa leçon il s'oubliait à causer et laissait tomber le livre.

William avait entrepris aussi de faire l'éducation de Diepold. Il lui donnait des leçons fort sérieuses dont le petit drôle profitait admirablement. Pendant ce temps, Martha brodait à côté d'eux et regardait quelquefois d'un œil rêveur la tête du jeune homme et celle de l'enfant penchées sur le même livre.

A quoi pensait-elle? Dieu le sait.

Un matin, en entrant chez M. Mowill, Martha le trouva en grande conférence avec un des agents supérieurs de la police, auquel William montrait quelques lettres. A la vue de Mademoiselle Smithson, William dit précipitamment quelques mots à demi-voix à l'agent. Celui-ci se leva aussitôt et se retira en saluant le jeune Anglais avec un air respectueux qui frappa Mademoiselle Smithson.

— Que vous est-il donc arrivé? demanda-t-elle à William.

Il lui raconta que la veille au soir, en ouvrant sa malle, il s'était aperçu qu'on lui avait enlevé un coffret contenant des papiers importants.

— J'ai commencé par faire monter mon maître d'hôtel, dit William. Il n'a pu me donner aucun renseignement, et m'a envoyé un agent de police pour recevoir ma déclaration.

— Mon Dieu! s'écria-t-elle en rougissant, pendant toute votre maladie il n'y a eu que moi dans votre chambre. Si l'on allait...

Il l'interrompit en riant.

— Voyons, dit-il, ne vous tourmentez pas. J'ai prévenu l'agent que je répondais de vous et qu'il n'y avait aucune recherche à faire de votre côté. Du reste, pour vous tranquilliser complétement, je vous dirai que ce coffret ne contient que des papiers de famille sans valeur pour tout autre que pour moi.

— Mais alors, dit-elle, quel intérêt pouvait-on avoir à vous voler ces papiers?

— Je suppose que le voleur aura cru que ce coffret renfermait de l'or ou des billets de banque.

— Comment ce vol a-t-il pu s'accomplir? Pendant tout le temps que vous avez été sans connaissance, je n'ai quitté votre chambre ni jour ni nuit.

Il la remercia par un regard si tendre et si reconnaissant qu'elle baissa les yeux.

— Cela se sera fait depuis que vous sortez, répondit-il.

— Vous l'auriez vu.

— C'est vrai. Alors peut-être avant votre arrivée...

— Il n'y avait pas un quart d'heure qu'on venait de vous rapporter à l'hôtel lorsque je suis entrée dans votre chambre.

— Vous n'y avez rencontré personne?

— Adolphe Dietz, puis le médecin, puis M. Seiffert.

— Dietz est un brave garçon que je rougirais de soupçonner, surtout après ce que vous m'avez raconté; le médecin non plus.

— Oh! certes non, s'écria-t-elle; ni l'un ni l'autre ne sont capables de cela. Je croirais plutôt...

Elle s'arrêta brusquement.

— Que c'est M. Seiffert, n'est-ce pas? acheva

8.

William. Eh bien, je vous avoue que telle a été aussi ma première idée. La physionomie sournoise et doucereuse de cet homme m'est antipathique, et j'en ai la plus mauvaise opinion. Je me demande pourtant dans quel but il aurait pris ces papiers qui ne peuvent avoir aucune valeur pour lui. Enfin nous verrons bien.

Quelques jours s'écoulèrent sans que William entendît parler de l'information qu'on avait commencée sans bruit au sujet de Seiffert. Lui-même, du reste, ne paraissait plus conserver grand espoir, car il avait commencé à écrire force lettres, « afin, dit-il à Mademoiselle Smithson, de remplacer ceux d'entre les papiers contenus dans le coffret dont il croyait possible d'obtenir un duplicata ».

Lorsque le docteur permit enfin à Mewill de

sortir, ce dernier prit une voiture et se fit
conduire au New-Anlage avec Martha et Diepold.

A cette heure de la journée la promenade
était presque déserte. William et Martha s'as-
sirent sur un banc, tandis que Diepold courait
autour d'eux avec d'autres enfants.

Les deux jeunes gens restèrent quelque temps
silencieux. Sans s'en douter, chacun d'eux avai
la même pensée. Ils songeaient au premier jour
où ils s'étaient rencontrés dans cette même allée,
et à tout ce qui s'était passé depuis.

Au bout de quelques minutes, Martha releva
la tête; ses yeux humides rencontrèrent le regard ému et passionné de William.

— Martha, ma chère Martha, dit Mewill en
lui saisissant la main, je pensais au jour où je

vous ai rencontrée ici pour la première fois. Je bénissais Dieu qui vous avait conduite auprès de moi comme un ange d'espoir et de consolation, au moment où je croyais avoir renoncé pour toujours aux joies de ce monde.

— Vous étiez donc bien malheureux? murmura-t-elle en souriant à travers ses larmes.

— Je me le figurais du moins... Ingrat que j'étais! Je maudissais la Providence qui me réservait un bonheur bien au-dessus de celui que j'avais perdu. Que de fois, en vous regardant, Martha, j'ai demandé pardon à Dieu de mes injustes murmures! Ce n'est que depuis que je vous connais que j'ai compris tout ce qu'il pouvait y avoir de dévouement et de bonté dans le cœur d'une femme.

— Et cette Henriette de Splittern cependant,

celle dont vous prononciez si souvent le nom lorsque vous avez eu le délire?

— J'ai cru l'aimer, Martha... Oh! ne souriez pas ainsi... Sur l'honneur, je dis la vérité. Lorsqu'on aime une femme, ce n'est pas seulement pour sa beauté, n'est-ce pas? c'est aussi pour son esprit, pour ses qualités morales, pour son cœur surtout. Eh bien, j'aimais Mademoiselle de Splittern pour les qualités que je lui supposais. Le jour où j'ai reconnu mon erreur, mon amour s'est envolé avec les illusions qui l'avaient fait naître.

— Mais il reviendra peut-être.

— Oh! je vous jure que non. La baronne de Vesperren serait maintenant devant moi, que sa vue ne me ferait aucune impression.

— La baronne de Vesperren? murmura la jeune fille.

— C'est ainsi que doit s'appeler maintenant
Mademoiselle de Splittern. Connaîtriez-vous le
nom de Vesperren?

— Moi? non; c'est-à-dire, oui, répondit-elle
avec une sorte d'embarras. C'était le parent...
le parent d'un ami de mon beau-frère Otto...
Je les ai entendus en parler quelquefois.

— Écoutez, Martha, reprit William, je veux
que vous sachiez tout ce qui s'est passé entre
Mademoiselle de Splittern et moi, afin que vous
puissiez lire désormais dans mon cœur comme
moi-même.

IV

L'année dernière, au mois de juin, je parcourais à pied les montagnes de la Suisse. Dans une de mes excursions, je rencontrai une jeune fille qui voyageait avec son père. Elle était jeune, belle, aimable et séduisante. Un jour j'eus le bonheur de lui éviter un accident qui aurait pu avoir des suites funestes. Cela me valut l'entrée de la maison qui, sans cette circonstance, serait toujours restée fermée à un pauvre artiste comme moi. Nous passâmes ensemble un mois en Suisse et deux mois à Wiesbaden.

Je croyais l'aimer. Elle aussi disait partager mon amour. Malheureusement son père eut des soupçons. Pauvre et sans nom, je ne pouvais espérer d'obtenir la main d'Henriette. M. de Splittern l'emmena de Wiesbaden. Je voulus la suivre : elle me le défendit. Je lui demandai un an pour me rendre digne d'elle.

— Si d'ici à cette époque je ne suis pas dans une position qui me permette de présenter ma demande à votre père, lui dis-je, je vous rends votre parole.

Elle me promit de m'aimer toujours et me jura qu'au bout d'un an elle serait à moi, quelle que fût ma position. Nous étions convenus de nous retrouver l'année suivante à Wiesbaden, où son père va chaque année. Elle devait m'avertir par une lettre adressée, poste restante, à Wiesbaden.

A l'époque qu'elle m'avait fixée, je suis venu m'installer dans cette ville. Chaque jour j'allais à la poste demander une lettre qui n'arrival jamais. A peine osais-je m'absenter pour des affaires de famille qui me forçaient quelquefois de me rendre dans des villes voisines.

William lui raconta ensuite la rencontre qu'i avait faite à Mayence de Mademoiselle de Splittern et du baron de Vesperren.

Caché parmi les arbres du jardin, continua-t-il, j'entendis leur conversation, leurs projet d'union et leurs propos d'amour. Ils étaient fiancés et devaient se marier à la fin du mois.

Au bout de quelques minutes, un nuages

passa devant mes yeux. Je tombai évanoui. On me porta à l'hôtel et je fis alors cette longue maladie dont j'étais à peine rétabli le jour où je vous ai vue pour la première fois.

— Êtes-vous bien sûr de ne plus aimer Mademoiselle de Splittern? dit Martha en secouant la tête. Peut-être n'est-elle pas encore mariée... Peut-être...

— Je vous jure que maintenant, si elle s'offrait à moi, je la refuserais, et cela sans orgueil, sans ressentiment. Je pourrais me venger de sa perfidie que je ne le ferais certes pas. Je ne lui en veux même plus. Il n'y a désormais de place dans mon cœur que pour l'amour que vous m'avez inspiré.

— M. William !...

— Laissez-moi vous parler à cœur ouvert,

Martha. Jusqu'ici j'ai retenu l'aveu qui rayonnait dans mes yeux, et qui cette fois est venu de mon cœur à mes lèvres : aujourd'hui que nous voilà dans ce jardin où nous nous sommes vus pour la première fois, sous ce beau ciel, bleu comme l'azur de vos yeux, je veux vous exprimer avec quel respect, avec quelle reconnaissance, avec quel amour pur et saint je vous aime. Martha, mon bon ange, mon sauveur, âme de ma vie, voulez-vous unir pour jamais votre sort au mien et devenir ma femme bien-aimée?

Touchée de ces paroles prononcées d'une voix si tendre et si émue, Martha ne put s'empêcher de lever sur le jeune homme ses yeux attendris. Son regard humide croisa le regard passionné de William, et la main de Martha tomba dans celle de Mewill.

— Martha, ma bien-aimée, ma femme chérie!
murmura-t-il en attirant la jeune fille sur son
cœur.

Tout à coup Mademoiselle Smithson tressaillit
et s'arracha des bras de William.

— Martha! s'écria-t-il surpris de ce brusque
mouvement et de l'expression de la physionomie
de Mademoiselle Smithson.

Elle se couvrit la figure de ses deux mains,
et ne répondit pas. La pauvre fille venait de se
rappeler qu'elle avait juré sur la Bible d'épouser
Seiffert.

La réaction douloureuse qui avait si promptement succédé à la joie dont son cœur était
enivré lui porta un coup terrible. Si le dossier
du banc ne l'avait soutenue, elle aurait roulé à
terre. Elle resta pendant plusieurs minutes pres-

que sans connaissance, ne voyant et n'entendant rien. A la fin les larmes se firent jour à travers ses paupières brûlantes, et soulagèrent un peu sa poitrine oppressée.

— Au nom du ciel! Martha, qu'avez-vous? lui demanda le pauvre William, effrayé de ce désespoir soudain. Qu'ai-je dit, qu'ai-je fait qui ait pu vous affliger ainsi? Martha, de grâce, répondez-moi; votre silence me tue! Martha!

Elle lui pressa faiblement la main.

— Ne vous tourmentez pas ainsi, mon ami, lui dit-elle enfin; je suis un peu souffrante ce matin. J'avais les nerfs malades, mais les larmes m'ont calmée; maintenant je suis bien... et... adieu!

Elle se leva brusquement.

—Vous me quittez! s'écria-t-il en la retenant.

— Oui... oui... il le faut.

— Il le faut... mais pourquoi?... Je vous en conjure, Martha, ne me quittez pas ainsi... Qu'avez-vous contre moi?

— Rien, mon ami, rien, je vous jure!

— Alors vous m'aimez, vous consentez à me laisser pour toujours cette main chérie?...

— C'est impossible! dit-elle en faisant un violent effort sur elle-même.

—Vous refusez donc de devenir ma femme?... reprit-il avec une douloureuse surprise. L'ai-je bien entendu?...

— Je ne puis...

— Vous ne m'aimez donc pas?...

La pauvre fille n'eut pas la force de répondre. Elle laissa tomber sa tête entre ses deux mains et se remit à pleurer avec amertume; puis, sentant que, si elle restait davantage, elle n'aurait plus la force de tenir son serment, elle se leva, saisit la main de Diepold qui la regardait avec de grands yeux étonnés, et s'éloigna en faisant signe à William de ne pas la suivre.

Durant plus de deux heures, Mewill arpenta la promenade en se creusant la cervelle pour deviner le motif du refus inexplicable de Mademoiselle Smithson. Le soir, il lui fut impossible de résister plus longtemps à l'inquiétude qui le dévorait. Il se rendit à la petite maison dans laquelle habitait Mademoiselle Smithson, auprès de la place Gutenberg.

Une vieille femme, qui occupait le rez-de-chaussée, dit à Mewill que Martha était rentrée fort souffrante, et qu'elle venait de se coucher.

William rentra chez lui inquiet et désolé. Le

lendemain il se présenta de nouveau chez
Mademoselle Smithson. La vieille femme monta
chez Martha pour la prévenir de la visite qui
lui arrivait. Mademoiselle Smithson pria William
de l'attendre, et descendit quelques minutes après
avec Diepold.

Quoi qu'elle pût faire pour dissimuler les
traces de ses larmes et de son insomnie, la
pauvre fille avait la figure si décomposée et les
yeux tellement gonflés que William se sentit le
cœur brisé. S'il avait été seul avec elle, il se
serait jeté à ses genoux pour la supplier de lui
révéler le secret de son chagrin. Mais devant la
vieille voisine, à laquelle Mademoiselle Smithson
avait fait signe de ne pas s'éloigner, il était obligé
de se contenir. Il essaya de la décider à venir à
New-Anlage, mais elle refusa. Puis, lorsqu'il

voulut reprendre leur conversation de la veille
et reparler de son amour, Martha l'interrompit:

— Monsieur William, lui dit-elle, ne parlez
plus jamais de cela, je vous en prie. Je ne puis
être votre femme, je vous le jure. Vous comprenez qu'alors il ne doit plus être question entre
nous que d'amitié. Je ne puis pas vous laisser
parler désormais d'un sentiment que je ne dois
ni ne veux partager.

Force fut à William d'accepter ce programme,
mais il n'y resta pas longtemps fidèle. Comme
la vieille voisine ne savait pas un mot d'anglais,
Mewill en profita pour s'exprimer en cette langue. De temps en temps, Martha lui rappelait sa
promesse; alors il s'excusait, parlait d'autre
chose et revenait un instant après à son sujet
favori.

9.

Il est bien difficile pour une femme d'imposer silence à un amour qu'elle sent sincère et qu'elle partage au fond du cœur. Puis Mewill était si inquiet, si désolé, le tremblement de sa voix et les larmes qui roulaient dans ses yeux révélaient si bien toutes ses angoisses, qu'un cœur de rocher seul aurait pu ne pas en être touché.

Martha prit une détermination héroïque.

— Monsieur William, lui dit-elle, vos instances me forcent à vous dire toute la vérité. A la fin de ce mois, je dois épouser M. Seiffert.

— M. Seiffert! s'écria William stupéfait; M. Seiffert, mon maître d'hôtel?

— Oui, monsieur.

— C'est impossible, reprit-il avec véhémence : vous, jeune, belle, intelligente, bien élevée, épouser cet homme au regard faux, au caractère méprisable! Je vous dis que c'est impossible. Vous me trompez.

Au bout de quelques minutes, Martha comprit qu'elle ne pourrait résister longtemps aux questions pressantes et aux tendres paroles de cette voix suppliante qui la remuait jusqu'au fond du cœur. Comme la veille, elle se leva brusquement en déclarant à Mewill que sa détermination était irrévocable.

Dès qu'elle eut refermé sur William, qui l'avait suivie, la porte de sa petite chambre, elle tomba à genoux devant une chaise, puis, appuyant son front sur ses mains croisées, elle laissa enfin éclater les sanglots qui gonflaient depuis si longtemps sa poitrine.

De son côté, William rentra chez lui plus désespéré encore que la veille. En lui donnant la clef, le concierge lui remit une lettre. C'était un petit mot du commissaire de police. Il priait M. Mewill de passer à son bureau dans l'après-midi, attendu qu'il avait une nouvelle communication à lui faire. Tout en lisant ce billet, William entendait, pour ainsi dire, machinalement, une querelle qui avait lieu entre le maître d'hôtel et l'un de ses domestiques.

Les scènes de ce genre se reproduisaient assez souvent, car Seiffert était fort brutal et fort *sottisier,* comme on dit dans le peuple.

Le domestique, qu'il accablait d'injures en ce moment, était un garçon nommé Heinrich Moll, le plus intelligent et le plus actif des garçons de l'hôtel, mais aussi le plus mauvais sujet de tous.

La fureur de Seiffert provenait d'une note qu'il tenait à la main, et qui montait à soixante-quinze florins pour fourniture d'une robe de soie.

— Brigand! coquin! voleur! criait M. Seiffert; tu déshonores ma maison par tes dettes et ta mauvaise conduite.

Moll se récria :

— Tu as beau dire, reprit Seiffert, tu ne peux avoir gagné honnêtement tout l'argent que tu dépenses; mais j'éclaircirai cela. S'il m'est prouvé que tu as pris de l'argent dans quelque chambre de voyageur, je te promets que tu n'attendras pas longtemps ta place en prison, avorton, voleur que tu es!

— Il y a des papiers qui valent plus que de l'argent pour certaines personnes, dit Heinrich en regardant fixement Seiffert.

Ce dernier pâlit et jeta un rapide regard autour de lui. Il aperçut alors M. Mewill qui, le pied sur la première marche de l'escalier, achevait de parcourir la lettre qu'on venait de lui remettre.

Après un instant d'indécision, William revint sur ses pas et sortit pour se rendre chez le commissaire.

Les paroles d'Heinrich étaient bien parvenues à son oreille, mais elles n'étaient pas arrivées à son cerveau, ou, du moins, elles n'avaient pas éveillé l'attention de son esprit préoccupé.

Seiffert se hâta d'emmener le domestique dans son cabinet, dont il ferma soigneusement la porte.

— Heinrich, dit Seiffert en fixant un regard menaçant sur le garçon, c'est toi qui a pris le coffret de M. Mewill.

Moll nia d'abord énergiquement, mais il ne put ébranler la conviction du maître d'hôtel. Poussé à bout par les menaces de Seiffert, il prit l'offensive à son tour. Il fit comprendre à Rein-hold qu'il l'avait vu ouvrir la malle de William et regarder les papiers du coffret.

— Un maître d'hôtel a le droit de savoir quels sont les gens qu'il loge et de prendre ses précautions pour être payé, dit Seiffert. D'ailleurs en supposant que j'aie fait ce que tu dis, comment le saurais-tu, puisqu'il n'y avait personne dans la chambre?

— Oui, mais, dans le cabinet de toilette... à travers le trou de la serrure, on peut voir bien des choses.

— Le cabinet de toilette était vide.

— On s'était peut-être envolé pendant que

vous vous querelliez avec Adolphe Dietz.

Il sortit là-dessus d'un pas délibéré, laissant le maître d'hôtel dévorer sa colère et chercher le moyen de se débarrasser de lui. Pendant que Seiffert envisageait de sang-froid le danger auquel l'exposait sa complicité forcée avec Moll, celui-ci s'occupait tranquillement à rétablir l'économie de sa toilette, un peu compromise par son altercation avec Seiffert.

En descendant, il s'arrêta devant la porte de la chambre de William. Ne voyant point de clef dans la serrure, et n'entendant aucun bruit, il ouvrit la porte avec son passe-partout et entra.

Il s'approcha de la toilette et répandit sur son mouchoir une ample ration de l'*essence de bouquet* contenue dans un petit flacon. Il était tellement absorbé dans cette agréable occupation et dans la contemplation de sa propre figure dans le miroir, que ce fut seulement en se retournant qu'il aperçut derrière lui M. Mewill.

Surpris et consterné, il resta la bouche béante et laissa tomber le flacon, sans oser même se baisser pour le ramasser.

Ainsi que nous l'avons vu, William était allé chez le directeur de la police.

— Monsieur, avait dit ce dernier au jeune Anglais, toutes les informations que nous avons recueillies n'ont fait que confirmer ce que vous nous avez dit de la probité d'Adolphe Dietz et du domestique qui faisait votre chambre. Quant à la jeune fille qui vous a soigné, nous n'avons aussi que de bons renseignements sur elle. Seulement nous avons appris qu'elle ne portait pas son véritable nom.

— Comment s'appelle-t-elle donc alors? demanda William.

— Elle s'appelle Martha Elding.

— Elding! s'écria William. En êtes-vous bien sûr, monsieur?

— Parfaitement. Vous connaissez ce nom, paraît-il?

— Certainement... Une partie des papiers qu'on m'a pris concernaient une personne de ce nom.

— Ah!... son père était un Anglais appartenant, dit-on, à une grande famille. Il avait épousé une jeune Allemande qui n'était ni noble ni riche. Ce mariage, accompli malgré ses parents, avait achevé de le brouiller avec eux. Il était venu s'établir à Dresde comme banquier. On a cru longtemps qu'il faisait de bonnes affaires, et il jouissait de l'estime générale. Il paraît malheureusement que sa prospérité n'était qu'apparente. Un jour, il est tombé malade et il a été pendant plus de trois mois sans pouvoir s'occuper de ses affaires. On a alors commencé à dire tout bas dans le public que son passif pourrait bien dépasser son actif.

Il avait enfin pris le dessus et allait même se remettre un peu au travail, lorsqu'un jour on l'a trouvé mort dans son lit. Un résidu de poison qui se trouvait encore au fond de son verre de tisane a révélé le genre de mort auquel il avait succombé.

Diverses circonstances ont d'abord fait croire à un crime, mais bientôt on a pénétré la vérité. On a su qu'il était de 200,000 florins au-dessous de ses affaires; que, la veille au soir, il s'était fait apporter dans sa chambre ses principaux registres, et que son fondé de pouvoirs lui avait nettement expliqué sa triste situation. Il est probable qu'en se voyant forcé de déposer son bilan, il aura perdu la tête et se sera suicidé.

Je dois ajouter que, depuis un mois et à la requête, paraît-il, de la famille de M. Elding, deux comptables sont occupés à vérifier tous les livres et tous les comptes de l'ancienne maison de banque. Cette famille qu'on dit puissamment riche, a déposé une somme suffisante pour désintéresser complétement tous les créanciers.

Il paraît seulement qu'elle est persuadée, à tort ou à raison, que M. Robert Elding a été la victime de ses ennemis et qu'il n'était nullement en faillite aù moment de sa mort. Il avait forcé les autres banquiers d'abaisser le taux de leur escompte et quelques-uns de ses confrères lui en voulaient beaucoup.

— M. Robert Elding n'avait-il pas deux filles?

— Oui, monsieur, l'aînée, Louise, avait épousé le baron Otto de Vesperren, qui, lui aussi, s'était marié malgré sa famille. Le peu de fortune qu'il possédait a été englouti dans le désastre de son beau-père. Sa femme et lui sont morts en grande partie de chagrin, dit-on. Il n'est resté que Mlle Martha, qui a quitté Dresde avec son petit neveu, et qui est venue se fixer à Mayence, où elle a pris le nom de Smithson, et donné au petit garçon celui de Steinberg.

— Pourquoi ce changement?

— Il paraît que la famille de M. de Vesperren, qui est dans une belle position de fortune, a promis qu'elle fournirait aux frais de l'éducation

de l'enfant dans une université, mais à la condition expresse que sa tante et lui changeraient
de nom.

— Ce qui permet à M. Philippe de Vesperren
de porter le titre de baron, qui appartient légi-
timement à son neveu, pensa William.

— Du reste, monsieur, comme j'avais l'honneur de vous le dire, nous n'avons recueilli que
de bons renseignements sur Mademoiselle Elding
ou Smithson. Elle vit très-retirée, travaille beaucoup et se dévoue entièrement à son petit neveu.

—Puisque vous y mettez tant de bonne grâce,
dit William après avoir remercié le directeur,
je vous prierai de faire prendre quelques renseignements sur mon maître d'hôtel, M. Seiffert.

— J'ai écrit pour cela dès le premier jour,
répondit le Mayençais, et je compte recevoir ces

renseignements avant la fin de la semaine.

Mewill salua le magistrat qui semblait lui témoigner une singulière déférence et se retira.

En sortant du bureau, William courut chez Martha. La vieille voisine ne voulait pas le laisser monter, mais il était déjà arrivé en haut de l'escalier avant qu'elle eût terminé sa phrase.

En apercevant William, Diepold s'élança dans ses bras. Ses joyeuses démonstrations donnèrent le temps à Mademoiselle Smithson de se remettre un peu de son trouble.

— Bonjour, miss Elding, dit William en tendant la main à la jeune fille.

Elle fut tellement interdite qu'elle resta deux ou trois minutes sans pouvoir prononcer un mot.

— Comment avez-vous appris ce nom? demanda-t-elle enfin.

— Votre père, continua-t-il, appartenait à la famille des Elding, de Warwickshire... Il était le propre neveu du vieux duc de Rivingstone, le chef de la famille, qui est mort il y a deux ans.

— Tout cela est vrai, dit Martha, de plus en plus surprise; mais comment se fait-il que vous soyez si bien au courant?

— Ceci est mon secret, répliqua-t-il en souriant. Chacun a le sien. Mais revenons à votre père. Il s'était trompé en croyant que sa famille l'avait oublié. Son oncle, le duc de Rivingstone, regrettant d'avoir été trop dur envers lui, l'a porté sur son testament. Il lui a laissé 10,000 livres sterling à lui et à ses enfants. De plus, comme il avait appris sa faillite, il a chargé

l'héritier principal de désintéresser complète-
ment tous ses créanciers.

— Mon pauvre petit Diepold! s'écria la jeune
fille en embrassant l'enfant avec une effusion de
joie, tu pourras donc reprendre ton nom et je
n'aurai plus à trembler pour ton avenir! Mais,
monsieur William, êtes-vous bien sûr de tout
cela?

—Parfaitement, mademoiselle, j'ai vu de mes
propres yeux le testament du duc de Rivingstone.
Comme je partais en ce moment pour l'Allemagne, votre famille m'a chargé de faire les dé-
marches nécessaires pour retrouver les enfants
de M. Elding; mais votre changement de nom
avait dérouté toutes mes recherches.

Martha se remit à embrasser Diepold avec
une joie profonde. C'était pour lui bien plus que

pour elle-même qu'elle se réjouissait de la fortune.

— Maintenant que vous voilà riches tous les deux, reprit William en souriant, vous ne voudrez plus me reconnaître.

— Oh! monsieur William, dit-elle en lui tendant la main. Elle voulut ajouter quelques mots, mais son cœur était trop plein.

— Au moins, reprit William après quelques moments de conversation, au moins vous ne serez plus obligée d'épouser cet affreux Seiffert.

Ce mot seul dissipa tout à coup la joie de Mademoiselle Smithson. Elle porta les deux mains à son front et devint pâle comme une morte.

— Martha! s'écria Mewill effrayé lui-même, ce mariage n'aura pas lieu, n'est-ce pas?

— Il le faut... murmura-t-elle d'une voix

étouffée. Écoutez, reprit-elle en relevant tout à
coup la tête, est-ce que vous avez jamais
parlé à M. Seiffert de la fortune qui m'attendait?

— Jamais! puisque j'ignorais même que ce
fût à vous que devait revenir cette fortune.

— Vous auriez pu lui parler du motif qui
vous faisait rechercher la famille Elding. Le
changement de sa conduite envers moi, cependant... sa demande... son exigence... Ah! reprit-
elle frappée d'une nouvelle pensée, dans ce
coffret qu'on vous a enlevé, n'y avait-il pas quelques papiers relatifs à ma famille?

— Ils y étaient presque tous, les plus importants du moins... entre autres une copie du
testament du duc de Rivingstone.

— Oh! je comprends tout alors. C'est lui...

Elle s'arrêta et se couvrit encore la figure de
ses deux mains.

— C'est lui qui a volé le coffret, n'est-ce pas?
s'écria William. Oh! j'en étais sûr! Maintenant,
du moins, il ne peut plus être question de votre
mariage avec cet homme, et rien ne s'opposera
à notre union.

Martha baissa la tête sans répondre.

— Je vous en conjure, reprit-il les mains
jointes, ne me laissez pas ainsi dans l'incertitude
sur l'engagement mystérieux qui vous lie à ce
misérable Seiffert. Si vous saviez combien je
vous aime! Je ne pense qu'à vous, je ne vis que
pour vous... Vous appeler ma femme, vous entourer de soins et d'amour, voilà mon seul désir,
le seul rêve de ma vie. J'aime déjà votre Diepold
comme s'il était mon propre fils. Le cher enfant

m'aime aussi. Nous serions si heureux tous les trois! Si cet homme a quelque droit, quelque pouvoir sur vous, sur Diepold, que sais-je enfin?... dites-le moi. Nous aviserons ensemble. Pour vous, je suis prêt à tous les sacrifices... mais, au nom du ciel, dites-moi la vérité.

La pauvre fille ne put en supporter davantage. Profondément touchée de l'amour si dévoué de Wiliam, écrasée par la pensée du serment qu'elle avait fait à Seiffert et de ses terribles conséquences, Martha succomba à tant d'émotions diverses et s'évanouit.

William, effrayé, courut appeler la vieille voisine. Celle-ci supplia le jeune homme de se retirer.

Il revint à l'hôtel, où, comme nous l'avons raconté plus haut, il trouva maître Heinrich en train de se parfumer à ses dépens.

10.

William se rappela alors que plusieurs fois déjà il avait remarqué que ses ingrédients de toilette lui duraient moins longtemps que d'habitude.

— Ce que vous faites là est fort mal, Heinrich, dit-il au garçon déconcerté. Ne cherchez pas à nier. Je ne veux pas vous faire chasser comme vous le mériteriez, mais je ne souffrirai pas que vous me mentiez effrontément.

Heinrich balbutia quelques excuses.

— Mon garçon, reprit William, en fait de vol il n'y a pas de petites choses. On commence par prendre des objets de toilette, un autre jour du linge, un troisième de l'argent.

Une idée se présenta tout à coup à Mewill. Il songea au coffret.

— Heinrich, dit William d'une voix lente et

ferme, il y avait dans cette malle un coffret contenant des papiers. On me l'a volé. Vous connaissez le voleur.

Heinrich se récria.

— Écoutez-moi bien, reprit-il. Ces papiers, auxquels j'attache une grande importance, n'ont aucune valeur pour tout autre que moi, et vous n'en trouveriez pas cinquante florins. Rapportez-les-moi, et je vous donne mille florins. Je vous promets, en outre, de ne pas vous dénoncer. Si vous refusez de faire volontairement ce que je vous demande, je vous préviens que j'enverrai immédiatement ma plainte à la police et que je vous ferai mettre en prison.

— Mais, monsieur, je vous jure...

— Ne niez pas! j'ai entendu votre conversation avec M. Seiffert.

Heinrich baissa la tête. C'était un coquin, mais un garçon intelligent. Il comprit qu'en avouant, il n'avait rien à craindre d'un homme du caractère de William, et s'exécuta franchement. Voici ce qu'il lui raconta : « Le jour où l'on avait apporté William à l'hôtel après son duel, Heinrich se trouvait dans la chambre de M. Mewill, en train, faut-il le dire? d'essayer une des cravates du jeune Anglais. Pris à l'improviste, il n'avait eu que le temps de se jeter dans le petit cabinet de toilette dont il avait fermé la porte en dedans.

« Comme il était toujours resté quelqu'un à côté de William, Heinrich n'avait pu sortir. Voilà pourquoi Martha avait vainement essayé de se réfugier dans ce cabinet.

« A travers le trou de la serrure, il avait

aperçu Seiffert qui ouvrait la malle et parcourait les papiers du coffret. Se voyant enfin seul avec le blessé, il s'était hâté de sortir de sa cachette. Il avait pris le coffret et s'était sauvé dans sa chambre, située au dernier étage de la maison.

« Malheureusement pour lui, la clef était restée en la possession de Seiffert. Un ami, qui travaillait chez un serrurier, lui avait promis de lui faire une clef, ou du moins un instrument suffisant pour ouvrir le coffret ; mais, en dépit de plusieurs tentatives, il n'avait pas encore réussi jusque-là. »

— Où est le coffret? demanda William.

— Chez ma maîtresse, monsieur, répondit Heinrich après un instant d'hésitation.

— Où demeure-t-elle? »

Il cita l'endroit; c'était un petit village aux portes de Mayence.

Mewill voulait y aller tout de suite, mais Heinrich lui fit observer que Seiffert pourrait se douter de quelque chose, s'il les voyait sortir ensemble. L'observation était juste, et William en convint. Il partit devant, et Heinrich le rejoignit quelque temps après.

Comme Seiffert passait devant l'hôtel du Croissant, qu'une maison seulement séparait du sien (la plupart des grands hôtels de Mayence sont voisins), il s'aperçut qu'une nombreuse escouade d'ouvriers était en train de le réparer à l'intérieur comme à l'extérieur.

Cet hôtel, qui avait eu jadis une grande réputation et qui occupait une fort belle maison, appartenait depuis quelques années à un homme

incapable, sans ordre et sans conduite. Cet individu en avait complétement perdu la réputation
et la clientèle. Seiffert, qui s'était fort bien
trouvé de cette mauvaise administration, avait
naturellement un grand intérêt à ce que l'hôtel
ne tombât pas entre des mains plus intelligentes.
Ces préparatifs d'embellissement faisaient pré-
sager à Seiffert un changement de dynastie que
les ouvriers lui confirmèrent.

— Tenez, voilà le nouveau patron, dit un des
ouvriers en montrant à Seiffert un jeune homme
qui sortait en ce moment avec l'entrepreneur.

Seiffert resta stupéfait en reconnaissant Adolphe Dietz, son ancien oberkellner.

— Comment osez-vous reparaître ici? dit-il
d'un ton menaçant. Avez-vous oublié vos enga-
gements?

— Nullement, monsieur. Hier, en arrivant, j'ai déposé les mille florins chez monsieur le commissaire de police. Vous pouvez les y réclamer s'il y a lieu.

— Il y a quelque chose là-dessous, pensa Reinhold, frappé du ton de l'oberkellner. Il paraît que vous allez me faire concurrence? reprit-il d'un ton moqueur, mais moins brusque.

Adolphe s'inclina d'une manière affirmative.

— Avez-vous un long bail?

— J'ai acheté la maison.

— Avec quel argent, grand Dieu!

— Avec de l'argent qu'on m'a prêté.

— A dix pour cent.

— Sans intérêt.

— Vous prêtera-t-on aussi de quoi renouveler le mobilier, l'argenterie, le linge, la cave, etc.?

— On m'a ouvert un crédit de cent mille florins chez Rothschild de Francfort.

Seiffert revint chez lui de plus en plus tourmenté et furieux. Il demanda encore Heinrich. On lui répondit qu'il n'était pas rentré. Peu d'instants après, le portier lui apporta une lettre timbrée de Dresde.

Reinhold l'ouvrit d'une main agitée. Elle contenait probablement quelque mauvaise nouvelle, car il se laissa tomber sur une chaise en levant le poing vers le ciel avec un élan de rage. Il saisit brusquement son chapeau et sortit pour se rendre chez Mademoiselle Smithson.

En le voyant entrer, la pauvre fille tressaillit. Sa figure pâle et décomposée trahissait une profonde angoisse.

— Mademoiselle, dit Seiffert qui entra bruta-

11

lement en matière, il a été convenu entre nous que notre mariage aurait lieu pour la fin du mois au plus tard. Nous voici au 22 : je viens, en conséquence, vous prévenir qu'après-demain on fera la première publication.

Bien qu'elle s'attendît chaque jour à cette terrible nouvelle, Martha resta comme écrasée et ne put d'abord trouver un seul mot à répondre. Elle étendit ses deux mains jointes vers Seiffert, mais ce dernier ne répondit à ce geste suppliant que par des haussements d'épaules significatifs.

— Monsieur Seiffert, reprit-elle, je ne puis croire que vous ayez l'intention de me contraindre à une union qui fera notre malheur à tous deux.

— Oh! pas de scène, interrompit brusquement le maître d'hôtel. Je vous préviens que ma détermination est prise; ni raisonnements, ni prières, ni larmes, ne m'en feront changer.

— Tenez, monsieur Seiffert, un parent vient de me laisser une petite fortune; je le sais depuis hier seulement. Rendez-moi ma parole, et je vous abandonne la moitié de cet héritage.

Il haussa encore les épaules.

— Eh bien! reprit Martha, eh bien, je vous donnerai tout... tout!... mais, au nom du ciel! ne me brisez pas ma vie! C'est convenu, n'est-ce pas, mon bon monsieur Seiffert? Je vous abandonne tout ce qui m'appartient, et de votre côté.

— Je vous ai dit que je voulais être votre mari, interrompit-il, et rien ne me fera changer de détermination...

— Oh! vous n'avez ni cœur ni entrailles! s'écria-t-elle...

— Bah! fit le maître d'hôtel avec son méchant sourire, plus tard, quand vous me connaîtrez mieux...

— Oh! je vous connais assez! s'écria-t-elle. Croyez-vous que je n'aie pas vu comment vous vous étiez emparé de la confiance de mon pauvre père et comment vous en avez abusé?

— Ma belle demoiselle, reprit Seiffert en se levant, il aurait mieux valu faire ces réflexions un peu plus tôt, c'est-à-dire avant de jurer sur la Bible que vous m'épouseriez.

— Mon Dieu, mon Dieu! n'aurez-vous pas pitié de moi? murmura la pauvre fille en levant les mains au ciel.

— Voyons, fit Seiffert avec impatience; voulez-vous, oui ou non, tenir votre parole et signer ce papier?

— C'est ma mort que vous demandez!

— Je vous le répète, je vais donner nos noms pour les publications. Nous verrons si vous oserez retirer le vôtre et vous parjurer.

— Monsieur Seiffert, ne partez pas encore, de grâce! au nom de ce que vous avez de plus cher au monde... laissez-vous fléchir.

Et la pauvre enfant, à genoux devant lui, et tenant sa main qu'elle couvrait de larmes cherchait à le retenir. Il se dégagea des mains de la jeune fille et se dirigea vers la porte.

Tout à coup il recula en apercevant Mewill qui se tenait debout sur le seuil... L'œil du jeune Anglais étincelait, et sa figure, si douce d'habitude, avait une telle expression de mépris et de colère, que Martha se jeta instinctivement entre lui et Seiffert.

— Monsieur William ! s'écria-t-elle d'une voix suppliante.

— Ne craignez rien, mademoiselle ; je respecte trop votre appartement, je me respecte trop moi-même pour m'abaisser à châtier de mes mains ce misérable.

— Monsieur ! exclama le maître d'hôtel... votre insolence...

William le regarda avec un mépris tellement écrasant que Seiffert ne put achever.

— Calmez-vous, mademoiselle, reprit Mewill... Soyez assez bonne pour me laisser quelques minutes seul avec cet homme. Vous voyez que je suis parfaitement calme et de sang-froid.

Il y avait une telle autorité dans la voix de William que, malgré son inquiétude, Martha

sortit silencieusement de la chambre en emmenant Diepold.

— Monsieur, dit William, vous étiez le fondé
de pouvoirs de M. Robert Elding, le père de Mademoiselle Martha. Il avait en vous une entière confiance. Pendant sa maladie, dont on ne croyait
pas qu'il pût se rétablir, vous avez tout arrangé
pour amener une faillite. Vous avez été se-
condé en cela par deux banquiers ennemis de
M. Elding. C'est vous qui avez causé sa
mort.

— C'est faux ! s'écria Seiffert dont la figure,
devint livide.

— Il s'est empoisonné parce qu'il se croyait
forcé de déposer son bilan. C'est vous qui avez
profité de son état de faiblesse pour lui persuader qu'il était ruiné, alors que vous saviez

fort bien que son actif dépassait son passif.

— La meilleure preuve du contraire, c'est que la faillite a dû être déclarée après la mort de M. Elding.

— Grâce à vos manœuvres, et parce que vous avez été nommé liquidateur à l'instigation des banquiers vos complices. Il est maintenant prouvé que M. Elding n'était en faillite que grâce à vos détournements et à vos coupables manœuvres. Du reste, si vous voulez des détails plus précis, voici ce que m'écrivent les deux comptables qui ont été chargés de vérifier tous les livres.

Il lui donna en même temps une lettre que Seiffert parcourut rapidement.

— Il ne vous servirait à rien de la déchirer, dit William en voyant que Reinhold la froissait avec colère, car j'ai le double dans ma poche pour être remis à la justice. Je vous déclare que je le ferai dès ce soir, en y joignant la déposition de votre garçon Heinrich, relativement à certain coffret, et une plainte en règle au nom de la famille Elding, dont j'ai la procuration, à moins que vous n'acceptiez mes conditions. Dans ce dernier cas, je me contenterai de faire réhabiliter M. Elding et je vous donnerai le temps de vendre votre hôtel et de quitter le pays. Ces conditions, ou plutôt cette condition, c'est que vous dégagerez Mademoiselle Elding de son serment. Y consentez-vous?

Il y eut un moment de silence; Seiffert paraissait réfléchir profondément.

— Non! dit-il enfin en relevant la tête et d'un ton ferme.

11.

—C'est de la folie. Vous ne pouvez éviter une condamnation.

— Oui, mais une condamnation ne déliera point Mademoiselle Martha d'un serment prêté sur l'Évangile. Vous aurez déshonoré le nom qu'elle sera forcée de porter, et voilà tout.

Il y eut encore un instant de silence. Mowill en profita pour reprendre un peu de calme. Voyant que Seiffert persistait dans sa résolution, il essaya de l'effrayer par des menaces ou de le séduire par des promesses. Tout fut inutile. Fort de sa position et de la connaissance qu'il avait du caractère de Martha, Reinhold voyait en elle un bouclier qui le garantirait de toute poursuite.

— Nous reprendrons plus tard cette conversation, dit William en se levant. Pour le moment, monsieur, vous pouvez vous retirer.

Seiffert prit son chapeau et sortit d'un pas délibéré. Au fond du cœur cependant il était beaucoup moins rassuré qu'il cherchait à le paraître. Il se sentait assis sur un volcan et ne se dissimulait pas que la moindre étincelle pouvait le faire sauter.

Comme il rentrait chez lui, fort indécis encore sur le parti qu'il prendrait, on l'avertit qu'un étranger, qui n'avait pas voulu dire son nom, l'attendait dans le salon.

— Que diable me veut-il?

Le garçon lui montra un homme de quarante à cinquante ans, fort bien vêtu, qui parcourait la salle à manger d'un pas fiévreux et agité. En l'apercevant, Seiffert courut à lui. L'inconnu voulut parler, mais le maître d'hôtel lui montra de l'œil les garçons qui les regardaient et l'em-

mena dans son cabinet, dont il ferma soigneusement la porte.

William, de son côté, revint chez lui quelque
temps après, la tête en feu et dans un état
d'extrême exaltation. Comme il ne pouvait de-
meurer désormais sous le même toit que Seiffert,
il comptait donner l'ordre de transporter ses
bagages dans une autre maison... En entrant
dans le vestibule, il s'aperçut qu'il se passait
quelque chose d'insolite. Les garçons avaient
l'air très-affairés et causaient entre eux avec
une vivacité singulière. Quelques voisins groupés
dans la rue s'entretenaient aussi avec la même
vivacité.

On apprit à William qu'un étranger venait
d'assassiner le maître d'hôtel et de se faire ensuite sauter la cervelle.

Voyant que les garçons de l'hôtel ne pouvaient lui donner d'autres renseignements, Mewill courut chez le magistrat. Ce dernier lui dit que Seiffert était mort et que son meurtrier n'avait plus que quelques minutes à vivre.

— Cet homme, dit le magistrat, est un banquier de Dresde, nommé Wormzeller, appartenant à une famille honorable, et bien placé jusqu'ici dans le monde financier.

Entraîné par sa haine contre M. Elding, et par les perfides conseils de Seiffert, il s'était gravement compromis dans toutes les malversations de ce dernier.

Prévenu qu'on allait l'arrêter, Wormzeller avait pris la fuite, et était accouru à Mayence. Se voyant perdu et déshonoré, il avait voulu, du moins, punir de sa main le misérable qui avait été la cause de sa perte.

Nous dirons à ce propos que, par suite de l'information qui eut lieu plus tard au sujet de toute cette affaire, divers indices firent supposer à la justice que la mort de M. Robert Elding avait été le résultat d'un crime et non d'un suicide, comme on l'avait cru d'abord.

On supposa que, la veille de sa mort, M. Elding, se sentant moins faible, ou peut-être mis sur ses gardes par quelques avis officieux, avait voulu se rendre compte de l'état de ses affaires. Il s'était fait apporter divers registres par Seiffert, son fondé de pouvoirs.

Malgré les explications de ce dernier, la vieille expérience du banquier avait probablement remarqué que la comptabilité n'était pas en règle; mais la fatigue l'avait obligé de remettre ses recherches au lendemain.

C'était alors sans doute que, redoutant une plus ample vérification, Seiffert avait jeté du poison dans la tisane que M. Elding prenait chaque nuit.

On ne put jamais obtenir la preuve complète de ce nouveau crime de Seiffert, mais les magistrats restèrent persuadés que tout s'était passé comme nous venons de le raconter. On eut soin naturellement de cacher à Mademoiselle Elding ces cruels détails, qui n'auraient fait que renouveler sa douleur.

Deux mois s'étaient écoulés. Vivement affectée de la mort tragique de Seiffert et des souvenirs de deuil que cette mort lui avait rappelés,

Martha vivait dans une profonde retraite. Elle ne voyait que William et quelquefois Adolphe Dietz, dont l'hôtel commençait à se remplir de voyageurs.

Délivrée enfin de toutes les indécisions qui la torturaient, la jeune fille reprenait peu à peu sa douce gaieté. Les cent vingt-cinq mille francs qui lui revenaient de la succession du duc de Rivingstone étaient une fortune pour une femme aussi simple que Martha. Elle était heureuse de pouvoir la partager avec William Mewill.

Deux ou trois fois, tandis qu'elle arrangeait avec lui les plans de leur nouvelle existence et de leur petit ménage, elle surprit un sourire sur les lèvres de William.

— Pourquoi riez-vous, demanda-t-elle un

jour. Vous me trouvez bien enfant, n'est-ce pas? C'est vrai : je suis si heureuse! Aussi vous pouvez vous moquer de moi tant que voudrez, mon ami. Du moment où je vous vois là, le reste m'est indifférent.

— Soyez tranquille, ma bien-aimée; je ne me moquerai jamais d'un mouvement venant du cœur. Je vous aime trop moi-même pour ne pas entrer dans tous vos plans d'avenir. Si j'ai souri...

Il s'arrêta.

— Eh bien? fit-elle.

— Eh bien, je vous dirai pourquoi le jour de notre mariage.

Vers le quinze du mois suivant, il y avait foule dans la Reinstrass, vis-à-vis l'hôtel du Croissant. Tout le monde se dressait sur la pointe des pieds et cherchait à voir dans la cour de l'hôtel trois magnifiques carrosses attelés chacun de quatre chevaux et conduit par de gros cochers poudrés, vêtus de riches livrées et ornés d'énormes bouquets.

Au bout d'une heure d'attente, quelques messieurs en habit noir, et de haute mine, parurent sur le perron et montèrent dans les équipages. Les garçons de l'hôtel firent retirer la foule, et les carrosses se dirigèrent au grand trot vers l'église, devant laquelle ils s'arrêtèrent.

Quelques minutes auparavant, William entrait chez Mademoiselle Elding qu'il venait chercher pour la conduire au temple où devait se célébrer leur mariage. Il avait loué une voiture de place dans laquelle montèrent deux amies de la jeune fille et un vieux parent qui était venu à Mayence pour tenir lieu de père à Martha durant cette cérémonie.

Adolphe Dietz, qui était un des témoins de la jeune fille, montrait une agitation incroyable. De temps en temps il lui prenait des envies de rire qu'il ne comprimait qu'à grand'peine, et qui lui donnaient la plus singulière figure du monde. Puis il commençait une phrase qu'un regard de William lui faisait interrompre brusquement. Il se rejetait alors dans le fond de la voiture et se frappait la tête contre les parois rembourrées, avec une sorte de joyeuse impatience.

Absorbée par son bonheur et par le recueillement qui s'était emparé d'elle en entrant dans l'église, Martha ne remarqua pas que plusieurs personnes s'étaient jointes à son cortége.

A la fin de la cérémonie, le ministre qui avait

célébré le mariage tendit aux nouveaux époux
et à leurs amis le registre sur lequel ils devaient
apposer leurs noms. Tous les étrangers qui
étaient venus de l'hôtel du Croissant dans les
équipages à quatre chevaux s'avancèrent pour
saluer la mariée et son mari. Ils les appelèrent
du nom de duc et de duchesse de Rivingstone,
à la grande stupéfaction des témoins de Martha.

Celle-ci tendit la main à son mari et lui dit
tout bas d'un air presque inquiet : « Le duc de
Rivingstone m'aimera-t-il autant que m'aimait
William Mewil ? »

Je ne sais ce qu'il lui répondit pour la rassurer, mais un doux sourire illumina la physionomie de la jeune femme.

Pendant ce temps les parents de William qui
se trouvaient presque tous naturellement parents

de Martha, sa cousine, avaient inscrit sur le registre leurs noms et leurs titres. Lorsqu'on tendit la plume à M. Dietz, le pauvre garçon rougit jusqu'aux oreilles en ne voyant que des ducs, des comtes et des baronnets au-dessus de la place qu'on lui indiquait pour mettre son propre nom. Pour le décider à signer, il fallut que William vînt lui prendre la main.

— Allons! signez, mon ami, lui dit le jeune duc; j'espère que d'ici à quelques jours je pourrai à mon tour signer votre contrat de mariage avec Mademoiselle Buttman, puisque son père consent à vous accorder sa main.

En sortant de l'église, William et sa femme montèrent avec Diepold dans l'un des équipages arrêtés devant le perron. Quelques minutes après ils descendaient à l'hôtel du Croissant, où l'on

vait préparé un superbe appartem ent pour le
aeune couple.

Assis auprès de Martha et tenant les deux
mains de la jeune femme dans les siennes, William lui expliqua enfin pourquoi il lui avait fait
si longtemps mystère de son titre et de sa fortune.

Le père de William appartenait à la riche et
puissante famille des ducs de Rivingstone. Olivier, son frère aîné, celui qui portait le titre de
duc, avait eu une existence fort accidentée.

Maître à vingt ans d'une fortune énorme, il
avait commencé par se livrer à toutes les folies
que commettent trop souvent les fils de famille.
A la fin, cependant, ne trouvant plus que l'ennui
et le dégoût dans cette vie de désordre, il avait
pris le parti de se marier.

Cette union, contractée par un motif d'intérêt de la part de sa femme, avait été fort malheureuse. Déjà sombre et morose de sa nature, Olivier de Rivingstone avait complétement tourné à la misanthropie. La soule chose qu'il parût encore aimer au monde était son neveu William, dont le caractère franc et loyal lui plaisait. A son lit de mort, il l'avait fait venir et lui avait annoncé qu'il le faisait héritier de son titre et de son immense fortune.

— Maintenant, écoute-moi, avait-il ajouté. Tous mes malheurs sont venus de ce que, maître de ma fortune, tout jeune encore, j'ai gaspillé ma vie sans connaître les hommes. Je veux qu'il n'en soit pas ainsi de toi et que mon expérience te serve à quelque chose.

Tu auras dix-neuf ans le mois prochain. Il

faut que pendant trois ans, tu voyages à l'étranger sous le simple nom de Mewill et sans autre pension que cinquante livres sterling par mois. Quoi qu'il puisse t'arriver, tu ne dois te servir ni de ton titre ni de ta fortune. Je veux que tu connaisses la vie telle qu'elle est pour la majeure partie des hommes, et que tu apprennes à te faire estimer par d'autres qualités que celles des millions que je vais te laisser. On ne connaît bien les hommes que quand on a besoin d'eux.

Je désire aussi que tu fasses tous tes efforts pour retrouver ton oncle Robert Elding et que tu lui assures, ainsi qu'à ses enfants, une position convenable. Tu as l'esprit droit, et je sais que l'on peut compter sur ta parole. Songe que la promesse faite à un mourant est doublemen sacrée, et jure-moi de te conformer à ma dernière volonté. Dans trois ans, à pareil jour, tu seras libre de porter mon titre et de disposer de ma fortune.

William avait accepté toutes les conditions de son oncle, qui était mort quelques heures après.

C'était deux ans plus tard que William avait fait la connaissance de M. et de Mademoiselle de Splittern.

En cette occasion, l'incognito que son oncle lui avait fait promettre de garder lui avait rendu un grand service. Il est probable, en effet, qu'Henriette de Splittern n'aurait eu garde de manquer de parole au riche et noble duc de Rivingstone, qui ne se serait aperçu que trop tard de la coquetterie et de la légèreté de sa

12

femme. Aussi chaque fois qu'il y songeait, William bénissait-il la prudence de son vieil oncle.

Nous dirons à ce propos que Mlle de Splittern, devenue Mme de Vesperren, tomba dans un profond désespoir en apprenant qu'elle avait perdu par sa faute l'occasion de devenir duchesse. Cela la désolait d'autant plus qu'au fond du cœur elle avait toujours préféré William Mewill.

On devine aisément quelle était la personne qui avait ouvert un crédit à Dietz pour l'achat de son hôtel.

L'ancien oberkellner épousa peu de temps après sa fidèle Charlotte, que la jeune duchesse de Rivingstone combla de cadeaux.

William et sa femme sont revenus en Angleterre. Ils habitent presque toujours leur terre de

Rivingstone. Ils ont trois enfants, et le nom de la duchesse est béni dans toute la contrée pour son inépuisable charité.

SOUVENIRS DE VOYAGE

12.

FRAGMENTS

D'UN

VOYAGE DANS L'INDE

I

Le capitaine avait raison lorsqu'il annonçait que le lendemain nous entrerions dans le Gange. En faisant ce matin notre promenade accoutumée sur le pont, nous avons remarqué que l'eau changeait déjà de couleur et prenait une teinte grisâtre.

A l'entrée du fleuve stationne perpétuellement un bâtiment désemparé qui porte un fanal. On l'appelle *feu flottant* (floating fire). Autour de ce navire, immobile à un mouillage, croisent sans cesse une douzaine de bricks, fins voiliers, de 200 à 250 tonneaux. Ils distribuent des pilotes aux bâtiments qui entrent et reprennent les pilotes des navires sur leur départ. Un novice, perché sur les barres de cacatois, a le premier découvert le feu flottant. Cela lui a valu une gratification de vingt francs de la part du capitaine, et un vigoureux coup de pied au bas des reins de la part d'un des *gabiers* qui l'avait chargé d'un autre travail. Le novice a gardé les vingt francs et rendu immédiatement le coup de pied avec les intérêts, car, malgré sa jeunesse, c'est déjà un hercule. Expédié par le capitaine, qui voulait ignorer l'incident pour ne pas être obligé de punir, le docteur du bord a joué le rôle de conciliateur et rétabli la paix. Nous commençons à apercevoir la terre ; mais on ne distingue encore rien. Un des bricks s'approche de *la Nancy* et met en panne ainsi que nous. Son embarcation nous amène un pilote avec son aide. A peine à bord, tous deux sont assaillis de questions. On les installe dans une cabine, et le pilote, gros homme à figure honnête et franche, au teint couleur de brique, commence un *grog* qui, suivant le dire des matelots, doit durer jusqu'à Calcutta et se renouveler sans cesse comme le célèbre couteau de Jeannot.

Autour de nous, des courants sous-marins d'une grande vitesse bouleversent les ondes, qui deviennent de plus en plus fangeuses. On dirait la Seine après deux jours d'orage. Bientôt nous apercevons un bateau. Une mauvaise voile d'écorce tressée aide un peu ses rameurs, dont

nous voyons les avirons retomber en mesure.
C'est un thowlia de pêcheurs de *Gelle-As*, qu'il
ne faut pas confondre avec les dandys ou bateliers. Leur bateau, presque carré à l'arrière, et
fort élevé de cette partie, est d'une forme dis-
gracieuse. Quatre rameurs le font mouvoir avec
des avirons en forme de pagaies. Un cinquième
Bengali, debout à l'arrière, se donne un mal du
diable pour manœuvrer un gouvernail primitif,
sorte de gigantesque pagaie qui plonge profondément dans l'eau. Ces braves gens, qu'on a
soin de nous signaler comme d'habiles et effrontés voleurs, nous apportent du poisson, des
fruits, des chapeaux de paille et des légumes.
Ils sont laids, maigres et peu vêtus. Leur couleur ressemble un peu à celle du chocolat. Une
sorte de béret ou turban en étoffe de coton de

couleur blanche, un langouti, ceinture qui passe
entre les cuisses et entoure les reins, voilà tout
leur costume. Quelques-uns pourtant ont, en
outre, une écharpe d'étoffe de coton ou de
mousseline grossière qui leur sert à volonté de
tunique, de manteau ou de couverture. C'est là
tout ce qu'ils ont pour s'envelopper durant les
nuits qu'ils passent en plein air sur le pont, et
qui sont bien froides à cette époque de l'année.

En les voyant arriver de loin, on se deman-
dait si c'étaient des hommes ou des singes.
M. A... n'a été bien convaincu qu'ils apparte-
naient à l'espèce humaine qu'en les entendant
parler. C'est, du reste, la plus chétive de toutes
les races hindoues, ainsi que j'ai pu m'en convaincre par la suite. Avec leur air idiot, et malgré leur langage dont nous ignorons le premier

mot, ils trouvent moyen de vendre leurs mar-
chandises quatre fois plus qu'elles ne valent.
Comme chacun leur a fait cadeau de vieux effets,
ils nous importunent pour avoir d'autres pré-
sents. Afin de s'en débarrasser et de mettre
ordre aux larcins qu'ils ont déjà trouvé moyen
d'exécuter, on les invite à se rembarquer avant
la nuit. Ils nous quittent à regret et s'éloignent
chargés de butin et vêtus des oripeaux les plus
incroyables. Il est impossible de se faire une
idée de la maigreur de ces individus. Chacun de
leurs os fait saillie, et tous les chiens de Saint-
Malo réunis ne pourraient trouver à mordre sur
les grêles échalas qui remplacent leurs mollets
absents. Néanmoins ces Bengalis jouissent d'une
bonne santé, et peuvent supporter d'incroyables
fatigues.

A la tombée de la nuit, nous jetons l'ancre. De nombreux bancs de vase, dont la situation varie fréquemment, obstruent l'entrée du Gange, et nécessitent beaucoup de précautions. Quand le soleil se lève le lendemain matin, presque tous les passagers sont déjà sur le pont pour jouir de la vue des côtes indiennes.

A l'endroit où nous avons passé la nuit, le Gange a plus de deux lieues de largeur, et son courant est excessivement rapide. A droite et à gauche, le rivage, très-élevé au-dessus du fleuve, est bordé d'arbres touffus entre lesquels croît un épais fouillis de bambous et de divers arbustes. On dirait un taillis sous une forêt. Les arbres viennent jusqu'au bord de l'eau, et leurs branches, étendant assez loin sur ce fleuve leurs rameaux inclinés, semblent former un long ber-

ceau de verdure. Pas une colline, pas une ondu-
lation de terrain. Les bois que nous apercevons,
et qui s'étendent à perte de vue, sont les jungles,
repaire de bêtes féroces de tout genre. De temps
en temps une clairière nous laisse apercevoir
un village indien, une *aldée*, composé de quelques misérables huttes de pisé ou de bran-
chages; mais il y en a bien peu.

Une demi-douzaine de chowlias et de *diggeys*
(canots) nous entourent; mais on leur défend
d'accoster. Leurs bateliers nous suivent et cher-
chent à nous tenter par la vue de divers fruits
qu'ils élèvent au-dessus de leur tête. Leur éloquence est inutile. Cependant deux Bengalis qui
montent un petit diggey nous montrent de si
beaux ananas que mistress H... désire les leur
acheter. On jette une amarre aux bateliers; puis

on leur passe, au moyen d'une ficelle, l'argent qu'ils ont demandé. Au lieu de renvoyer les ananas par la même voie, les Bengalis coupent l'amarre le plus loin possible de leur canot, et se sauvent à force de rames, emportant les ananas, l'argent et le bout de câble. Mistress H..., furieuse, veut qu'on vire de bord et qu'on poursuive ces effrontés voleurs. Le capitaine s'y oppose en riant, et *la Nancy* continue sa route.

Voici Sagor ou Sangor, la plus vaste de toutes les îles du delta du Gange, couverte de marécages et de jungles inextricables. Cette île, inhabitée, est célèbre par ses tigres. On raconte des histoires lamentables de bateliers dévorés sur le bord du fleuve, et quelquefois même dans leurs bateaux par ces terribles animaux.

« Il y a cinq ans, nous raconta le pilote, un chowlia avait jeté l'ancre à quelques toises du rivage. Un des bateliers descend à terre pour chercher du bois : deux heures se passent, il ne reparaît pas. Un autre batelier va le chercher, mais lui aussi on l'attend vainement. Deux des cinq autres bateliers descendent ensemble et s'enfoncent dans les jungles. Rendus à cinq cents pas du rivage, ils aperçoivent un tigre couché près des deux cadavres horriblement mutilés. Avant que les malheureux aient eu le temps de pousser un cri, le tigre bondit sur eux et saisit le moins agile. Tandis que ce dernier, dont on entend les os craquer sous la terrible mâchoire du tigre, pousse des cris déchirants, son compagnon se sauve éperdu. Au moment où il est sur le point d'atteindre le bateau, que les trois autres bateliers se hâtent de rapprocher du rivage, il entend le tigre accourir derrière lui. Le malheureux, faisant un effort désespéré, se jette à l'eau ; déjà il touche le chowlia, et ses amis l'aident à y monter. Il se croit sauvé ; vain espoir. Par un bond prodigieux, le tigre vient tomber au milieu du bateau, ressaisit sa proie et l'emporte. Deux minutes plus tard, le malheureux gisait, sanglant et inanimé, sur le bord du fleuve. A côté de lui. léchant le sang qui coulait de ses blessures et la cervelle qui jaillissait de son crâne fracassé, le tigre jetait un regard de regret sur le chowlia que les bateliers épouvantés éloignaient à force de rames. »

Pendant que le pilote nous raconte cette histoire et cinq ou six autres de même genre, qu'il est souvent obligé d'interrompre pour commander quelque manœuvre, nous avons dépassé Sangor. Une dizaine de lieues plus loin, à la chute du jour, nous jetons l'ancre à quelque distance du rivage. Le vent nous étant contraire et nous retardant beaucoup, le capitaine décide qu'il partira le lendemain matin pour Calcutta dans un chowlia de pêcheurs, afin de nous envoyer un bateau à vapeur pour nous remorquer. Nous ferons ainsi en un jour le trajet qu'autrement nous aurions mis une semaine à terminer.

Le 26 septembre, à six heures du matin, le capitaine se met en route. Nous levons l'ancre et nous partons aussi; mais, vers neuf heures, le vent tombe. Les voiles pendent inertes le long des mâts. En deux heures de temps nous n'avons pas fait une demi-lieue. Comme les courants, très-rapides dans cet endroit, pourraient nous *drosser* sur quelque banc de vase, on se décide à mouiller.

Nous ne sommes qu'à deux pas du rivage qui, sur notre droite, commence à présenter quelques traces de culture et d'habitation. Il y a une interruption dans les jungles, et le sol que nous avons sous les yeux ressemble assez à celui des clairières de nos bois de taillis de France.

Le docteur C..., M. A..., M. O..., V... et moi nous demandons à débarquer pour faire un tour de chasse. En dépit du pilote, qui nous prédit que nous ne rapporterons rien de bon à manger, et nous recommande de prendre garde au soleil et aux serpents, nous mettons notre projet à exécution. Comme le soleil est assez fort pour donner une congestion cérébrale et pour tuer un Européen sur le coup, je me couvre la tête d'un foulard sur lequel je place un chapeau de latanier. Mon compagnon en fait autant. Rendu à terre, M. O... trouve qu'il fait trop chaud pour chasser, se couche sous un arbre et s'endort. Pour nous, nous commençons par courir vers deux huttes en pisé, recouvertes de branches d'arbres et de feuilles de palmier, que nous apercevons à l'ombre d'une plantation, d'un *tope* de manguiers. Deux Hindous, accroupis sur leurs talons, et n'ayant d'autres vêtements que le *langouti* et le turban, fument le *gargouli*, le *houka* du bas peuple, qui se compose d'une noix de coco sur laquelle est planté un tuyau que je ne puis mieux comparer qu'à une clarinette. Le bec s'enfonce dans la noix à l'endroit par lequel celle-ci était jadis suspendue à l'arbre. Le pavillon sert de fourneau et reçoit le tabac auquel les Bengalis mêlent souvent des feuilles de chanvre. Un trou de la grosseur d'une noisette pratiqué au milieu de la noix de coco, sert à aspirer la fumée. Cette noix est remplie d'eau, jusqu'au tiers environ de sa hauteur, ce qui produit un *glouglou*, un bouillonnement singulier lorsque le fumeur tire un peu fortement.

Nous essayons de parler à ces Bengalis. Impossible de s'entendre. Nous ne savons que deux mots de leur langage, mais ces deux mots ils nous les répètent à satiété. « Bacshih saheb ! bacshih saheb! (gratification, seigneur !) »

Tout Européen, tout homme blanc est *saheb* pour les Bengalis, le peuple le plus adulateur, le plus servile, le plus mendiant qu'il y ait au monde.

13.

Nous donnons quelques bagatelles aux deux Bengalis; puis nous entamons une pantomime digne de Debureau, pour essayer de leur faire comprendre que nous avons besoin d'un guide. Je montre mon fusil et quelques oiseaux qui voltigent autour de nous; puis je fais un geste circulaire et décris force zigzags avec mon doigt. Le Bengali me regarde d'un air hébété; il ne comprend pas. Alors, roulant dans ma main une douzaine de pice (sous indiens, prononcez païsse), je recommence ma pantomime. Cette fois mon homme comprend tout. Il se lève, resserre sa ceinture et se met en marche.

Sous la conduite d'un des Indiens nous nous mettons en chasse : mais, comme nous manquons de chiens, la prédiction du pilote se réalise à peu de chose près. Quoique le pays fourmille,

dit-on, de lièvres, nous n'en trouvons pas un
seul. En revanche, nous tuons force milans, des
corbeaux et divers oiseaux de la taille d'un merle,
les uns noirs, les autres jaunes, d'autres absolu-
ment de la même couleur que nos martins-
pêcheurs. Master R..., que j'avais oublié de men-
tionner parmi mes compagnons de chasse, a tué
sept bécassines : V... une ; moi, deux. Il y en
a en quantité, mais elles sont dans les marécages
et les taillis, et nous n'osons trop nous risquer à
les y poursuivre. V..., toujours intrépide, s'est
déjà embourbé deux fois. En ôtant son soulier
pour le nettoyer, il a trouvé un fort joli scorpion,
d'un brun rougeâtre, en train de grimper le long
de son caleçon. Sans être mortelle, la morsure
de ces animaux, que nous rencontrons par centaines, cause quelquefois de longues et cruelles

souffrances. Cinq minutes après, en tirant ma quatorze ou quinzième bécassine, que je manque comme d'habitude, je me sens vigoureusement pincer l'orteil à travers le cuir de mes bottes. C'est encore un coquin de scorpion, mais il n'a pu traverser le cuir, et je l'écrase sous mon talon. A côté de nous, le Bengali marche nu-pieds. Aussi évite-t-il soigneusement les endroits humides, et nous fait-il suivre autant que possible les sentiers tracés.

Tout à coup le docteur pousse un cri : un serpent de trois pieds de long à peu près, vient de s'enrouler autour de la jambe gauche de M. R..., qui était en train de chercher une bécassine blessée par lui.

Le serpent balance sa tête de droite et de gauche et semble chercher à quel endroit il doit mordre : quelquefois il se détourne pour nous regarder.

— Ne bougez pas, messieurs, nous crie l'Anglais qui, malgré sa pâleur, conserve un admirable sang-froid.

Sans bouger de place, sans regarder le serpent, il tire la baguette de son fusil, puis, d'un coup vigoureusement appliqué, il abat l'animal dont la queue reste encore enroulée autour de sa jambe. Avant que le reptile, étourdi du coup, ait pu relever la tête, V... la lui écrase d'un coup de crosse.

Tout en remerciant V..., M. R... regrette qu'on lui ait détérioré son serpent, qu'il veut empailler ou conserver dans de l'alcool. Nous avons appris plus tard que la morsure de ce serpent n'eût pas été mortelle. Le cobra *capella* et le petit cobra *manile* (ou serpent noir) sont les plus dangereux de tous ces reptiles.' On ne résiste guère plus d'une heure à la morsure des serpents noirs, et je ne crois pas qu'on connaisse aucun moyen de la guérir. Ainsi que l'ont raconté plusieurs voyageurs, l'Indien mordu par un serpent noir se couche à terre, s'enveloppe la tête dans un coin de la pièce de coton qui lui sert de vêtement, et attend la mort avec la résignation qui caractérise ce peuple infortuné. Notre guide sait tout cela et nous le fait comprendre par ses gestes et par la pantomime animée à laquelle il se livre à propos du serpent que vient de tuer M. R... Cependant, pour quelques sous, il s'expose volontairement à cet affreux danger. Pauvres gens! en les voyant si malheureux, je n'ai plus le courage de rire de leur laideur, de leurs grimaces et de leurs importunités.

L'épisode du serpent avait fait quelque impression sur nous. D'ailleurs, brûlés par le soleil et n'ayant plus l'habitude de marcher, nous étions tous un peu fatigués. Nous sommes revenus au village (car nous avons découvert une vingtaine d'autres huttes) et nous y avons acheté des ananas, des cocos, des oranges, des citrons et des pamplemousses. Notre guide a reçu deux roupies (la roupie vaut 2 fr. 50) qui nous venaient du pilote. C'est, nous a dit ce dernier, plus que le pauvre Bengali ne gagne dans trois semaines de travail. Cela n'a pas empêché notre guide de nous demander un supplément de baschih.

Une heure après, nous étions à bord avec dix-huit milans, dix bécassines, neuf corbeaux et une trentaine d'autres oiseaux dont nul de nous ne connaît l'espèce ni le nom. V..., M. A... et mol, nous avons en outre rapporté chacun un magnifique coup de soleil.

Voilà le résultat le plus clair de ma première excursion, de ma première chasse sur le sol de l'Hindoustan.

II

Le lendemain, un bateau à vapeur est venu nous chercher et nous a remorqués jusqu'à Calcutta. A mesure que nous remontions l'Hoogly (bras occidental du Gange) l'eau devenait moins vaseuse et prenait une teinte plus claire. Le paysage, quoique toujours plat, offrait aussi un peu plus de variété. Les champs cultivés et les plantations régulières succédaient aux jungles. Puis nous apercevions de temps en temps quelques maisons appartenant à de riches Anglais. Presque toutes sont construites de la même manière, de forme carrée, à un seul étage, avec un toit à l'italienne et un large portique du côté du midi. Tout autour du premier étage règne une *verandah* (corruption d'un mot portugais qui signifie balcon), garnie de persiennes, de stores ou de *cuss-cuss-latties*. On appelle ainsi des treillages de plantes et d'herbes aromatiques, principalement de vetyver, qu'on établit sur le balcon pour empêcher la chaleur de pénétrer dans les appartements et qu'on arrose continuellement.

Les *aldées* ou villages indiens sont peu nombreux et de misérable apparence.

Je voudrais trouver quelque rivière française à laquelle comparer le Gange, afin de donner une idée du fleuve sacré des Hindous; mais je ne vois aucun cours d'eau de nos pays qui s'en rapproche. Dans quelques endroits, il a plus de deux lieues de large, et son courant est de trois lieues à l'heure à certaines époques de l'année. L'Hoogly, sur la rive gauche duquel est située Calcutta, varie d'une demi-lieue à trois quarts de lieue de largeur.

Depuis notre entrée en rivière, nous avons été accueillis par deux fléaux : d'abord les corbeaux et les milans qui voltigent par centaines autour de nos vergues et nous étourdissent de leurs criailleries; puis les moustiques, les scélérats de moustiques. Au déjeuner qui a suivi notre première nuit passée sur les bords du Gange, nous sommes tous arrivés avec des figures couvertes de plus de boutons que n'en porte un rosier au

printemps. Nous semblions relever de la petite
vérole.... MM. R... V... et C... n'avaient rien et
se moquaient de nos infortunes ; mais la nui
suivante ils ont payé leur tribut comme les
autres. Quant aux corbeaux et aux milans, ils
font damner les matelots, qui mangent presque
toujours en plein air sur le pont. Plusieurs fois
j'ai vu un de ces brigands de milans s'abattre
comme une flèche sur le pont, enlever le morceau
qu'un matelot tenait déjà au bout de sa fourchette et s'envoler impunément avec son butin.

Un spectacle fort triste, fort lugubre, mais
auquel personne ne fait attention en ce pays,
c'est celui des cadavres qui descendent sans
cesse le fil de l'eau. On en rencontre à chaque
instant. Quelques-uns sont littéralement couverts
de corbeaux et de milans.

Les Hindous regardent comme un bonheur d'être ensevelis dans les eaux du Gange, le plus saint, le plus révéré de leur sept fleuves sacrés. Lorsqu'on a de quoi payer cet honneur, on fait transporter le cadavre de ses parents ou de ses amis à une des pagodes situées sur le bord du fleuve. Au-dessus même de la rivière se trouve une petite plate-forme un peu élevée. Les brahmanes y dressent un bûcher, proportionné pour la quantité et la qualité du bois à la fortune du défunt; on installe le cadavre sur la pile de bois qu'on allume après maintes cérémonies qu'il serait trop long de décrire ici. Puis les ossements et les cendres, le plus souvent même le cadavre à demi roussi, sont poussés dans le fleuve. A Bénarès et à Delhi, on brûle, dit-on, consciencieusement les morts; à Calcutta, on se plaint généralement que les brahmanes ménagent trop le bois, et, suivant l'expression de Jacquemont, n'en donnent pas aux fidèles pour leur argent.

Quant aux Hindous pauvres, ils sont privés de la douceur d'être rôtis; on les jette tout simplement à l'eau. Grâce à l'affreuse nourriture que leur offrent ainsi les préjugés religieux du pays, les écrevisses du Gange sont énormes. On les dit très-délicates, mais je n'ai pas eu envie de vérifier le fait, quoique tout le monde en mange autour de moi.

Nous sommes arrivés à Calcutta vers cinq heures du soir, après avoir traversé un dédale de bâtiments de toutes les nations du globe. Une forêt de mâts s'étend à perte de vue le long du quai. Rapides clippers employés au commerce de l'opium, gros navires américains chargés de glace, bricks, goëlettes, trois-mâts, steamers, tartanes, jonques chinoises, chowlias gigantesques, parias (sortes de gabarres du pays avec un équipage indigène), navires arabes, turcs, suédois, français, anglais, etc.; tout cela se trouve pêle-mêle dans le port. Demain seulement il y aura une place libre contre le quai, à Lolvin's Ghât, et *la Nancy* viendra s'y poster afin d'opérer son déchargement. Pour aujourd'hui, on se contente de jeter l'ancre et d'amarrer le navire à un *corps-mort* ou bouée flottante.

Vue de cet endroit, Calcutta n'offre pas un brillant aspect. Nous ne pouvons apercevoir les beaux quartiers, et la plupart des maisons bâties sur les quais ne sont autre chose que des magasins. Deux portées de fusil au moins nous séparent de la rive gauche, la plus voisine de nous. Comme il y a beaucoup d'autres navires entre *la Nancy* et les quais (qui sont d'ailleurs très-élevés), nous ne distinguons rien, à moins de monter dans les haubans. En grimpant sur les barres de perroquet, je vois Calcutta s'étendre à droite et à gauche, le long de la rive gauche du fleuve durant une lieue au moins. Une partie de la ville semble presque uniquement composée de petits palais situés entre cour et jardin et dont l'architecture est la même que celle des maisons de campagne. Après les riches quartiers, viennent des maisons plus petites, étroites, sombres et mal bâties qui forment un grand cercle autour des premières. Puis, derrière ces habitations, déjà peu attrayantes, commencent les misérables huttes des natifs. Elles décrivent autour de la ville, du côté opposé à la rivière, une large bande dont une des extrémités vient rejoindre l'Hoogly et se prolonge assez loin sur le bord du fleuve.

Autant les quartiers européens sont larges, brillants et magnifiques, autant ces faubourgs indiens sont tristes à voir, entassés et misérables. Voilà bien l'Inde anglaise telle que je la rencontre à chaque pas dans les grandes et dans les petites choses : l'extrême opulence à deux pas de la plus affreuse misère. Les maisons de médiocre appa-rence qui séparent ses palais des cabanes sont habitées par des commerçants hindous, arabes, arméniens, etc. Cette transition, je la rencon-trerai dans la société sous le nom des *taboos* et des *half-cast* (demi-caste, sang mêlé). En voyant ainsi Calcutta à vol d'oiseau, j'ai presque deviné

14

le caractère de la population ou, pour mieux dire, des trois populations qui l'habitent.

J'aurais prolongé plus longtemps ces observations, si je n'avais pas craint de faire attendre un ami de ma famille, M. F..., qui m'avait écrit pour m'inviter à dîner et me dire qu'il viendrait au-devant de moi. La lettre m'avait été apportée par le *bateau-poste* que le capitaine avait envoyé au-devant de nous, comme cela se fait d'habitude, avec toutes les lettres arrivées à l'adresse de chacun de nous par la voie de Suez, qu'on désigne toujours au Bengale, par les mots d'*overland* (par terre).

Tandis que les matelots terminaient les manœuvres de mouillage, une vingtaine de diggeys et de petits chowlias nous avaient entourés. Perchés sur l'arrière de leurs embarcations, les *dandys* (bateliers) luttaient de cris, de gestes et d'éloquence afin de nous décider à les employer pour nous transporter à terre, nous et nos effets.

Une demi-douzaine de coolies (portefaix hindous) avaient, de leur côté, grimpé à bord, on ne sait ni par où ni comment. Peu soucieux de se voir enlever par ces intrus les pourboires qu'ils attendent des passagers, les matelots se livrent à une pantomime des plus expressives, des plus *touchantes* surtout, pour faire comprendre aux coolies que leur présence est superflue. Rien n'y fait. Battus d'un côté, les coolies vont de l'autre, attrapant une *pie* (sou) par ici, un coup de poing par là, et gardant le tout. Comme leur probité est sujette à caution, et leur adresse à s'approprier le bien d'autrui hors de doute, on a fini par les expulser du navire.

Le bruit des manœuvres, le commandement des officiers, les cris des matelots, les glapissements des Indiens, tout cela formait un tel charivari que j'en étais assourdi. Un jour de foire en Normandie pourrait seul donner une idée de ce vacarme et de celui plus bruyant encore au milieu duquel je me suis trouvé en débarquant. M. F... n'avait pas tardé à monter à bord de *la Nancy,* et, tout en serrant la main de son vieil ami, notre excellent capitaine, il me fit le plus cordial accueil. Paul, un autre matelot et le mousse Léopold, portèrent dans le chowlia de M. F... les malles que j'avais conservées dans ma cabine. Le reste de mes effets devait m'être envoyé plus tard. Chacun était tellement occupé à ses préparatifs de départ, que c'est à peine si l'on se disait adieu. Ainsi que dans tous les moments de crise, la nature humaine se montrait à nu. Chacun songeait à soi d'abord.

Master R...., qui connaissait de vieille date M. F...., descendit avec moi dans le chowlia de ce dernier. Vingt minutes après, nous abordions à terre pour nous voir assaillis par un flot d'Hindous, portefaix, cochers, commissionnaires, domestiques d'hôtels ou serviteurs de louage. Sans mes deux compagnons, je ne sais trop comment je me serais tiré de ce tohu-bohu; mais tous deux connaissaient à merveille les seuls moyens de persuasion qui aient de l'effet sur des Hindous en pareille circonstance. La première sommation fut une bordée de jurons, de malédictions et de coups de coude qui mit en déroute les moins hardis de nos persécuteurs. Ces exhortations préliminaires ne suffisant pas à nous

14.

dégager, M. F... et M. R... ont eu recours aux
arguments plus décisifs, aux coups de poing,
de pied et de canne. Moi, je les regardais travailler en admirant la patience des Indiens qui
recevaient des coups comme une chose toute
naturelle et sans la moindre apparence de colère.
Dès qu'un de nos assaillants battait en retraite,
un autre le remplaçait. Tous parlaient et criaient
à la fois.

Enfin les *péons* (messagers) de M. F... et celui
qu'il avait engagé pour moi sont parvenus à
nous rejoindre avec les coolies retenus à l'avance,
et traînant une petite charrette à bras. Le *jem-*
madar (domestique-chef) a fait approcher une
autre charrette pour les effets de master R... et
s'est chargé de faire transporter les bagages de
M. R... à l'hôtel de *Spence* et les miens chez M. F..

Je suis monté dans le *palanquin-carriage* (voiture en forme de palanquin) de mon hôte. Master R.. s'est fourré dans un palanquin de louage et ses quatre *boarers* (porteurs) sont arrivés à la porte de M. F... en même temps que notre voiture. Une douzaine de personnes nous attendaient au salon, et bien que la plupart fussent des Français, un quart d'heure s'est passé en présentations suivant la mode anglaise. J'ai rencontré là MM. A... et B..., confrères de notre amphitryon; M. B..., le seul docteur français de Calcutta; master C...; sir G..., vieil ami de mon père, les capitaines français D... et J... Puis on m'a présenté à M. d'A..., qui n'a que deux ou trois ans de plus que moi. Il est venu m'offrir la moitié de la maison qu'il habite avec sa sœur, mistress W..., dont le mari est maintenant en France. M. d'A... est beau-frère de M. D..., consul français à Calcutta. M. F... et les autres amis de mon père m'ont fortement engagé à accepter la proposition de M. d'A... que tout le monde aime à Calcutta. J'ai demandé deux jours de réflexion avant de prendre une décision, Cependant les manières et la conversation de M. d'A... me plaisant de plus en plus, j'ai fini par accepter son offre avant la fin de la soirée.

Demain, nous irons ensemble aux *auctions* (encans) pour m'acheter un mobilier, un *buggy* (sorte de tilbury couvert) et deux chevaux. Je parlerai plus tard de ces *auctions* qui sont bien mieux organisés que nos encans français. En attendant que mon logement soit prêt, je coucherai chez M. F...

III

Bien que ce soit la capitale du Bengale, Calcutta est en effet plutôt une ville européenne
qu'une ville indienne. C'est, en un mot, la repré-
sentation de la compagnie des Indes orientales,
un composé de négociants anglais exploitant le
sol et les habitants de l'Hindoustan. Je me hâte
d'ajouter que cette exploitation profite autant
aux Indiens qu'aux Anglais. Quoiqu'une pareille
assertion puisse sembler étrange au premier
abord, je trouve avec Jacquemont que, d'ici à

bien des années, ce serait un grand malheur pour le Bengale d'être abandonné à lui-même. Cela arrivera tôt ou tard, mais alors la civilisation aura marché parmi les natifs, et on ne verra plus les cinq cents petits peuples qui forment la population de l'Hindoustan, brûler réciproquement leurs villes et s'entr'égorger pour les motifs les plus frivoles, pour un cheval, un diamant, un fakir ou une femme, objet de la convoitise d'un rajah ou d'un visir influent.

Me voici installé. J'habite une sorte de pavillon qui servait jadis de bureau et de logement particulier à M. W... Je suis par conséquent tout à fait indépendant. Ma première intention était de manger au restaurant, chez Bodry, ou bien au club, mais j'ai fini par partager la table de mes excellents hôtes. Le débat a duré huit jours, mais, en dépit de mon entêtement de Bas-Breton, j'ai dû céder aux aimables instances de M. d'A... et de sa sœur.

La maison que j'habite fourmille de domestiques, tous Hindous, mais de sectes et même de religions différentes. Il y en a de catholiques et de musulmans. La majorité appartient au culte de Brahma. Excepté les femmes, presque tous ont leur ménage et vont chaque soir coucher chez eux, généralement dans les faubourgs. Tous se nourrissent à leurs frais. Par suite de la différence des castes, il n'y en a pas trois qui mangent ensemble. Chacun fait, dans un pot séparé, sa petite cuisine qui n'est guère compliquée : du riz cuit à l'eau avec une sauce verdâtre très-pimentée, qu'on appelle *carry*, quelquefois des légumes, voilà le menu de chaque jour. Pour boisson, de l'eau ; pour fourchette et pour serviette, les doigts. Je ne leur ai même pas vu de cuiller : ils doivent pourtant en avoir. Du reste, il est fort difficile de s'approcher d'eux quand ils mangent. Le moindre contact d'un Européen à leurs aliments ou même aux vases dont ils se servent souille la nourriture d'un Hindou. Il n'a plus qu'à jeter le riz, à briser le vase, s'il est en terre, ou bien à le faire passer au feu, s'il est en métal. La plupart d'entre eux ne peuvent manger de viande. Le bœuf, la vache et le veau sont interdits à tous. Telle viande permise à une race est défendue à une autre. Puis les animaux doivent être abattus de certaine manière indiquée par les lois de Manou. Grâce à tous ces beaux scrupules, tandis que les malheureux ont à peine de quoi manger, toute la desserte des repas (qui est fort considérable) est jetée aux chiens. Les Bengalis mourraient de faim plutôt que d'y toucher.

Outre les domestiques de mes hôtes, j'ai à mon service particulier : 1° un *khitmutgar* ou *khansamah*, qui ne fait que servir à table et ne sert que moi. Chaque membre de la maison a son khitmutgar spécial, même les enfants. Il me coûte 10 roupies (vingt-cinq francs par mois); 2° deux *behras :* l'un pour le linge, l'autre pour le service de mes appartements; 3° un péon ou *hurkarn* (messager); 4° un *syce* (prononcez saïsse), à la fois palefrenier et groom. Quand vous sortez à cheval ou en voiture, le syce vous suit à pied, un chasse-mouche d'une main, un bout de corde allumé de l'autre, afin d'avoir toujours du feu à vous fournir pour votre cigare. Trottez, galopez,

15

faites cinq ou six lieues sans arrêter, votre syce est toujours à côté de vous. Pour ce pénible métier, ils gagnent cinq roupies par mois. Ils sont maigres comme des clous, mais se portent fort bien et ne paraissent presque jamais fatigués. Du reste, ces pauvres diables me font trop de pitié pour que je mette jamais leurs forces à l'épreuve. Malheureusement, ils s'aperçoivent de ma bonté, et, comme tous les domestiques hindous, ils en abusent souvent.

On ne peut se figurer combien il m'en coûte pour employer à l'égard de mes domestiques les moyens de rigueur. En abuser produirait un mauvais effet, mais je vois qu'il est à propos qu'une fois ou deux on fasse preuve d'énergie, ne fût-ce que pour inspirer une crainte salutaire. Pendant longtemps alors le geste suffit.

Chaque domestique ne fait qu'une chose et s'interdit scrupuleusement tout travail en dehors de ses attributions. Les préjugés religieux d'un côté, la paresse de l'autre lui donnent à cet égard un entêtement invincible. Mon khitmutgar Nilou seul fait un peu de tout; mais il s'est tellement accoutumé à regarder comme obligatoires les bacshih que je lui donnais comme récompense de son zèle, qu'à ce prix il me coûterait plus cher que trois autres serviteurs réunis. Une bonne histoire à propos de ce ces bacshih. Mes domestiques s'étaient aperçus que, lorsqu'il y avait querelle entre deux d'entre eux pour ne pas accomplir telle ou telle besogne et qu'un troisième tranchait la question en exécutant le travail on litige, je lui donnais presque toujours quelques *annas* de gratification. A chaque instant alors ils élevaient une altercation : chacun d'eux intervenait à son tour et recevait un bacshih. M. d'A... m'a fait remarquer leur petite diplomatie; aussi ai-je changé de méthode.

Avant-hier, au moment de monter à cheval, je demande mes éperons à Gopaul, mon syce. Il s'empresse d'appeler Dummodur, le behra préposé au linge et aux vêtements. Celui-ci se montre sur la vérandah, l'écoute et se rasseoit sur ses talons, en déclarant fort tranquillement que les éperons sont de la compétence exclusive de Gopaul. Aussitôt Narain, l'autre behra, a couru chercher les éperons. Cette fois j'ai été plus libéral encore que de coutume : chacun de ces drôles a reçu un bacshih, mais un bacshih de coups de cravache, même Dummodur, que j'ai été relancer jusque sur la vérandah. Depuis ce jour tout marche à souhait. C'est triste à dire, mais il n'y a pas de pays au monde où l'on s'accoutume aussi facilement qu'au Bengale à envoyer un coup de pied au derrière d'une image de Dieu.

Marin, mon valet de chambre, s'est plié beaucoup plus vite que moi aux habitudes du pays. Il y allait de si bon cœur des pieds et des mains à l'égard de mes pauvres Bengalis, que j'ai dû lui défendre d'une manière absolue toute voie de fait.

Je parle longuement de mes domestiques, parce que leurs usages et leurs caractères sont ceux de tous les Bengalis des basses castes. Tous sont mariés; mari, femme et enfant, tout cela vit sur les six ou sept roupies que gagne chacun de ces pauvres diables. Les paysans et les petits ouvriers gagnent moins encore, et quelques-uns n'ont que 7 fr. 50 pour loger, nourrir, vêtir leur famille et eux-mêmes. Quelle misère!... C'est toujours là mon refrain lorsqu'on me reproche mon indulgence en me faisant voir que les trois quarts des Hindous de basse caste sont ingrats, mendiants, menteurs et souvent voleurs. Je ne m'en aperçois que trop; mais quelle misère! Cependant, autant j'aime à donner, autant je déteste à être volé; aussi ferai-je tôt ou tard un exemple. Le premier que je prendrai la main dans le sac sera mis à la porte. Comme ils se trouvent fort heureux chez moi, l'idée de cette punition est pour eux la plus effrayante de toutes les menaces.

Veut-on savoir comment on vit ici? A sept heures, on va se promener à cheval dans la plaine du fort Williams; à neuf heures, on va déjeuner à l'anglaise; à deux heures, on fait un *tiffin*, c'est-à-dire une collation, et à six heures et demie on dîne, au retour d'une nouvelle promenade sur le *strand* (rivage), les Champs-Élysées de Calcutta.

Aime-t-on mieux que je parle de la ville ? 600,000 âmes de population, un cinquième d'Européens, et le reste de Bengalis, Chinois, Arméniens, Arabes, etc. Le jour, une foule immense et des voitures de tout genre, ce qui n'empêche pas les oiseaux de proie de circuler dans les rues au milieu de tous les passants. La nuits c'est un désert. On ne rencontre dans les rues que des *tchaokidars*, sorte de *watchmen* ou gardiens de nuit, et des chiens marrons (ou demi-sauvages) et des jackals.

DEUX VISITES

I

CHEZ CHARLES DICKENS

Il y a des ouvrages privilégiés dont la lecture inspire immédiatement au lecteur une vive sympathie pour la personne de leur auteur. Les romans de Dickens sont de ce nombre.

Depuis longtemps j'éprouvais un ardent désir de connaître l'éminent écrivain dont j'ai lu et relu toutes les œuvres, et surtout *David Copper-*

15.

field. Instruit de ce désir, mon compatriote Paul Féval, qui est l'obligeance en personne, m'offrit une lettre de recommandation pour Charles Dickens, et je me hâtai d'accepter.

A peine arrivé à Londres, je demandai l'adresse du célèbre romancier :

— Charles Dickens demeure à Gad'shill, me fut-il répondu, à une lieue de Londres par le chemin de fer.

Le lendemain j'écrivis à M. Dickens. Le jour suivant je reçus une petite lettre en très-bon français, et d'une écriture fine, régulière, contrastant singulièrement avec les affreuses pattes de mouches de votre serviteur.

Par ce billet, Dickens m'invitait à venir à Gad'shill, en ajoutant qu'il ne s'absentait guère que le samedi pour aller à Londres surveiller la publication de ses derniers romans qui paraissent en livraisons.

Le chemin de fer de Londres à Gad'shill est construit sur la rive droite de la Tamise et court presque tout le temps parallèlement à la rivière : aussi le trajet se fait-il d'une manière fort agréable.

Au bout d'une heure de trajet, je descendais à la station de Gad'shill et, comme je n'avais point prévenu de mon arrivée, j'eus à monter la côte au sommet de laquelle se trouve le bourg dont fait partie l'habitation de Dickens.

Comme je touchais aux premières maisons du village et m'apprêtais à demander mon chemin, j'aperçus un gentleman qui montait derrière moi d'un pas ferme et rapide. C'était un homme d'une cinquantaine d'années, de taille moyenne et bien prise, droit comme un i, moustaches et barbiche légèrement grisonnantes, ayant tout à fait l'apparence énergique et l'air décidé de nos officiers de chasseurs d'Afrique.

— La maison de M. Dickens, je vous prie, lui demandai-je en assez mauvais anglais.

— Permettez-moi de vous y conduire, me répondit le gentleman en très-bon français. Je suis Charles Dickens.

Chemin faisant, il me parla fort amicalement de Paul Féval, dont il estimait fort le talent et la personne, ainsi que de Fechter avec lequel il est très-lié.

Je remarquai qu'il avait un timbre de voix très-sympathique et une façon nette et brusque de couper ses phrases, ce qui achevait de lui donner une allure militaire.

Nous arrivâmes à son habitation, située à un angle du bourg, et que précède une pelouse donnant sur la route sous laquelle passe un petit tunnel qui communique à un grand jardin appartenant aussi à M. Dickens. Sur la droite se trouve une cour avec écurie et remise; un terrain gazonné pour le jeu de crickett va de cette cour à la pelouse qui précède le jardin.

Comme la plupart des cottages anglais, l'habitation est simplement construite et soigneusement entretenue. Autant qu'il m'en souvient, elle a deux étages au plus. A droite, en entrant, on trouve un petit salon où est placée la bibliothèque de Dickens; puis son cabinet de travail très-simplement meublé, n'ayant pour ornement que deux ou trois bronzes.

Les fenêtres s'ouvrent sur une sorte de jardin

qui entoure la maison, et par suite de l'élévation
du terrain, elle permet d'apercevoir aussi la campagne dans le lointain. A gauche, on entre dans
un grand salon offrant toutes les recherches du
confortable et d'un luxe sans étalage et du meilleur goût. Après cette pièce vient la salle à manger sous laquelle sont les cuisines. Au-dessus,
des chambres irrégulièrement distribuées, mais
très-commodes et surtout garnies à profusion
des nombreux et vastes ustensiles indispensables
à la toilette de tout Anglais. Après quelques instants de causerie dans son cabinet, Dickens me
présenta à sa famille, qui se composait ce jour-
là de sa fille et de sa belle-sœur. Il a plusieurs
autres enfants, sept ou huit, je crois; mais ses
fils, retenus à Londres par leur profession, ne
reviennent guère que le dimanche. Une autre de

ses filles est mariée à un cousin de Wilkie Collins, l'auteur de la *Femme en blanc*.

Celle que j'ai eu l'honneur de rencontrer à Gad'shill est une jeune et jolie personne de vingt ans, dont les traits gracieux et bienveillants ont beaucoup de rapport avec ceux de son père.

Les deux dames parlent français , et leur conversation même a une tournure française, ce qui s'explique par le voyage annuel qu'elles font en France.

Ainsi que me l'ont confirmé plusieurs de ses compatriotes, Dickens aime beaucoup la France et les Français.

Quelle que soit la popularité dont il jouit dans son propre pays, il a trop vigoureusement attaqué les hypocrites, les faux dévots et les prétendus philanthropes pour n'avoir pas soulevé de nombreuses rancunes.

Il ne s'en préoccupe guère, et n'en poursuit pas moins sa croisade contre les abus, car il est à propos de remarquer qu'en lisant attentivement ses ouvrages, sans se laisser entraîner par le charme des événements qu'il déroule sous vos yeux, on découvre beaucoup de vues philosophiques et d'observations qui touchent à l'économie sociale. Tout en prenant le ton de la raillerie, il émet quelquefois des idées fort pratiques, qu'on priserait fort si elles partaient de la plume officielle d'un écrivain politique.

Dickens travaille surtout le matin. Il se lève de bonne heure et se met aussitôt à l'ouvrage. Vers neuf heures et demie, il déjeune très-légèrement et continue à travailler. Après le *lunch*,

il va se promener dans la campagne et ne rentre
à six heures et demie qu'après avoir arpenté
d'un pas rapide quinze ou vingt kilomètres.

Ainsi que je l'ai dit, l'écriture de Dickens est
fine et régulière; elle a quelque rapport avec
celle de Paul Féval. Il a gardé et fait relier les
manuscrits de quelques-uns de ses romans. Il
m'a semblé que son roman favori est *David
Copperfield.*

Du reste, il parle rarement de ses ouvrages,
et quand on le met sur ce chapitre, il cause
de lui-même avec une rare impartialité, sans
orgueil comme sans fausse modestie.

Ce qui frappe dans sa conversation, c'est la
vivacité, le naturel et, qu'on me pardonne cette
expression, l'absence de toute espèce de *pose.*

En Angleterre, où les vieux abus sont plus

difficiles que partout à déraciner, et où l'usage est devenu une sorte de loi, on ne saurait croire ce qu'il faut de talent et d'énergie pour saper une institution défectueuse en l'attaquant ouvertement. Ni dans ses écrits, ni dans sa conversation Dickens ne s'est posé en réformateur. Peu d'hommes cependant ont exercé autant d'influence que lui sur l'esprit national.

La réforme qu'on commence seulement maintenant à apporter dans l'incroyable gâchis de la procédure anglaise, voilà plusieurs années que Dickens la prépare, pour ainsi dire furtivement dans ses ouvrages, en signalant, en stigmatisant la rapacité des hommes de chicane. Sa raillerie n'a rien de la brutalité du sarcasme anglais, et ne consiste pas non plus dans un mot incisif, dans une phrase mordante comme chez quelques-uns de nos écrivains; mais on la sent partout dans l'ensemble des événements et des personnages qu'il groupe et qu'il fait agir contre l'ennemi qu'il attaque sans relâche.

Pour bien se rendre compte de la persévérance et de la hardiesse de Dickens, il faut connaître la société anglaise et ses contrastes, son attachement à ses vieux usages, sa tolérance pour la morgue de l'aristocratie et l'hypocrisie des puritains qui, la Bible d'une main et la loi de l'autre, exploitent les pauvres, pillent la veuve et l'orphelin.

Si je n'ai rien dit de l'esprit, de la sensibilité et de l'observation fine, délicate et souvent touchante que l'on trouve dans les ouvrages de Dickens, c'est que tout le monde lui reconnaît ces précieuses qualités. J'ai tenu à envisager le talent du célèbre romancier sous un point de vue que je crois avoir été l'un des premiers à signaler.

Né à Landport, Portsmouth, en février 1812, M. Dickens a donc maintenant soixante-trois ans. A voir sa démarche, sa tournure, sa vivacité, sa conversation et le feu de ses yeux gris-bleu, à peine lui donnerait-on quarante ans. Ses cheveux, encore tout bouclés, commencent pourtant à grisonner.

Sa famille voulait en faire un homme de loi; les deux ans qu'il a passés chez un *sollicitor* (avoué), ami de son père, lui ont fait connaître les dédales de la justice anglaise, et lui ont singulièrement servi par la suite dans plusieurs de ses romans. Pour échapper aux bras de Thémis et gagner de quoi vivre, il fit des comptes rendus dans le *True Sun* (le Vrai Soleil) et puis dans le *Morning-Chronicle* (Chronique du matin) où il était sténographe. Ce fut dans ce journal qu'il publia quelques petits articles détachés réunis plus tard sous le titre de *Sketches* (Esquisses) par Boz.

L'année suivante (1837), il publia les *Papers of Pickwick club*, dont les livraisons eurent un immense succès, et fondèrent du premier coup sa réputation. Vinrent ensuite : *Olivier Twist,* puis *Nicolas Nickleby ; Barnabé Rudge ; Martin Chuzlewitt,* un volume de nouvelles où se trouve la ravissante histoire du *Grillon; la Bataille de la vie; Dombey père et fils; David Copperfield,* son chef-d'œuvre; *la Maison déserte; la petite Dorrit,* etc.

Travailleur infatigable, Dickens compte chaque

année de nouveaux succès. Presque tous ses
ouvrages ont été publiés en français par la maison Hachette.

Un talent remarquable que possède Charles
Dickens, c'est celui de lecteur, ainsi que quelques
Parisiens ont pu s'en convaincre, il y a deux ans,
à l'ambassade anglaise. Il lit admirablement,
avec une verve étourdissante.

Dans le voyage qu'il fit en Amérique en 1841,
il eut un grand succès de ce genre et gagna beaucoup d'argent. Plusieurs personnes m'ont assuré
qu'il joue parfaitement la comédie et que c'était
autrefois un de ses divertissements favoris.
Comme je l'ai déjà raconté, il est intimement lié
avec Fechter, qui a obtenu en Angleterre un
succès colossal dans son rôle d'Hamlet, et qui
est maintenant directeur et l'un des principaux

acteurs du *Lyceum Theatre* qu'il a fait arranger à la mode française, et qui est certainement le plus coquet de Londres.

Depuis ma première excursion à Gad'shill, j'y suis retourné précisément avec M. et madame Fechter, et nous y avons passé deux ou trois jours. Il est impossible d'être plus aimable et plus gracieux pour ses hôtes que ne le sont M. Dickens et toutes les personnes de sa famille.

Le matin, chacun fait ce qu'il veut, et va se promener isolément. Après le *lunch* (collation vers deux heures), on va tous ensemble faire quelque grande promenade, et visiter par exemple un fort beau parc qui se trouve tout près de Gad'shill. M. Dickens a deux ou trois voitures et se charge de transporter toute la bande.

Dans la cour, sont deux énormes Terre-neuve,

dont on engage les visiteurs à ne pas trop s'approcher, et deux petits chiens d'humeur plus hospitalière.

Comme dans les maisons anglaises bien tenues, on voit fort peu les domestiques. Le service se fait rapidement, sans bruit et sans que personne ait l'air de s'en occuper. Le vin de prédilection de la maison est le vin de Bordeaux.

. Le célèbre romancier est très-hospitalier, il aime à recevoir sans faste et dans l'intimité toute la semaine et surtout le dimanche, contrairement à l'usage anglais qui, du reste, se modifie quelque peu.

Nature heureuse et bienveillante, son influence éminemment sympathique agit beaucoup sur tout ce qui l'entoure. Comme écrivain, son influence n'est pas moindre. Dans son remarquable ouvrage sur la *Littérature anglaise*, M. H. Taine, qui pourtant fait un grand éloge des romans de Dickens, ne lui a pas encore complétement rendu justice.

Connaissant parfaitement la littérature, mais non pas la société anglaise, il a négligé de faire la part des difficultés que l'auteur avait à surmonter et des détours qu'il lui fallait prendre pour attaquer utilement des abus passés en formes d'usage et par conséquent de lois. Dans l'un et l'autre de ses ouvrages se trouve un grand sentiment d'honnêteté, d'énergie, de sensibilité, de haine contre le vice et l'hypocrisie, et de sympathie pour les pauvres et les opprimés.

Sa plume fine et spirituellement railleuse écrit parfois des chapitres d'une vigueur incroyable et

16

flagelle avec éloquence l'hypocrisie, ce *pardessus*
de tous les vices, comme l'appelle je ne sais
plus quel auteur.

En revanche, chaque fois qu'il y a une institution utile à fonder, une grande œuvre de
charité ou de fraternité littéraire à accomplir,
on trouve le nom de Dickens en tête des listes
de patronage et nul n'y apporte plus de zèle,
d'activité et de dévouement que ce grand écrivain qui est l'honnête homme par excellence.

II

CHEZ MISS BRADDON

Certains auteurs, alors même qu'ils ont publié des ouvrages remplis de talent, restent longtemps sans obtenir la réputation qu'ils méritent. Un beau jour, et quelquefois sans qu'on sache trop pourquoi, leur talent semble se révéler subitement au public. On s'arrache leurs œuvres, les anciennes aussi bien que les nouvelles, et alors, seulement alors, on commence à les apprécier à leur juste valeur. — Tel est le cas de miss Braddon.

Elle avait déjà publié plusieurs romans lorsque parut *Aurora Floyd*, traduit en français sous le titre de *Le Secret de miss Aurore*, et qui obtint un grand succès en France comme en Angleterre. A partir de ce jour, tous les ouvrages de miss Braddon s'enlevèrent rapidement de chaque côté du détroit.

Maintenant que, devenue madame Maxwell, elle est la compagne d'un éditeur bien connu par ses nombreuses publications et ses journaux illustrés, elle figure naturellement en tête de la nombreuse pléiade des *Authoress*. En arrivant à Londres, j'avais diverses lettres de recommandation, soit pour miss Braddon, soit pour M. Maxwell.

A ma première visite je ne rencontrai que celui-ci qui m'invita à dîner pour le surlendemain.

J'eus alors l'honneur de voir madame Maxwell, qui me reçut fort gracieusement. C'est une femme d'une trentaine d'années, plutôt petite que grande, assez grasse, blonde et d'une parfaite simplicité de geste, de tournure et de conversation.

Rien en elle ne répond à l'idée qu'on se fait généralement d'un *bas-bleu*.

Le caractère dominant de sa physionomie c'est la bonté et la douceur. Ses jugements sont bienveillants, et quoique évidemment fort instruite, elle ne cherche nullement à faire parade de son érudition.

Elle habite une jolie maison de Mecklemburg-

Square, quartier calme et silencieux qui semble fait exprès pour les écrivains qui gagnent 100,000 francs par an, comme miss Braddon.

C'est une rude travailleuse, douée d'une grande facilité, que miss Braddon. Elle a presque toujours deux ou trois romans qui paraissent en même temps dans divers journaux illustrés. Son mari, M. Maxwell, qui est très-actif et très-capable, profite de sa vogue, et manœuvre la publicité avec beaucoup d'intelligence.

Miss Braddon se lève de bonne heure et travaille le matin. Vers midi, elle a fini sa journée. Elle va alors se promener, soit en voiture, soit à cheval, car elle aime beaucoup l'équitation.

Ainsi que la plupart des écrivains anglais, miss Braddon parle français, et se tient au courant de notre littérature. Elle m'a paru fort

enthousiaste de *Madame Bovary*, de Gustave
Flaubert, je crois même que la lecture de cet
ouvrage n'a pas été étrangère à la conception
de *Doctor'swife* (La femme du docteur) que miss
Braddon a publié dernièrement.

Je regrette de ne pas avoir sous la main la
liste des ouvrages de miss Braddon : elle est
fort nombreuse. Plusieurs de ses romans ont été
traduits en français par la maison Hachette,
entre autres *Le Secret de miss Aurore*, *Le Secret
de lady Audley*, *Le Triomphe d'Éléonor*, etc. On
y trouve beaucoup d'intérêt et plus de mouvement que dans la plupart des romans anglais
qui péchent généralement par la longueur des
détails ou les tirades morales ou religieuses des
principaux héros.

Outre ses romans, miss Braddon a encore

composé quelques drames et il est probable qu'elle rencontrera au théâtre des succès analogues à ceux qu'elle a déjà obtenus en librairie.

LES

GENS QUI POSENT

LES

GENS QUI POSENT

Poser, dans le sens que nous lui donnons ici, est encore un mot emprunté à la langue des artistes, qui a déjà fourni tant de nouvelles et pittoresques expressions.

Napoléon Landais définit ainsi le mot POSER : *On dit d'une personne qu'elle pose, qu'elle pose toujours, lorsqu'elle se croit obligée de conserver une attitude, soit affectée, soit naturelle, de ma-*

nière à produire de l'effet, ou à ne pas donner prise contre elle.

Tout le monde pose, ou a posé plus ou moins à certains moments de sa vie.

Il y a des gens qui posent toujours.

Généralement, on pose pour ce qu'on n'est pas, ou l'on exagère ce qu'on est.

L'avare vous prouvera clair comme le jour qu'il dépense beaucoup trop, et le prodigue se vantera de son économie.

— Mes moyens ne me permettent pas de consacrer 10,000 francs à telle dépense, vous dira le millionnaire, avec une fausse humilité.

Son voisin, qui n'a rien, parlera de ces 10,000 francs comme d'une bagatelle.

J'ai connu un jeune homme fort sage, fort rangé, propre et minutieux comme un bureaucrate, et timide comme une jeune fille qui n'a jamais été en pension. Sa manie est de passer pour un mauvais sujet.

Chaque fois que ses amis ont un service à lui demander, ils ne manquent jamais de l'aborder en lui reprochant sa mauvaise conduite, et le déréglement de ses mœurs.

—Tu es trop compromettant, nous ne sortirons plus avec toi, lui disent effrontément les plus flatteurs.

Alors, sa figure s'épanouit, et sous la feinte modestie avec laquelle il repousse les accusations, on voit percer l'orgueil et la joie.

Ce jeune homme est comme la fourmi, peu prêteur. La seule fois qu'il ait contrevenu à ses habitudes à cet égard, ce fut en faveur d'un de ses amis qui eut la sublime idée de le mettre à

17

la porte, sous prétexte qu'il craignait, pour sa maîtresse, la fréquentation d'un homme aussi dangereux.

Il parle du beau sexe avec toute l'aisance et le sans-façon d'un officier de hussards ; et pourtant, si quelque dame Putiphar se rencontrait sur sa route, il serait, je crois, capable de lâcher son paletot, non pas par vertu, comme Joseph de chaste mémoire, mais tout bonnement par timidité.

A l'entendre, le rhum n'a goût de rien, le punch est toujours trop faible, et le caporal trop doux. Cela n'empêche pas que deux verres de rhum le grisent, qu'il ne peut avaler sans grimacer un verre de vrai punch, et que le cigare lui occasionne presque toujours de graves désagréments.

Bref, il pourrait être *rosière*, dans son sexe, et il pose pour le mauvais sujet.

Pour classer, diviser, subdiviser et décrire les nombreuses variétés de gens qui posent, il faudrait un nouveau Buffon : encore y perdrait-il son français.

Il y a des collectionneurs de toute *dimension* (j'emploie ce mot au figuré, faute d'en trouver un meilleur pour rendre mon idée), depuis M. du Sommerard et autres célébrités, jusqu'à l'humble bibliophile qui consacre sa vie à réunir toutes les éditions d'un seul ouvrage.

N'ai-je pas lu quelque part, qu'il existait un individu occupé depuis vingt-cinq ans à former une collection de perruques ?

Il en est de même des gens qui posent : quelques-uns descendent aux spécialités les plus minimes.

Un individu que l'on m'a montré, a, dans ce genre, une pose fort originale. La nature l'a doué d'un nez fort bien fait, terminé par deux narines minces et mobiles. Dès qu'il s'aperçoit qu'une femme le regarde, il feint d'éprouver quelque vive émotion, tendresse ou colère, haine ou pitié, et les bienheureuses narines de palpiter comme les ouïes d'un poisson qu'une main cruelle vient d'arracher à son humide élément.

Ce monsieur pose pour les narines.

S'il était possible de classer d'une manière satisfaisante les divers genres de *poses*, voici, je crois, les principales catégories que j'établirais :

L'homme sérieux, l'homme d'esprit, l'homme à la mode, le viveur, l'homme à bonnes fortunes

et l'homme fort. Cette dernière catégorie appartient particulièrement à la campagne et aux petites villes.

Quant aux femmes, les divisions sont encore
plus difficiles à établir :

Il y a la bonne mère, la femme de ménage, la
femme d'esprit, le bas-bleu, la femme roma-
nesque, la femme à la mode et la *viveuse*.

Pour les subdivisions, le nombre s'étend à
l'infini.

L'homme sérieux à lui seul fournirait 365 articles, à raison d'un par subdivision.

Notez bien que je commence par mettre de
côté les gens véritablement sérieux, c'est-à-dire
non-seulement les savants et les génies de toute
espèce, mais aussi les individus ayant des occu-
pations réelles, utiles à eux-mêmes ou à la société.

L'homme *sérieux* dont je parle ici, c'est le grand jeune homme à l'air rogue et prétentieux, tout de noir habillé, comme le page de Malbrough, en habit dès le matin, la tête toujours emprisonnée entre deux pointes empesées qu semblent collées sur des favoris dont la symétrie ferait honte à la bordure de buis la mieux taillée.

Il marche tout d'une pièce, et s'emporterait les lèvres avec les dents plutôt que de compromettre sa dignité d'emprunt par un éclat de rire.

— J'espère que vous allez danser une polka ou un quadrille M. Sérieumann? lui dit de sa voix la plus gracieuse une pauvre maîtresse de maison en quête de danseurs.

— Je ne danse jamais, madame, répond M. Sérleumann du bout des lèvres, et son regard étonné semble dire :

— Comment pouvez-vous m'adresser cette question? N'est-il pas écrit sur ma physionomie, dans mon maintien, que j'ai des choses trop sérieuses en tête pour m'occuper de pareilles futilités? Que deviendraient la France, l'Europe et l'Asie, si je perdais mon temps dans de frivoles amusements?

Puis il va s'asseoir à une table de whist, car il est reconnu qu'un homme sérieux peut et doit jouer au whist.

Seulement, j'avoue à ma honte, que je n'ai jamais pu m'expliquer parfaitement les grands avantages qui peuvent résulter pour la France, la société et l'humanité des profondes combinaisons auxquelles donnent lieu les 52 petits rectangles de papier qu'on rejette 500 fois par soirée sur un tapis vert.

Que fait ce jeune homme si grave, si austère, si avare de son temps et de ses paroles?

— Rien.

— Qu'a-t-il fait jusqu'ici?

— Rien.

— Que sait-il?

— Rien.

C'est un homme sérieux.

Et presque toujours il se trouve quelqu'un qui ajoute :

— C'est un homme qui fera son chemin.

Cette dernière réflexion est généralement juste. Un brevet d'homme sérieux est un sorte de diplôme d'aspirant à certaines fonctions gouvernementales.

Suivant un de mes amis, la nombreuse catégorie d'hommes sérieux forme une pépinière
dans laquelle le gouvernement et les papas des
filles à marier viennent de temps à autre chercher quelques plants.

On prend d'habitude non pas les meilleurs,
mais les mieux *famés*, c'est-à-dire ceux que leur
fortune, leurs relations et leurs protections ont
élevés un peu au-dessus des autres.

Jadis, on ne visait guère à l'homme sérieux
qu'à partir de trente ans.

Maintenant, on commence à dix-sept ou dix-
huit ans; la jeunesse actuelle est si précoce !

A dix ans, en effet, l'écolier boit du rhum,
fume la pipe culottée, et grimpe sur un tabouret pour pincer le menton de la fille d'auberge.

A quinze ans, il porte des cravates à son papa,

et des faux-cols gigantesques. Il ne rit plus, ne joue plus, et se promène de long en large dans le préau, en devisant politique, économie sociale, etc., avec quelque camarade.

A vingt ans, il sourit d'un air méprisant quand on lui parle de l'amour, du bal, des armes, et des autres divertissements de nos aïeux.

Il se dit et se croit blasé. Il raconte à qui veut l'entendre que, désormais, il connaît trop bien la vie pour estimer autre chose que la table, les chevaux, la politique ou la Bourse.

Pour peu que cette précocité de la race humaine continue sa marche progressive, nous verrons bientôt le marmot abandonner le sein de sa nourrice pour aller lancer la balle, faire rouler le cerceau, ou manœuvrer les petits bateaux du mioche de quatre ans, qui aura hérité du brûle-gueule et de la bouteille de cognac du lycéen.

Nous voilà bien loin de notre récit, dira quelque lecteur chagrin.

Nullement. Nous avons seulement remonté à son début dans la vie; le moutard de dix ans qui fume sera le lycéen économiste, puis l'adolescent blasé, et enfin l'homme sérieux que nous avons essayé de décrire.

FIN.

TABLE

L'Hotel du Dragon........................   1

Souvenirs de Voyage...................... 200

   Fragments d'un voyage dans l'Inde............ 211

Deux Visites............................. 261

   I. Chez Charles Dickens................... 261

   II. Chez miss Braddon.................... 270

Les Gens qui posent...................... 287

P. AUREAU. — IMPRIMERIE DE LAGNY

CATALOGUE

DE

CALMANN LÉVY, ÉDITEUR

ANCIENNE MAISON

MICHEL LÉVY

FRÈRES

PREMIÈRE PARTIE[1]

Nouveaux ouvrages en vente Ouvrages divers, format in-8°
Bibliothèque contemporaine, format gr. in-18 — Bibliothèque nouvelle
Œuvres complètes de Balzac — Collection Michel Lévy, format gr. in-18
Collection format in-32 — Collection à 50 centimes
Brochures diverses — Publications périodiques illustrées

Tous les ouvrages portés sur ce Catalogue sont expédiés *franco* (contre mandats ou timbres-poste), sans augmentation de prix, excepté les volumes à 1 fr. 25 c. de la Collection Michel Lévy, auxquels il faut ajouter 25 cent. par volume.

RUE AUBER, 3

ET

A LA LIBRAIRIE NOUVELLE

BOULEVARD DES ITALIENS, 15

PARIS

—

Avril 1876

1. Les 2° et 3° parties de ce Catalogue seront envoyées *franco* à toute personne qui en fera la demande par lettre affranchie.

NOUVEAUX OUVRAGES EN VENTE

Format in-8°.

	f. c.
J. AUTRAN de l'Acad. franç.	
ŒUVRES COMPLÈTES, t. III. — La Flûte et le Tambour..............	6 »
BÉAURÉ	
LA DÉMOCRATIE CONTEMPORAINE, 1 v.	6 »
COMTE DE PARIS	
HISTOIRE DE LA GUERRE CIVILE EN AMÉRIQUE, t. I à IV..........	30 »
ATLAS POUR SERVIR A L'HISTOIRE DE LA GUERRE CIVILE EN AMÉRIQUE. Livraisons I à IV.	30 »
VICTOR HUGO	
LES CHATIMENTS, 1 volume..........	6 »
PAULINE L.	
LE LIVRE D'UNE MÈRE, 1 volume....	6 »
J. H. MERLE D'AUBIGNÉ	
HISTOIRE DE LA RÉFORME EN EUROPE AU TEMPS DE CALVIN, t. VI.......	7 50

	f. c.
ERNEST RENAN	
L'ANTÉCHRIST, 1 volume............	7 50
J. MICHELET	
ORIGINE DES BONAPARTE, 1 volume..	6 »
JUSQU'AU 18 BRUMAIRE, 1 volume...	6 »
JUSQU'A WATERLOO, 1 volume.......	6 »
H. RODRIGUES	
SAINT PAUL, 1 volume.............	6 »
JULES SIMON	
SOUVENIRS DU QUATRE SEPTEMBRE. — Le gouvernement de la Défense nationale. 1 volume...............	6 »
L. DE VIEL-CASTEL de l'Acad. franç.	
HISTOIRE DE LA RESTAURATION, t. XVII	6 »

Format gr. in-18 à 3 fr. 50 c. le volume.

	vol.
A. ACHARD	
LA TRÉSORIÈRE................	1
A. DE BRÉHAT	
L'HOTEL DU DRAGON............	1
LE MARI DE MADAME CABOT......	1
SOUVENIRS DE L'INDE ANGLAISE....	1
VACANCES D'UN PROFESSEUR..........	1
E. CADOL	
LA BÊTE NOIRE...............	1
JULES DE CARNÉ	
MARGUERITE DE KERADEC........	1
AL. DUMAS FILS de l'Acad. franç.	
THÉRÈSE....................	1
O. FEUILLET de l'Acad. franç.	
UN MARIAGE DANS LE MONDE..........	1
D. FILEX	
UN ROMAN VRAI..............	1
DE GASPARIN	
PENSÉES DE LIBERTÉ..........	1
TH. GAUTIER	
PORTRAITS ET SOUVENIRS LITTÉRAIRES.	1
GUSTAVE HALLER	
LE BLEUET.................	1
N. HAWTHORNE Traduction A. Spoll.	
CONTES ÉTRANGES.............	1
ARSÈNE HOUSSAYE	
LES DIANES ET LES VÉNUS..........	1
VICTOR HUGO	
QUATREVINGT-TREIZE..........	2
ALPHONSE KARR	
PLUS ÇA CHANGE.............	1
KEL-KUN	
PORTRAITS.................	1
NOUVEAUX PORTRAITS..........	1
PROSPER MÉRIMÉE	
LETTRES A UNE AUTRE INCONNUE......	1

	vol.
MÉRY	
LA FLORIDE................	1
MICHELET	
LE PRÊTRE.................	1
CH. MONSELET	
LES ANNÉES DE GAIETÉ........	1
D. NISARD de l'Acad. française	
RENAISSANCE ET RÉFORME......	2
JULES NORIAC	
LA MAISON VERTE...........	1
PAUL PARFAIT	
LA SECONDE VIE DE MARIUS ROBERT....	1
A. DE PONTMARTIN	
NOUVEAUX SAMEDIS. Tome XIII........	1
C.-A. SAINTE-BEUVE	
CHRONIQUES PARISIENNES..........	1
GEORGE SAND	
LA COUPE.................	1
LA TOUR DE PERCEMONT.......	1
J. SANDEAU de l'Acad. franç.	
JEAN DE THOMMERAY. — LE COLONEL ÉVRARD..................	1
E. SCHERER	
ÉTUDES CRITIQUES DE LITTÉRATURE.....	1
FRANCISQUE SARCEY	
ÉTIENNE MORET.............	1
LOUIS ULBACH	
MAGDA...................	1
A. VACQUERIE	
AUJOURD'HUI ET DEMAIN......	1
PIERRE VÉRON	
LA VIE FANTASQUE..........	1
CES MONSTRES DE FEMMES......	1
L. VITET de l'Acad. française	
LE COMTE DUCHATEL avec un portrait.	1

OUVRAGES DIVERS

Format in-8°

J.-J. AMPÈRE

	f.	c.
CÉSAR. Scènes historiques. 1 vol....	7	50
L'EMPIRE ROMAIN A ROME. 2 vol...	15	»
L'HISTOIRE ROMAINE A ROME, avec des plans topographiques. 4 vol..	30	»
MÉLANGES D'HISTOIRE LITTÉRAIRE. 2 volumes....................	12	»
PROMENADE EN AMÉRIQUE. — États-Unis, Cuba, Mexique. 2 volumes...	12	»
VOYAGE EN ÉGYPTE ET EN NUBIE. 1 vol.	7	50

***

| MAD. LA DUCH. D'ORLÉANS. 1 vol... | 8 | » |

DUC D'AUMALE de l'Acad. franç.

ALÉSIA. Étude sur la septième campagne de César en Gaule. Avec 3 cartes (Alise et Alaise). 1 vol...	6	»
HISTOIRE DES PRINCES DE CONDÉ PENDANT LES XVIe ET XVIIe SIÈCLES, avec cartes et portraits gravés par M. Henriquel-Dupont. 2 vol..	15	»
LES INSTITUTIONS MILITAIRES DE LA FRANCE. 1 volume..............	6	»

J. AUTRAN de l'Acad. française.

LE CYCLOPE, d'après Euripide. 1 vol.	3	»
PAROLES DE SALOMON. 1 volume.....	6	»
LE POÈME DES DEUX JOURS. 1 vol..	5	»
Œuvres complètes :		
— T. I. LES POÈMES DE LA MER.....	6	»
— T. II. LA VIE RURALE............	6	»
— T. III. LA FLUTE ET LE TAMBOUR...	6	»
— T. IV. SONNETS CAPRICIEUX......	6	»

L. BABAUD-LARIBIÈRE

| ÉTUDES HIST. ET ADMINISTR. 2 vol... | 12 | » |

H. DE BALZAC

Œuvres complètes :		
SCÈNES DE LA VIE PRIVÉE. 4 volumes.	30	»
SCÈNES DE LA VIE DE PROVINCE. 3 vol.	22	50
SCÈNES DE LA VIE PARISIENNE. 4 vol.	30	»
SCÈNES DE LA VIE MILITAIRE. 1 vol..	7	50
SCÈNES DE LA VIE POLITIQUE. 1 vol..	7	50
SCÈNES DE LA VIE DE CAMPAGNE. 1 vol.	7	50
ÉTUDES PHILOSOPHIQUES. 3 volumes.	22	50
THÉATRE COMPLET. 1 volume........	7	50
CONTES DROLATIQUES. 1 volume.....	7	50
CONTES ET NOUVELLES. — ESSAIS ANALYTIQUES. 1 volume.............	7	50
PAYS. ET ESQUISSES PARISIENNES. 1 v.	7	50
PORTRAITS ET CRITIQUE LITTÉRAIRE. — POLÉMIQUE JUDICIAIRE. 1 volume...	7	50
ÉTUDES HIST. ET POLITIQUES. 1 vol..	7	50

L. BAUDENS

Membre du conseil de santé des armées

| LA GUERRE DE CRIMÉE. — Campements, abris, ambulances, etc. 1 vol.... | 6 | » |

BEAURE

| DÉMOCRATIE CONTEMPORAINE. 1 vol.. | 6 | » |

IS. BÉDARRIDE

| LES JUIFS EN FRANCE, EN ITALIE ET EN ESPAGNE. 1 volume.......... | 7 | 50 |
| DU PROSÉLYTISME ET DE LA LIBERTÉ RELIGIEUSE. 1 volume........... | 4 | » |

PRINCESSE DE BELGIOJOSO

	f.	c.
ASIE MINEURE ET SYRIE. 1 volume...	7	50
HIST. DE LA MAISON DE SAVOIE. 1 vol.	7	50

E. BÉNAMOZEGH

| MORALE JUIVE ET MOR. CHRÉTIENNE. 1 v. | 7 | 50 |

HECTOR BERLIOZ

| MÉMOIRES, comprenant ses voyages 1803-1865, avec portrait de l'auteur. 1 fort volume............. | 12 | » |

DEBRIAT SAINT-PRIX

| LA JUSTICE RÉVOLUTIONNAIRE. — Août 1792. Prairial an III. D'après des documents originaux. T. I......... | 7 | 50 |

E. BEULÉ

AUGUSTE, SA FAMILLE ET SES AMIS. 1 volume...................	6	»
LE SANG DE GERMANICUS. 1 volume..	6	»
TIBÈRE ET L'HÉRITAGE D'AUGUSTE. 1 volume...................	6	»
TITUS ET SA DYNASTIE. 1 vol........	6	»

J.-B. BIOT

| ÉTUDES SUR L'ASTRONOMIE INDIENNE ET SUR L'ASTRONOMIE CHINOISE. 1 vol. | 7 | 50 |
| MÉLANGES SCIENTIFIQUES ET LITTÉRAIRES. 3 volumes............. | 22 | 50 |

CORNELIUS DE BOOM

| SOLUTION POLIT. ET SOCIALE. 1 vol.. | 6 | » |

FRANÇOIS DE BOURGOING

| HISTOIRE DIPLOMATIQUE DE L'EUROPE PENDANT LA RÉVOL. FRANÇAISE. 3 v. | 22 | 50 |

M.-L. BOUTTEVILLE

| LA MORALE DE L'ÉGLISE ET LA MORALE NATURELLE. 1 volume...... | 7 | 50 |

DUC DE BROGLIE

| VUES SUR LE GOUVERNEMENT DE LA FRANCE. 1 volume.............. | 7 | 50 |

DUC DE BROGLIE de l'Ac. fr.

| QUESTIONS DE RELIGION ET D'HISTOIRE. 2 volumes............... | 15 | » |

A. CALMON

| HISTOIRE PARLEMENTAIRE DES FINANCES DE LA RESTAURATION. 2 vol... | 15 | » |

LÉON CARRE

| L'ANCIEN ORIENT. 4 volumes........ | 24 | » |

AUGUSTE CARLIER

DE L'ESCLAVAGE dans ses rapports f. c.
avec l'Union américaine. 1 volume.   6 »
HISTOIRE DU PEUPLE AMÉRICAIN —
États-Unis — et de ses rapports
avec les Indiens. 2 volumes...... 12 »

J. COHEN

LES DÉICIDES. Examen de la Vie
de Jésus et des développements de
l'Église chrétienne dans leurs rapports avec le Judaïsme. 2° édition,
revue, corrigée. 1 volume........ 6 »

OSCAR COMETTANT

LA MUSIQUE, LES MUSICIENS ET LES
INSTRUMENTS DE MUSIQUE chez les
différents peuples du monde. 1 fort
volume orné de 150 dessins....... 20 »

J.-J. COULMANN

RÉMINISCENCES. 3 volumes......... 15 »

VICTOR COUSIN

PHILOSOPHIE ÉCOSSAISE. 1 volume... 5 »

J. CRÉTINEAU-JOLY

LE PAPE CLÉMENT XIV. 1 volume.... 8 »

PRINCE L. CZARTORYSKI

ALEXANDRE I⁰ᵉ ET LE PRINCE CZAR-
TORYSKI. Correspondance particulière et conversations, publiées
avec une introduction. 1 volume.. 7 50

GÉNÉRAL E. DAUMAS

LES CHEVAUX DU SAHARA ET LES MŒURS
DU DÉSERT. 1 volume.......... 7 50
LA VIE ARABE ET LA SOCIÉTÉ MUSUL-
MANE. 1 volume............... 7 50

MAXIME DU CAMP

CHANTS MODERNES. 1 volume........ 6 »
LES CONVICTIONS. 1 volume......... 5 »

A. DU CASSE

DU SOIR AU MATIN. Scènes de la vie
militaire. 1 volume............. 5 »

Mᵐᵉ DU DEFFAND

CORRESPONDANCE COMPLÈTE AVEC LA
DUCHESSE DE CHOISEUL, L'ABBÉ BAR-
THÉLEMY ET M. CRAUFURT. Nouvelle
édit., revue et aug. avec introd.
de M. de Sainte-Aulaire. 3 vol... 22 50

MARIE ALEXANDRE DUMAS

AU LIT DE MORT. 1 volume.......... 6 »

DUMONT DE BOSTAQUET

MÉMOIRES INÉDITS, publiés par Ch.
Read et Fr. Waddington. 1 vol.. 7 50

DUVERGIER DE HAURANNE de l'Ac. fr.

HISTOIRE DU GOUVERNEMENT PARLE- f. c.
MENTAIRE EN FRANCE. 10 volumes, 75 »

BARON ERNOUF

HIST. DE LA DERNIÈRE CAPITULATION
DE PARIS. Événem. de 1815. 1 vol. 6 »

PRINCE EUGÈNE

MÉMOIRES ET CORRESPONDANCE POLI-
TIQUE ET MILITAIRE, publiés par
A. Du Casse. 10 volumes......... 60 »

J. FERRARI

HISTOIRE DE LA RAISON D'ÉTAT. 1 vol. 7 50

GUSTAVE FLAUBERT

L'ÉDUCATION SENTIMENTALE — HISTOIRE
D'UN JEUNE HOMME. 2 volumes... 12 »

AD. FRANCK de l'Institut

ÉTUDES ORIENTALES. 1 volume...... 7 50
RÉFORMATEURS ET PUBLICISTES DE L'EU-
ROPE. Moyen âge et Renaiss. 1 vol. 7 50

CHARLES DE FREYCINET

LA GUERRE EN PROVINCE PENDANT LE
SIÈGE DE PARIS, 1870-1871. 1 volume avec cartes............... 7 50

C. FRÉGIER

LES JUIFS ALGÉRIENS, leur passé, leur
présent, leur avenir, etc. 1 volume 8 »

H. GACHARD

DON CARLOS ET PHILIPPE II. 1 vol.. 7 50

Cᵗᵉ AGÉNOR DE GASPARIN

L'AMÉRIQUE DEVANT L'EUROPE. 1 vol. 6 »
UN GRAND PEUPLE QUI SE RELÈVE,
LES ÉTATS-UNIS EN 1861. 1 volume. 5 »

G.-G. GERVINUS

INSURRECTION ET RÉGÉNÉRATION DE
LA GRÈCE. 2 volumes............ 16 »

ÉMILE DE GIRARDIN

LE CONDAMNÉ DU 6 MARS. 1 volume. 6 »
LES DROITS DE LA PENSÉE. 1 volume. 6 »
FORCE OU RICHESSE. 1 volume...... 6 »
LETTRES D'UN LOGICIEN. 1 volume... 5 »
PAIX ET LIBERTÉ. 1 volume......... 6 »
POUVOIR ET IMPUISSANCE. 1 volume. 6 »
QUESTIONS DE MON TEMPS. 12 volumes, 72 »
LE SUCCÈS. 1 volume.............. 6 »

ÉDOUARD BOURBON

HISTOIRE DU CONGRÈS DE PARIS. 1 vol. 5 »

HENRI GRADIS

HIST. DE LA RÉVOLUTION DE 1848. 2 v. 10 »

H. GRAETZ

	f. c.
LES JUIFS D'ESPAGNE. 945-1205. 1 vol.	7 50
SINAÏ ET GOLGOTHA, ou les Origines du judaïsme et du christianisme. 1 vol.	7 50

EDMOND DE GUERLE

MILTON, sa vie et ses mœurs. 1 vol..	7 50

F. GUIZOT

LA CHINE ET LE JAPON, par *Laurence Oliphant* (Traduction). 2 volumes.	12 »
L'ÉGLISE ET LA SOCIÉTÉ CHRÉTIENNES. 1 volume.	5 »
HISTOIRE DE LA FONDATION DE LA RÉPUBLIQUE DES PROVINCES-UNIES, par *J. Lothrop Motley* (Trad. nouvelle avec introduction). 4 volumes.	24 »
HISTOIRE PARLEMENTAIRE DE FRANCE, formant le complément des *Mémoires pour servir à l'Histoire de mon temps*. 5 volumes.	37 50
LA JEUNESSE DU PRINCE ALBERT (traduction). 1 volume.	6 »
MÉDITATIONS SUR L'ESSENCE DE LA RELIGION CHRÉTIENNE. 1 volume.	6 »
MÉDITATIONS SUR L'ÉTAT ACTUEL DE LA RELIGION CHRÉTIENNE. 1 vol.	6 »
MÉDITATIONS SUR LA RELIGION CHRÉTIENNE dans ses rapports avec l'état actuel des sociétés et des esprits. 1 v.	6 »
MÉLANGES BIOGRAPHIQUES ET LITTÉRAIRES. 1 volume.	7 50
MÉLANGES POLITIQUES ET HISTORIQUES. 1 volume.	7 50
MÉMOIRES pour servir à l'histoire de mon temps (ouvrage auquel a été décerné par l'Institut le grand prix biennal de 1871). 8 volumes.	60 »
LE PRINCE ALBERT, son caractère et ses discours (traduction et préface). 1 volume.	6 »
WILLIAM PITT ET SON TEMPS, par *lord Stanhope* (trad. et introd.). 4 vol..	24 »

COMTE D'HAUSSONVILLE de l'Acad. fr.

L'ÉGLISE ROMAINE ET LE PREMIER EMPIRE. 5 volumes.	37 50

VICOMTE D'HAUSSONVILLE

LES ÉTABLISSEMENTS PÉNITENTIAIRES EN FRANCE ET AUX COLONIES. 1 vol.	7 50

ERNEST HAVET

LE CHRISTIANISME ET SES ORIGINES. 2 volumes.	15 »

HERMINJARD

CORRESPONDANCE DES RÉFORMATEURS dans les pays de langue française. 4 volumes.	40 »

ROBERT HOUDIN

TRICHERIES DES GRECS DÉVOILÉES. 1 v.	5 »

ARSÈNE HOUSSAYE

MADEMOISELLE CLÉOPATRE. 1 volume.	6 »
LES MAINS PLEINES DE ROSES, PLEINES D'OR ET PLEINES DE SANG. 1 vol...	6 »

VICTOR HUGO

	f. c.
L'ANNÉE TERRIBLE. 1 volume.	7 50
AVANT L'EXIL. 1 volume.	6 »
LES CHATIMENTS. 1 volume.	6 »
NAPOLÉON LE PETIT. 1 volume.	6 »
PENDANT L'EXIL. 1 volume.	6 »
QUATORZE DISCOURS. 1 volume.	3 »
QUATRE-VINGT-TREIZE. 3 volumes.	18 »

EDMOND HUGUES

HIST. DE LA RESTAURATION DU PROTESTANTISME EN FRANCE AU XVIII° SIÈCLE, d'après des documents inédits, 2 volumes.	15 »

VICTOR JACQUEMONT

CORRESPONDANCE INÉDITE avec sa famille, ses amis, 1824-1832, notice par *V. Jacquemont* neveu, et introduction de *Pr. Mérimée*. 2 vol...	12 »

PAUL JANET de l'Institut

LES PROBLÈMES DU XIX° SIÈCLE. 1 v.	7 50

JULES JANIN

LES GAIETÉS CHAMPÊTRES. 2 volumes.	12 »

ALPHONSE JOBEZ

LA FEMME ET L'ENFANT. 1 volume...	5 »

PRINCE DE JOINVILLE

ÉTUDES SUR LA MARINE. 1 volume...	7 50

A. KUENEN — Trad. A. Pierson

HIST. CRIT. DES LIVRES DE L'ANCIEN TESTAMENT, préface d'*E. Renan*. 1 v.	7 50

LAMARTINE

ANTONIELLA. 1 volume.	6 »
GENEVIÈVE. Hist. d'une servante. 1 v.	5 »
NOUVELLES CONFIDENCES. 1 volume.	5 »
TOUSSAINT LOUVERTURE. 1 volume.	5 »
VIE DE CÉSAR. 1 volume.	5 »

CHARLES LAMBERT

L'IMMORTALITÉ SELON LE CHRIST. 1 v.	7 50
LE SYSTÈME DU MONDE MORAL. 1 vol.	7 50

PATRICE LARROQUE

DE LA GUERRE ET DES ARMÉES, 1 vol.	6 »
DE L'ORGANISATION DU GOUVERNEMENT RÉPUBLICAIN. 1 volume.	5 »
EXAMEN CRITIQUE DES DOCTRINES DE LA RELIGION CHRÉTIENNE. 2 vol.	15 »
RÉNOVATION RELIGIEUSE. 1 volume..	7 50

JULES DE LASTEYRIE

HISTOIRE DE LA LIBERTÉ POLITIQUE EN FRANCE. 1 volume.	7 50

DE LATENA

ÉTUDE DE L'HOMME. 1 volume.	7 50

LATOUR SAINT-YBARS

NÉRON, sa vie et son époque. 1 vol..	7 50

LÉONCE DE LAVERGNE

LES ASSEMBLÉES PROVINCIALES SOUS LOUIS XVI. 1 volume.	50

JULES LE BERQUIER   f. c.
LA COMMUNE DE PARIS. 1 volume... 3 »

VICT. LE CLERC ET E. RENAN
HISTOIRE LITTÉRAIRE DE LA FRANCE
AU XIV° SIÈCLE. 2 volumes....... 16 »

PAULINE L...
LE LIVRE D'UNE MÈRE. 1 volume.... 6 »

CHARLES LENORMANT
BEAUX-ARTS ET VOYAGES, précédés
d'une lettre de M. Guizot. 2 vol . 15 »

L. DE LOMÉNIE de l'Acad. franç.
LA COMTESSE DE ROCHEFORT ET SES
AMIS. Études sur les mœurs en
France au XVIII° siècle, avec des
documents inédits. 1 volume..... 7 50

LORD MACAULAY — Trad. G. Guizot
ESSAIS HIST. ET BIOGRAPHIQUES. 2 v. 12 »
— LITTÉRAIRES. 1 volume......... 6 »
— POLIT. ET PHILOSOPHIQUES. 1 vol. 6 »
— SUR L'HIST. D'ANGLETERRE. 1 vol. 6 »
— ESSAIS D'HISTOIRE ET DE LITTÉRA-
TURE. 1 volume:................ 6 »

EDMOND MAGNIER
HISTOIRE D'UNE COMMUNE DE FRANCE
AU XVIII° siècle. 1 volume........ 5 »

JOSEPH DE MAISTRE
CORRESPONDANCE DIPLOMATIQUE (1811-
1817), publiée par A. Blanc. 2 v. 15 »
MÉMOIRES POLIT. ET CORRESPONDANCE
DIPLOMATIQUE, publiés par A. Blanc.
1 volume...................... 6 »

COMTE DE MARCELLUS
CHATEAUBRIAND ET SON TEMPS. 1 vol. 7 50
LES GRECS ANCIENS ET LES GRECS MO-
DERNES. Études littéraires. 1 vol.. 7 50
SOUV. DIPLOMATIQUES. Correspondance
de Chateaubriand. 1 volume..... 5 »

THOMAS ERSKINE MAY
HIST. CONSTIT. DE L'ANGLETERRE (1760-
1860). Traduction et introd. de
Cornélis de Witt. 2 volumes..... 12 »

PROSPER MÉRIMÉE
LETTRES A UNE INCONNUE avec étude
de H. Taine. 2 volumes.......... 15 »

J.-H. MERLE D'AUBIGNÉ
HISTOIRE DE LA RÉFORMATION EN EU-
ROPE AU TEMPS DE CALVIN. 6 vol... 45 »

MÉRY
NAPOLÉON EN ITALIE. Poëme. 1 vol.. 5 »

J. MICHELET
GUERRES DE RELIGION. 1 volume..... 6 »
HENRI IV ET RICHELIEU. 1 volume.... 6 »
RICHELIEU ET LA FRONDE. 1 volume.... 6 »
LOUIS XIV ET LA RÉVOCATION DE
L'ÉDIT DE NANTES. 1 volume....... 6 »
LOUIS XV (1724-1757). 1 volume..... 6 »
PRÉCIS DE L'HIST. MODERNE. 1 vol... 5 »

J. MICHELET (suite)   f. c.
ORIGINE DES BONAPARTE. 1 vol...... 6 »
JUSQU'AU 18 BRUMAIRE. 1 volume... 6 »
JUSQU'A WATERLOO. 1 volume....... 6 »

Mᵐᵉ A. MOLINOS-LAFITTE
SOLITUDES. 1 volume.............. 5 »

COMTE DE MONTALIVET
LE ROI LOUIS-PHILIPPE (liste civile).
Nouv. édition, avec notes, pièces,
portrait et fac simile du roi, plan
du château de Neuilly. 1 volume.. 6 »

MORTIMER-TERNAUX
HIST. DE LA TERREUR (1792-1794).
7 volumes..................... 42 »

J. LOTHROP MOTLEY
Traduction nouvelle avec une grande
introd. de M. Guizot.
HIST. DE LA FONDATION DE LA RÉPU-
BLIQUE DES PROVINCES-UNIES. 4 vo-
lumes......................... 24 »

BARON DE NERVO
LE COMTE DE CORVETTO. 1 volume... 7 50
L'ESPAGNE EN 1867. 1 volume...... 5 »
LES FINANCES FRANÇAISES SOUS L'AN-
CIENNE MONARCHIE, LA RÉPUBLIQUE,
LE CONSULAT ET L'EMPIRE. 2 vol.. 15 »
LES FINANCES FRANÇAISES SOUS LA
RESTAURATION. 4 volumes........ 30 »
HISTOIRE D'ESPAGNE DEPUIS SES ORI-
GINES. 4 volumes............... 30 »
ISABELLE LA CATHOLIQUE. 1 volume. 8 »
LA MONARCHIE ESPAGNOLE, SON ORI-
GINE, SA CONDITION, etc. 1/2 vol.. 2 »

ADOLPHE NEUBAUER
LA GÉOGRAPHIE DU TALMUD. 1 vol... 15 »

MICHEL NICOLAS
LES DOCTRINES RELIGIEUSES DES JUIFS
pendant les deux siècles antérieurs
à l'ère chrétienne. 1 volume...... 7 50
ESSAIS DE PHILOSOPHIE ET D'HISTOIRE
RELIGIEUSE. 1 volume............ 7 50
ÉTUDES CRITIQUES SUR LA BIBLE.
Ancien Testament. 1 volume...... 7 50
ÉTUDES CRITIQUES SUR LA BIBLE.
Nouveau Testament. 1 volume.... 7 50
ÉTUDES SUR LES ÉVANGILES APOCRY-
PHES. 1 volume................. 7 50
LE SYMBOLE DES APOTRES. 1 volume. 7 50

CHARLES NISARD
LES GLADIATEURS DE LA RÉPUBLIQUE
DES LETTRES. 2 volumes......... 15 »

MARQUIS DE NOAILLES
HENRI DE VALOIS ET LA POLOGNE EN
1572. 2 volumes................ 15 »

DUC D'ORLÉANS
CAMPAGNES DE L'ARMÉE D'AFRIQUE —
1835-1839, — publié par ses fils.
Avant-propos de M. le comte de
Paris, introduction de M. le duc
de Chartres, avec un portrait du
duc d'Orléans, par Horace Vernet
et une carte de l'Algérie. 1 beau
volume vélin.................. 7 50

COMTE DE PARIS　f. c.

DE LA SITUATION DES OUVRIERS EN
ANGLETERRE. 1 volume......... 6 »
HISTOIRE DE LA GUERRE CIVILE EN
AMÉRIQUE. Tom. I à IV. 4 volumes. 30 »
ATLAS POUR SERVIR A L'HIST. DE LA
GUERRE CIVILE EN AMÉRIQUE, livrai-
sons I à IV (contenant 19 planches) 30 »

C¹⁰ PELET DE LA LOZÈRE

PENSÉES MORALES ET POLITIQUES.
1 volume................ 7 50

CASIMIR PERIER

LES FINANCES ET LA POLITIQUE. 1 vol. 5 »

GEORGES PERROT

SOUVENIRS D'UN VOYAGE EN ASIE
MINEURE. 1 volume........ 7 50

A. PEYRAT

HISTOIRE ÉLÉMENTAIRE ET CRITIQUE
DE JÉSUS. 1 volume........ 7 50

L'ABBÉ PIERRE

CONSTANTINOPLE, JÉRUSALEM ET ROME,
avec plan et carte. 2 vol....... 15 »

F. PONSARD

ŒUVRES COMPLÈTES. 2 volumes.... 15 »

COMTE DE PONTÉCOULANT

SOUVENIRS HISTORIQUES ET PARLEMEN-
TAIRES (1764-1848). 4 volumes.... 24 »

PRÉVOST-PARADOL

ÉLISABETH ET HENRI IV (1595-1598).
1 volume.............. 6 »
ESSAIS DE POLITIQUE ET DE LITTÉRA-
TURE. 3 volumes........... 22 50
LA FRANCE NOUVELLE. 1 volume..... 7 50

EDGAR QUINET

HISTOIRE DE LA CAMPAGNE DE 1815.
1 volume avec carte........ 7 50
MERLIN L'ENCHANTEUR. 2 volumes... 15 »

J. DE RAINNEVILLE

LA FEMME DANS L'ANTIQUITÉ ET D'A-
PRÈS LA MORALE NATURELLE. 1 vol. 7 50

Mᵐᵉ RÉCAMIER

COPPET ET WEIMAR — MADAME DE
STAEL ET LA GRANDE-DUCHESSE
LOUISE. Récits et Correspondances,
par l'auteur des Souvenirs de Ma-
dame Récamier. 1 volume....... 7 50
MADAME RÉCAMIER, LES AMIS DE SA
JEUNESSE ET SA CORRESPONDANCE
INTIME. 1 volume.......... 7 50

CH. DE RÉMUSAT

POLITIQUE LIBÉRALE, ou Fragments
pour servir à la défense de la révolution française. 1 volume..... 7 50

ERNEST RENAN de l'Institut f. c.

L'ANTECHRIST. 1 volume.......... 7 50
LES APOTRES. 1 volume.......... 7 50
AVERROÈS ET L'AVERROÏSME, essai his-
torique 1 volume........ 7 50
LE CANTIQUE DES CANTIQUES, traduit
de l'hébreu, avec une étude sur le
plan, l'âge et le caractère du poëme.
1 volume................ 6 »
LA CHAIRE D'HÉBREU AU COLLÈGE DE
FRANCE. Brochure........... 1 »
DE LA PART DES PEUPLES SÉMITIQUES
DANS L'HISTOIRE DE LA CIVILISA-
TION. Brochure............ 1 »
DE L'ORIGINE DU LANGAGE. 1 volume.. 6 »
DIALOGUES PHILOSOPHIQUES. 1 vol.. 7 50
ESSAIS DE MORALE ET DE CRITIQUE.
1 volume................ 7 50
ÉTUDES D'HISTOIRE RELIGIEUSE. 1
volume................ 7 50
HISTOIRE GÉNÉRALE DES LANGUES SÉ-
MITIQUES. 1 volume......... 12 »
HISTOIRE LITTÉRAIRE DE LA FRANCE
AU XIV° SIÈCLE. 2 volumes...... 16 »
LE LIVRE DE JOB, traduit de l'hébreu,
avec une étude sur l'âge et le ca-
ractère du poëme. 1 volume..... 7 50
QUESTIONS CONTEMPORAINES. 1 volume 7 50
LA RÉFORME INTELLECTUELLE ET MO-
RALE. 1 volume........... 7 50
SAINT PAUL. 1 volume avec carte... 7 50
VIE DE JÉSUS. 1 volume.......... 7 50

D. JOSÉ SUELL Y RENTÉ

CONSIDÉRATIONS POLIT. ET LIT. 1 vol. 5 »
PENSÉES CHRÉTIENNES, POLITIQUES
ET PHILOSOPHIQUES. 1 volume.... 5 »

LOUIS REYBAUD de l'Institut

ÉCONOMISTES MODERNES. 1 volume... 7 50
ÉTUDES SUR LE RÉGIME DES MANU-
FACTURES. — LA SOIE. 1 volume... 7 50
—. LE COTON. Son régime, ses problè-
mes, son influence en Europe. 1 v. 7 50
— LA LAINE. 1 volume......... 7 50
— LE FER ET LA HOUILLE. 1 volume. 7 50

PAUL RIBAUT

DU SUFFRAGE UNIVERSEL. 1 volume. 6 »

COMTE R. R.

LA JUSTICE ET LA MONARCHIE POPU-
LAIRE. La Guerre d'Orient 1 vol. 3 »

H. RODRIGUES

LA JUSTICE DE DIEU. 1 volume...... 5 »
LES ORIGINES DU SERMON DE LA MON-
TAGNE. 1 volume............ 3 »
HISTOIRE DES PREMIERS CHRÉTIENS.
1ʳᵉ partie. Le roi des Juifs. 1 volume. 5 »
2ᵉ. — Saint Pierre. 1 volume.. 5 »
HISTOIRE DES DEUXIÈMES CHRÉTIENS.
— Saint Paul. 1 volume......... 5 »

J.-J. ROUSSEAU

ŒUVRES ET CORRESPONDANCE INÉ-
DITES, publiées par M. Streckei-
sen-Moultou. 1 volume....... 7 50
J. J. ROUSSEAU, SES AMIS ET SES EN-
NEMIS. Correspondance publ. par
M. Streckeisen-Moultou, avec ap-
préciat. crit. de Sainte-Beuve. 2 v. 15 »

BIBLIOTHÈQUE CONTEMPORAINE

Format grand in-18 à 3 fr. 50 c. le volume

EDMOND ABOUT vol.
LETTRES D'UN BON JEUNE HOMME A SA
  COUSINE.................................. 1
DERN. LETTRES D'UN BON JEUNE HOMME. 1

AMÉDÉE ACHARD
BELLE-ROSE................................ 1
LA CAPE ET L'ÉPÉE......................... 1
LES COUPS D'ÉPÉE DE M. DE LA GUERCHE. 1
DROIT AU BUT.............................. 1
LE DUC DE CARLEPONT...................... 1
ENVERS ET CONTRE TOUS.................... 1
HISTOIRE D'UN HOMME....................... 1
MADAME DE VILLERSEL....................... 1
MAURICE DE TREUIL......................... 1
NELLY..................................... 1
RÉCITS D'UN SOLDAT........................ 1
LES RÊVES DE GILBERTE..................... 1
SOUVENIRS PERSONNELS D'ÉMEUTES ET
  DE RÉVOLUTIONS.......................... 1
LA TOISON D'OR............................ 1
LA TRÉSORIÈRE............................. 1
LA VIPÈRE................................. 1

ALARCON
THÉATRE, traduct. Alphonse Royer..... 1

TH. B. ALDRICH
MARJORIE DAW.............................. 1

GUSTAVE D'ALAUX
L'EMPEREUR SOULOUQUE ET SON EMPIRE.. 1

DUC D'ALENÇON
LUÇON ET MINDANAO, journal de voyage
  dans l'extrême Orient, avec carte.... 1
∗∗
SOUV. D'UN OFFICIER DU 3e DE ZOUAVES.
  2e édition augmentée................. 1

DUC D'AUMALE de l'Acad. franç.
LES ZOUAVES ET LES CHASSEURS A PIED.. 1

UN ARTILLEUR
CAPOUE EN CRIMÉE.......................... 2

ALFRED ASSOLLANT
D'HEURE EN HEURE.......................... 1
GABRIELLE DE CHÊNEVERT.................... 1

XAVIER AUBRYET
LES JUGEMENTS NOUVEAUX.................... 1

L'AUTEUR de John Halifax
UNE EXCEPTION............................. 1
LA MÉPRISE DE CHRISTINE................... 1
OLIVIA.................................... 2

L'AUTEUR de Le Vaste Monde
ÉLÉONORE POWLE............................ 2

L'AUTEUR de La duchesse d'Orléans
VIE DE JEANNE D'ARC....................... 1

J. AUTRAN de l'Académie française
ÉPITRES RUSTIQUES......................... 1
LA LÉGENDE DES PALADINS................... 1

AUGUSTE AVRIL
SALTIMBANQUES ET MARIONNETTES......... 1

Cte CÉSAR BALBO Trad. J. Amigues
HISTOIRE D'ITALIE......................... 2

LOUIS BAMBERGER
M. DE BISMARCK............................ 1

THÉOD. DE BANVILLE vol.
LES PARISIENNES DE PARIS.............. 1

CH. BARBARA
HISTOIRES ÉMOUVANTES................... 1

J. BARBEY D'AUREVILLY
L'AMOUR IMPOSSIBLE........................ 1
LE CHEVALIER DES TOUCHES.................. 1
LES PROPHÈTES DU PASSÉ.................... 1

ALEX. BARBIER
LETTRES FAMILIÈRES SUR LA LITTÉRATURE. 1

JULES BARBIER
LE FRANC-TIREUR. Chants de guerre.... 1

J. BARTHÉLEMY SAINT-HILAIRE
LETTRES SUR L'ÉGYPTE...................... 1

CH. BATAILLE — E. RASETTI
ANTOINE QUÉRARD. Drames de Village.. 2

CHARLES BAUDELAIRE
OEuvres complètes — Édition définitive
LES FLEURS DU MAL. Poésies complètes.. 1
CURIOSITÉS ESTHÉTIQUES................... 1
L'ART ROMANTIQUE......................... 1
PETITS POÈMES EN PROSE — LES PARADIS
  ARTIFICIELS............................ 1
HISTOIRES EXTRAORDINAIRES D'EDGAR
  POE. (Traduction)...................... 1
NOUVELLES HISTOIRES EXTRAORDINAIRES,. 1
ARTHUR GORDON PYM — EUREKA........ 1

L. BAUDENS
LA GUERRE DE CRIMÉE. Les Campements,
  les Abris, les Ambulances, les Hôpi-
  taux, etc.............................. 1

BARON DE BAZANCOURT
LE CHEVALIER DE CHABRIAC................. 1

GUSTAVE DE BEAUMONT
L'IRLANDE SOCIALE, POLIT. ET RELIGIEUSE,
  7e édition, revue et corrigée......... 2

ROGER DE BEAUVOIR
COLOMBES ET COULEUVRES................... 1
DUELS ET DUELLISTES...................... 1
LES MEILLEURS FRUITS DE MON PANIER.. 1

PRINCESSE DE BELGIOJOSO
ASIE-MINEURE ET SYRIE................. 1

GEORGES BELL
LES REVANCHES DE L'AMOUR................. 1
VOYAGE EN CHINE.......................... 1

A. DE BELLOY Traducteur
COMÉDIES DE PLAUTE....................... 1
THÉATRE COMPLET DE TÉRENCE.............. 1

ADOLPHE BELOT
LE DRAME DE LA RUE DE LA PAIX....... 1

TH. BENTZON
LES HUMORISTES AMÉRICAINS................ 1
LE ROMAN D'UN MUET....................... 1
UNE VIE MANQUÉE.......................... 1
LE VIOLON DE JOB......................... 1
LA VOCATION DE LOUISE.................... 1

HECTOR BERLIOZ
A TRAVERS CHANTS......................... 1
LES GROTESQUES DE LA MUSIQUE....... 1
LES SOIRÉES DE L'ORCHESTRE 1

*

CH. DE BERNARD

vol.

NOUVELLES ET MÉLANGES, avec portrait. 1
POÉSIES ET THÉATRE................ 1

ÉLIE BERTHET

LES CHAUFFEURS...................... 1

EUGÈNE BERTHOUD

UN BAISER MORTEL.................. 1

E. BEULÉ

LE DRAME DU VÉSUVE................. 1

H. BLAZE DE BURY

LE CHEVALIER DE CHASOT............ 1
ÉCRIVAINS MODERNES DE L'ALLEMAGNE... 1
ÉPISODE DE L'HISTOIRE DU HANOVRE.... 1
INTERMÈDES ET POÈMES.............. 1
LA LÉGENDE DE VERSAILLES.......... 1
LES MAITRESSES DE GŒTHE........... 1
MEYERBEER ET SON TEMPS........... 1
SOUV. ET RÉCITS DES CAMP. D'AUTRICHE.. 1

* * *

LES BONSHOMMES DE CIRE............ 1
HOMMES DU JOUR.................... 1
LES SALONS DE VIENNE ET DE BERLIN... 1

COMTESSE DE BOIGNE

LA MARÉCHALE D'AUBEMER........... 1
UNE PASSION DANS LE GRAND MONDE...... 2

E. BOQUET-LIANCOURT

THÉATRE DE FAMILLE................. 1

L'AMIRAL P. BOUVET

PRÉCIS DE SES CAMPAGNES........... 1

FÉLIX BOVET

VOYAGE EN TERRE SAINTE............ 1

CHARLES BRAINNE

BAIGNEUSES ET BUVEURS D'EAU........ 1

A. DE BRÉHAT

L'HOTEL DU DRAGON................. 1
LES MAITRESSES DU DIABLE........... 1
LE MARI DE MADAME CAZOT........... 1
LE ROMAN DE DEUX JEUNES FEMMES.... 1
SOUVENIRS DE L'INDE ANGLAISE....... 1
LE TESTAMENT DE LA COMTESSE........ 1
LES VACANCES D'UN PROFESSEUR....... 1

BRET-HARTE Traduct. Th. Bentzon

RÉCITS CALIFORNIENS................ 1

DUC DE BROGLIE

VUES SUR LE GOUVERNEMENT DE LA
FRANCE.......................... 1

DUC DE BROGLIE de l'Ac. franç.

LA DIPLOMATIE ET LE DROIT NOUVEAU... 1
QUEST. DE RELIGION ET D'HIST........ 2

F. DUNGENER

PAPE ET CONCILE AU XIXᵉ SIÈCLE....... 1
ROME ET LE VRAI.................... 1

ÉDOUARD CADOL

MADAME ÉLISE...................... 1
LA BÈTE NOIRE..................... 1

PAUL CAILLARD

CHASSES EN FRANCE ET EN ANGLETERRE. 1

AUGUSTE CALLET

L'ENFER........................... 1

A. CALMON

WILLIAM PITT. Étude parlementaire.... 1

JULES DE CARNÉ

CHARLOTTE DUVAL................... 1
MARGUERITE DE KERADEC............ 1
PÉCHEURS ET PÉCHERESSES........... 1

Mᵐᵉ E. CARO

vol.

FLAMEN............................ 1
HISTOIRE DE SOUCI................. 1
LES NOUVELLES AMOURS D'HERMANN ET
DOROTHÉE....................... 1
LE PÉCHÉ DE MADELEINE............. 1

MICHEL CERVANTES

THÉATRE. Traduction d'Alph. Royer... 1

CÉLESTE DE CHABRILLAN

MISS PEWEL....................... 1

CHAMPFLEURY

AVENTURES DE MADEMOISELLE MARIETTE. 1
CHIEN-CAILLOU.................... 1
LES DEMOISELLES TOURANGEAU....... 1
LA MASCARADE DE LA VIE PARISIENNE... 1
M. DE BOISD'HYVER................ 1
LES PREMIERS BEAUX JOURS.......... 1
LE RÉALISME...................... 1
L'USURIER BLAIZOT................ 1

EUGÈNE CHAPUS

LES HALTES DE CHASSE.............. 1
MANUEL DE L'HOMME ET DE LA FEMME
COMME IL FAUT.................. 1

PHILARÈTE CHASLES

LE VIEUX MÉDECIN................. 1

F. DE CHATEAUBRIAND

ESQUISSE D'UN MAITRE. Souvenirs d'en-
fance et de jeunesse suivis de lettres
inédites de Chateaubriand et d'une
étude par Ch. Lenormant.......... 1

VICTOR CHERBULIEZ

UN CHEVAL DE PHIDIAS............. 1
LE PRINCE VITALE................. 1

H. DE CLAIRET

LES AMOURS D'UN GARDE CHAMPÊTRE.... 1

JULES CLARETIE

MADELEINE BERTIN................. 1
LE ROMAN DES SOLDATS............. 1

CHARLES CLÉMENT

ÉTUDES SUR LES BEAUX-ARTS EN FRANCE. 1

Mᵐᵉ LOUISE COLET

LUI.............................. 1

ATHANASE COQUEREL

LES FORÇATS POUR LA FOI........... 1

EUGÈNE CORDIER

LE LIVRE D'ULRICH................ 1

CHARLES DE COURCY

LES HISTOIRES DU CAFÉ DE PARIS.... 1

AIMÉ GOURNET

L'AMOUR EN ZIGZAG................ 1

J. M. COURNIER

UNE FAMILLE EN 1870-1871.......... 1

VICTOR COUSIN

PHILOSOPHIE ÉCOSSAISE............ 1

MARQUISE DE CRÉQUY

SOUVENIRS — De 1710 à 1603 — Nouv.
édition augmentée d'une correspondance inédite et authentique de la
marquise de Créquy.............. 5

CUVILLIER-FLEURY de l'Acad. fr.

ÉTUDES ET PORTRAITS.............. 2
ÉTUDES HISTORIQUES ET LITTÉRAIRES.... 2
NOUV. ÉTUDES HIST. ET LITTÉRAIRES.... 1
DERN. ÉTUDES HISTOR. ET LITTÉRAIRES.. 2
HISTORIENS, POÈTES ET ROMANCIERS.... 2
VOYAGES ET VOYAGEURS............. 1

OCT. FEUILLET de l'Acad. franç.   vol.

BELLAH.. 1
HISTOIRE DE SIBYLLE............................. 1
JULIA DE TRÉCŒUR................................ 1
UN MARIAGE DANS LE MONDE........................ 1
MONSIEUR DE CAMORS.............................. 1
LA PET. COMTESSE. Le Parc, Onesta............... 1
LE ROMAN D'UN J. HOMME PAUVRE................... 1
SCÈNES ET COMÉDIES.............................. 1
SCÈNES ET PROVERBES............................. 1

PAUL FÉVAL

LES AMOURS DE PARIS............................. 2
BLANCHEFLEUR.................................... 1
LE CAPITAINE SIMON.............................. 1
LES DERNIÈRES FÉES.............................. 1
QUATRE FEMMES ET UN HOMME....................... 1
LA REINE DES ÉPÉES.............................. 1
LE VICOMTE PAUL................................. 1

ERNEST FEYDEAU

ALGER. Étude.................................... 1
L'ALLEMAGNE EN 1871............................. 1
LES AMOURS TRAGIQUES............................ 1
LES AVENT. DU BARON DE FÉRESTE — COM.
SE FORMENT LES JEUNES GENS...................... 1
CATHERINE D'OVERMEIRE........................... 1
LA COMTESSE DE CHALIS........................... 1
DANIEL.. 2
UN DÉBUT A L'OPÉRA.............................. 1
FANNY... 1
LE LION DEVENU VIEUX............................ 1
DU LUXE, DES FEMMES, DES MŒURS, etc............. 1
LE MARI DE LA DANSEUSE.......................... 1
MÉMOIRES D'UN COULISSIER........................ 1
MONSIEUR DE SAINT-BERTRAND...................... 1
LE ROMAN D'UNE JEUNE MARIÉE..................... 1
LE SECRET DU BONHEUR............................ 2
SYLVIE.. 1

LOUIS FIGUIER

LES EAUX DE PARIS............................... 1

D. FILEX

UN ROMAN VRAI................................... 1

P.-A. FIORENTINO

COMÉDIES ET COMÉDIENS........................... 2
LES GRANDS GUIGNOLS............................. 2

GUSTAVE FLAUBERT

L'ÉDUCATION SENTIMENTALE........................ 2
Mme BOVARY, édition princeps.................... 2

EUGÈNE FORCADE

ÉTUDES HISTORIQUES.............................. 1
HIST. DES CAUSES DE LA GUERRE D'ORIENT.......... 1

G. FOURCADE-PRUNET

UNE FIN DE MONDE................................ 1

MARC FOURNIER

LE MONDE ET LA COMÉDIE. (Sous presse)........... 1

VICTOR FRANCONI

LE CAVALIER. Cours d'équitation pratique
L'ÉCUYER. Cours d'équitation pratique........... 1

ARNOULD FRÉMY

LA GUERRE FUTURE................................ 1
LES MŒURS DE NOTRE TEMPS........................ 1
PENSÉES DE TOUT LE MONDE........................ 1

CH. DE FREYCINET

LA GUERRE EN PROVINCE PENDANT LE
SIÈGE DE PARIS, avec cartes..................... 1

LÉOPOLD DE GAILLARD

QUESTIONS ITALIENNES............................ 1

H. GALLOIS   vol.

LES ARMÉES FRANÇAISES EN ITALIE................. 1

GALOPPE D'ONQUAIRE

LE DIABLE BOITEUX EN PROVINCE................... 1
LE SPECTACLE AU COIN DU FEU..................... 1

Cte ABÉNOR DE GASPARIN

LE BONHEUR...................................... 1
LE BON VIEUX TEMPS.............................. 1
LA CONSCIENCE................................... 1
LES ÉCOLES DU DOUTE ET L'ÉCOLE DE LA
FOI... 1
L'ÉGALITÉ....................................... 1
L'ENNEMI DE LA FAMILLE.......................... 1
LA FAMILLE, ses devoirs, ses joies et ses
douleurs.. 2
LA FRANCE, nos fautes, nos périls, notre
avenir.. 2
UN GRAND PEUPLE QUI SE RELÈVE................... 1
INNOCENT III.................................... 1
LA LIBERTÉ MORALE............................... 1
LUTHER ET LA RÉFORME AU XVIe SIÈCLE............. 1
PENSÉES DE LIBERTÉ.............................. 1

L'AUTEUR des Horizons prochains

BANDE DU JURA. — Les Prouesses................. 1
   — Premier voyage,........................ 1
   — Chez les Allemands — Chez nous.
   — A Florence............................. 1
A CONSTANTINOPLE................................ 1
A TRAVERS LES ESPAGNES.......................... 1
AU BORD DE LA MER............................... 1
CAMILLE... 1
LES HORIZONS CÉLESTES........................... 1
LES HORIZONS PROCHAINS.......................... 1
JOURNAL D'UN VOY. AU LEVANT,.................... 3
LES TRISTESSES HUMAINES......................... 1
VESPER.. 1

THÉOPHILE GAUTIER

CONSTANTINOPLE.................................. 1
LES GROTESQUES.................................. 1
LOIN DE PARIS................................... 1
LA PEAU DE TIGRE................................ 1
PORTRAITS ET SOUVENIRS LITTÉRAIRES.............. 1
QUAND ON VOYAGE................................. 1

JULES GÉRARD le Tueur de lions

VOYAGES ET CHASSES DANS L'HIMALAYA.............. 1

GÉRARD DE NERVAL

OEuvres complètes — Nouvelle édition
LES DEUX FAUST DE GOETHE, traduction............ 1
LES ILLUMINÉS — Les Faux sauniers.............. 1
LE RÊVE ET LA VIE — LES FILLES DU FEU
   — LA BOHÊME GALANTE.................... 1
VOYAGE EN ORIENT, édition complète.............. 2

Mme ÉMILE DE GIRARDIN

M. LE MARQUIS DE PONTANGES...................... 1
NOUVELLES....................................... 1

ÉMILE DE GIRARDIN

LE DROIT AU TRAVAIL, au Luxembourg
et à l'Assemblée nationale...................... 2
ÉTUDES POLITIQUES............................... 1

GŒTHE

FAUST. Trad. nouvelle de Bacharach
avec introduction d'Alex. Dumas fils............ 1

EDMOND et JULES DE GONCOURT

SŒUR PHILOMÈNE.................................. 1

ÉDOUARD SOURDON

NAUFRAGE AU PORT................................ 1

LÉON GOZLAN vol.
BALZAC CHEZ LUI... 1
BALZAC EN PANTOUFLES... 1
LA DERNIÈRE SŒUR GRISE... 1
LE DRAGON ROUGE... 1
LA FAMILLE LAMBERT... 1
HISTOIRE D'UN DIAMANT... 1
LE PLUS BEAU RÊVE D'UN MILLIONNAIRE. 1

CARLO GOZZI
THÉÂTRE FIABESQUE, trad. d'A. Royer.. 1

Mme MANOEL DE GRANDFORT
RYNO... 1

GRANIER DE CASSAGNAC
DANAÉ... 1

GRÉGOROVIUS Trad. de F. Sabatier
LES TOMBEAUX DES PAPES ROMAINS, avec introduction de J.-J. Ampère... 1

F. DE GROISEILLIEZ
LES COSAQUES DE LA BOURSE... 1

AD. GUÉROULT
ÉTUDES DE POLIT. ET DE PHIL. RELIGIEUSE 1

AMÉDÉE GUILLEMIN
LES MONDES. Causeries astron... 1

M. GUIZOT
3 GÉNÉRATIONS — 1789-1814-1848... 1

Cte GUY DE CHARNACÉ
ÉTUDES D'ÉCONOMIE RURALE... 1

IDA MANN-HAHN Trad. Am. Pichot
LA COMTESSE FAUSTINE... 1

F. HALÉVY
SOUVENIRS ET PORTRAITS... 1
DERNIERS SOUVENIRS ET PORTRAITS... 1

LUDOVIC HALÉVY
L'INVASION — SOUV. ET RÉCITS... 1
MADAME ET MONSIEUR CARDINAL... 1

GUSTAVE HALLER
LE BLEUET... 1

B. HAURÉAU
SINGULARITÉS HISTOR. ET LITTÉRAIRES... 1

Cte D'HAUSSONVILLE de l'Ac. fr.
L'ÉGLISE ROMAINE ET LE PREMIER EMPIRE... 5
HIST. DE LA POLIT. EXTÉRIEURE DU GOUVERN. FRANÇAIS (1830-1848)... 2
HISTOIRE DE LA RÉUNION DE LA LORRAINE A LA FRANCE... 4

Vte D'HAUSSONVILLE
SAINTE-BEUVE, sa vie et ses œuvres.. 1

L'AUTEUR de Robert Emmet
LA JEUNESSE DE LORD BYRON... 1
LES DERNIÈRES ANNÉES DE LORD BYRON. 1
MARGUER. DE VALOIS, reine de Navarre.. 1
ROBERT EMMET... 1
SOUVENIRS D'UNE DEMOIS. D'HONNEUR DE LA DUCH. DE BOURGOGNE... 1

NATHANIEL HAWTHORNE. Tr. Spoll.
CONTES ÉTRANGES... 1

HENRI HEINE
Œuvres complètes — Nouvelle édition
ALLEMANDS ET FRANÇAIS... 1
CORRESPONDANCE INÉDITE... 2
DE L'ALLEMAGNE... 2
DE L'ANGLETERRE... 1
DE LA FRANCE... 1
DE TOUT UN PEU... 1
DRAMES ET FANTAISIES... 1
LUTÈCE... 1

HENRI HEINE (suite) vol.
POÈMES ET LÉGENDES... 1
REISEBILDER, tableaux de voyage, avec portrait de H. Heine... 2
SATIRES ET PORTRAITS... 1

CAMILLE HENRY
UNE NOUVELLE MADELEINE... 1
LE ROMAN D'UNE FEMME LAIDE... 1

ROBERT HOUDIN
CONFIDENCES D'UN PRESTIDIGITATEUR... 2

ARSÈNE HOUSSAYE
LES AMOURS DE CE TEMPS-LÀ... 1
AVENT. GALANTES DE MARGOT... 1
LA BELLE RAFAELLA... 1
BLANCHE ET MARGUERITE... 1
LES DIANES ET LES VÉNUS... 1
LES FEMMES DU DIABLE... 1
LES FILLES D'ÈVE... 1
MADEMOISELLE CLÉOPATRE... 1
MADEMOISELLE MARIANI... 1
LA PÉCHERESSE... 1
LE REPENTIR DE MARION... 1
LA VERTU DE ROSINE... 1

F. HUET
RÉVOLUTION PHILOSOPH. AU XIXe SIÈCLE. 1
RÉVOLUTION RELIGIEUSE AU XIXe SIÈCLE.. 1

CHARLES HUGO
LA BOHÈME DORÉE... 2
LE COCHON DE SAINT ANTOINE... 1
UNE FAMILLE TRAGIQUE... 1

VICTOR HUGO
L'ANNÉE TERRIBLE... 1
EN ZÉLANDE... 1
QUATRE-VINGT-TREIZE... 2

F. HUGONNET
SOUV. D'UN CHEF DE BUREAU ARABE... 1

UN INCONNU
MONSIEUR Z... ET MADAME ***... 1
LA PLAGE D'ÉTRETAT... 1

WASHINGTON IRVING Trad. Lefebure
AU BORD DE LA TAMISE... 1

ALFRED JACOBS
L'OCÉANIE NOUVELLE... 1

VICTOR JACQUEMONT
CORRESPONDANCE AVEC SA FAMILLE ET SES AMIS pendant son voyage dans l'Inde (1828-1832). Nouv. édit. revue et augmentée, la seule complète, avec une étude par M. Cuvillier-Fleury... 2

PAUL JANET de l'Institut
LA FAMILLE... 1
PHILOSOPHIE DU BONHEUR... 1
LES PROBLÈMES DU XIXe SIÈCLE... 1

JULES JANIN,
BARNAVE... 1
CONTES FANTAST. ET CONTES LITTÉRAIRES. 1
HIST. DE LA LITTÉRATURE DRAMATIQUE.. 6
L'INTERNÉ... 1

PRINCE DE JOINVILLE
ÉTUD. SUR LA MARINE ET RÉCITS DE GUERRE. 2

AUGUSTE JELTROIS
LES COUPS DE PIED DE L'ÂNE... 1

LOUIS JOURDAN
LES FEMMES DEVANT L'ÉCHAFAUD... 1

ARMAND JUSSELAIN
LES AMOURS DE JEUNESSE... 1
UN DÉPORTÉ A CAYENNE... 1

CH. MARCOTTE DE QUIVIÈRES vol.
DEUX ANS EN AFRIQUE.................. 1
X. MARMIER de l'Acad. française
LES DRAMES DU CŒUR.................. 1
LES DRAMES INTIMES.................. 1
EN CHEMIN DE FER.................. 1
FÉLIX MAYNARD
JOURNAL D'UNE DAME ANGLAISE.......... 1
VOYAGES ET AVENTURES AU CHILI........ 1
CH. DE MAZADE
DEUX FEMMES DE LA RÉVOLUTION........ 1
L'ITALIE ET LES ITALIENS.............. 1
L'ITALIE MODERNE.................. 1
LA POLOGNE CONTEMPORAINE.......... 1
E. DU MERAC
PLACIDE DE JAVERNY.................. 1
PROSPER MÉRIMÉE
LES COSAQUES D'AUTREFOIS............ 1
DERNIÈRES NOUVELLES.................. 1
LES DEUX HÉRITAGES.................. 1
ÉPISODE DE L'HISTOIRE DE RUSSIE...... 1
ÉTUDES SUR LES ARTS AU MOYEN AGE.... 1
ÉTUDES SUR L'HISTOIRE ROMAINE........ 1
LETTRES A UNE INCONNUE.............. 2
LETTRES A UNE AUTRE INCONNUE........ 1
MÉLANGES HISTORIQUES ET LITT....... 1
NOUVELLES. Carmen — Arsène Guillot —
  L'abbé Aubain, etc.................. 1
PORTRAITS HIST. ET LITTÉRAIRES...... 1
MÉRY
LES AMOURS DES BORDS DU RHIN........ 1
LE CHATEAU DES TROIS TOURS.......... 1
LA COMTESSE ADRIENNE.............. 1
LA FLORIDE.................. 1
UN CRIME INCONNU.................. 1
LES JOURNÉES DE TITUS.............. 1
NÉVA.................. 1
MONSIEUR AUGUSTE.................. 1
LES MYSTÈRES D'UN CHATEAU.......... 1
LES NUITS ANGLAISES.............. 1
LES NUITS D'ORIENT.............. 1
POÉSIES INTIMES.................. 1
THÉATRE DE SALON.................. 1
NOUVEAU THÉATRE DE SALON.......... 1
LES UNS ET LES AUTRES.............. 1
URSULE.................. 1
LA VÉNUS D'ARLES.................. 1
LA VIE FANTASTIQUE.................. 1
* * *
LA DAME AU RUBIS.................. 1
PAUL MEURICE
CÉSARA.................. 1
ÉDOUARD MEYER
CONTES DE LA MER BALTIQUE.......... 1
FRANCISQUE MICHEL
DU PASSÉ ET DE L'AVENIR DES HARAS... 1
J. MICHELET
L'AMOUR.................. 1
BIBLE DE L'HUMANITÉ.................. 1
LA FEMME.................. 1
LES FEMMES DE LA RÉVOLUTION........ 1
LA MER.................. 1
LE PRÊTRE, LA FEMME ET LA FAMILLE... 1
MIE D'AGHONNE
BONJOUR ET BONSOIR.................. 1
ALBERT MILLAUD
VOYAGES D'UN FANTAISISTE............ 1
MIOT DE MELITO
MÉMOIRES, 1788-1815.................. 3

C*** DE MIRABEAU-V** DE GRENVILLE
HISTOIRE DE DEUX MÉRITIÈRES.......... 1
EUGÈNE DE MIRECOURT vol.
COMMENT LES FEMMES SE PERDENT...... 1
LA MARQUISE DE COURCELLES.......... 1
L'ABBÉ TH. MITRAUD
DE LA NATURE DES SOCIÉTÉS HUMAINES.. 1
LE LIVRE DE LA VERTU.............. 1
CÉLESTE MOGADOR
MÉMOIRES COMPLETS.................. 4
L. MOLAND
LE ROMAN D'UNE FILLE LAIDE.......... 1
PAUL DE MOLÈNES
L'AMANT ET L'ENFANT.................. 1
AVENTURES DU TEMPS PASSÉ............ 1
LE BONHEUR DES MAISS.............. 1
CARACTÈRES ET RÉCITS DU TEMPS...... 1
LA FOLIE DE L'ÉPÉE.................. 1
HIST. SENTIMENTALES ET MILITAIRES.... 1
M** MOLINOS-LAFITTE
L'ÉDUCATION DU FOYER.............. 1
HENRY MONNIER
MÉMOIRES DE JOSEPH PRUDHOMME........ 2
CHARLES MONSELET
LES AMOURS DU TEMPS PASSÉ.......... 1
LES ANNÉES DE GAITÉ.............. 1
L'ARGENT MAUDIT.................. 1
LA FIN DE L'ORGIE.................. 1
LA FRANC-MAÇONNERIE DES FEMMES..... 1
FRANÇOIS SOLEIL.................. 1
LES GALANTERIES DU XVIIIe SIÈCLE.... 1
M. DE CUPIDON.................. 1
M. LE DUC S'AMUSE.................. 1
LES ORIGINAUX DU SIÈCLE DERNIER.... 1
SCÈNES DE LA VIE CRUELLE.......... 1
LES SOULIERS DE STERNE.............. 1
C** DE MONTALIVET anc. ministre
RIEN. — Dix-huit années de gouverne-
  ment parlementaire.................. 1
HENRY MURGER
LES BUVEURS D'EAU.................. 1
DONA SIRÈNE.................. 1
NUITS D'HIVER. Poésies compl........ 1
LES ROUERIES DE L'INGÉNUE.......... 1
SCÈNES DE CAMPAGNE.............. 1
SCÈNES DE LA VIE DE JEUNESSE........ 1
PAUL DE MUSSET
LA MAVOLETTE.................. 1
UN MAITRE INCONNU.................. 1
PUYLAURENS.................. 1
NADAR
LA ROBE DE DÉJANIRE.............. 1
EMILE DE NAJAC
THÉATRE DES GENS DU MONDE.......... 1
CHARLES NARREY
LE BAL DU DIABLE, illustré de 22 vign.. 1
LES DERNIERS JEUNES GENS.......... 1
BARON DE NERVO
SOUVENIRS DE MA VIE.................. 1
HENRI NICOLLE
COURSES DANS LES PYRÉNÉES.......... 1
CHARLES NISARD
MÉMOIRES ET CORRESPONDANCES HISTORI-
  QUES ET LITTÉRAIRES, inédits........ 1
D. NISARD de l'Académie française
ÉTUDES SUR LA RENAISSANCE.......... 1
MÉLANGES D'HISTOIRE ET DE LITTÉRATURE 1
NOUV. ÉTUDES D'HIST. ET DE LITTÉRATURE 1

D. NISARD *de l'Acad. franç.* vol.
PORTRAITS ET ÉTUDES D'HIST. LITTÉRAIRE. 1
LES QUATRE GRANDS HISTORIENS LATINS.. 1
RENAISSANCE ET RÉFORME............. 2
SOUVENIRS DE VOYAGE................ 1

VICOMTE DE NOÉ
BACHI-BOZOUCKS ET CHASSEURS D'AFRIQ. 1

JULES NORIAC
LA BÊTISE HUMAINE................. 1
LE CAPITAINE SAUVAGE.............. 1
LE 101e RÉGIMENT.................. 1
LES COQUINS DE PARIS.............. 1
DICTIONNAIRE DES AMOUREUX......... 1
LES GENS DE PARIS................. 1
LE GRAIN DE SABLE................. 1
JOURNAL D'UN FLANEUR.............. 1
MADEMOISELLE POUCET............... 1
LA MAISON VERTE................... 1

LAURENCE OLIPHANT
VOYAGE PITT. D'UN ANGLAIS EN RUSSIE.. 1

COMTE D'OSMOND
SYMPHONIES DU COEUR ET CHANSONS DE
  L'ESPRIT......................... 1

ÉD. OURLIAC — OEuvres complètes
LES CONFESSIONS DE NAZARILLE........ 1
LES CONTES DE LA FAMILLE........... 1
CONTES DU BOCAGE................. 1
CONTES SCEPTIQUES ET PHILOSOPHIQUES.. 1
DERNIÈRES NOUVELLES............... 1
FANTAISIES....................... 1
LA MARQUISE DE MONTMIRAIL......... 1
NOUVEAUX CONTES DU BOCAGE......... 1
NOUVELLES....................... 1
LES PORTRAITS DE FAMILLE.......... 1
PROVERBES ET SCÈNES BOURGEOISES..... 1
SUZANNE......................... 1
THÉATRE DU SEIGNEUR CROQUIGNOLE..... 1

OUIDA
DEUX PETITS SABOTS 1

ALPHONSE PAGÈS
BALZAC MORALISTE ou Pensées de Balzac. 1

ÉDOUARD PAILLERON
AMOURS ET HAINES................. 1

PAUL PARFAIT
L'ASSASSIN DU BEL ANTOINE......... 1
LA SECONDE VIE DE MARIUS ROBERT.... 1

THÉOD. PARMENTIER
DESCRIPTION TOPOGRAPHIQUE ET STRATÉ-
  GIQUE DU THÉATRE DE LA GUERRE TURCO-
  RUSSE, avec carte topographique..... 1

TH. PAVIE
RÉCITS DE TERRE ET DE MER......... 1
SCÈNES ET RÉCITS DES PAYS D'OUTRE-MER.. 1

P. CASIMIR PERIER
PROPOS D'ART..................... 1

PAUL PERRET
L'AMOUR ÉTERNEL.................. 1
LES AMOURS SAUVAGES.............. 1
LA BAGUE D'ARGENT................ 1
LE CHATEAU DE LA FOLIE........... 1
LES ROUERIES DE COLOMBE.......... 1

LÉONCE DE PESQUIDOUX
L'ÉCOLE ANGLAISE — 1672-1851........ 1

A. PEYRAT vol.
ÉTUDES HISTORIQUES ET RELIGIEUSES.... 1
HISTOIRE ET RELIGION.............. 1
LA RÉVOLUTION.................... 1

P. PICART
L'HÉRITAGE DE MON ONCLE........... 1
L'OFFICIER PAUVRE................ 1
UNE SOEUR....................... 1
UNE VEUVE....................... 1
UNE RÉHABILITATION............... 1

LAURENT-PICHAT
CARTES SUR TABLE................. 1
LA SIBYLLE...................... 1

AMÉDÉE PICHOT
LA BELLE RÉBECCA................. 1
UN ENLÈVEMENT................... 1
SIR CHARLES BELL................. 1

BENJAMIN PIFFTEAU
DEUX ROUTES DE LA VIE............. 1

GUSTAVE PLANCHE
ÉTUDES SUR L'ÉCOLE FRANÇAISE........ 2
ÉTUDES SUR LES ARTS.............. 1

EDMOND PLAUCHUT
LE TOUR DU MONDE EN 120 JOURS...... 1
LES QUATRE CAMPAGNES MILITAIRES DE
  1874........................... 1

ÉDOUARD PLOUVIER
LA BELLE AUX CHEVEUX BLEUS........ 1

EDGAR POE *Trad. Ch. Baudelaire*
HISTOIRES EXTRAORDINAIRES......... 1
NOUVELLES HIST. EXTRAORDINAIRES..... 1
ARTHUR GORDON PYM. — EUREKA...... 1

A. DE PONTMARTIN
CAUSERIES LITTÉRAIRES............. 1
NOUV. CAUSERIES LITTÉRAIRES........ 1
DERNIÈRES CAUSERIES LITTÉRAIRES..... 1
CAUSERIES DU SAMEDI.............. 1
NOUVELLES CAUSERIES DU SAMEDI...... 1
DERNIÈRES CAUSERIES DU SAMEDI...... 1
LES CORBEAUX DU GÉVAUDAN......... 1
ENTRE CHIEN ET LOUP.............. 1
LE FILLEUL DE BEAUMARCHAIS........ 1
LE FOND DE LA COUPE.............. 1
LES JEUDIS DE Mme CHARBONNEAU..... 1
LA MANDARINE................... 1
LE RADEAU DE LA MÉDUSE........... 1
LES SEMAINES LITTÉRAIRES.......... 1
NOUVELLES SEMAINES LITTÉRAIRES..... 1
DERNIÈRES SEMAINES LITTÉRAIRES..... 1
NOUVEAUX SAMEDIS................ 12

EUGÈNE POUJADE
LE LIBAN ET LA SYRIE.............. 1

ERNEST PRAROND
DE MONTRÉAL A JÉRUSALEM........... 1

EDMOND DE PRESSENSÉ
LES LEÇONS DU 18 MARS............. 1

PRÉVOST-PARADOL
ÉLISABETH ET HENRI IV (1595-1598)...... 1
ESSAIS DE POLIT. ET DE LITTÉRAT....... 3
LA FRANCE NOUVELLE.............. 1
QUELQ. PAGES D'HIST. CONTEMPORAINE... 4

CHARLES RABOU
LA GRANDE ARMÉE................. 2

MAX RADIGUET
vol.

A TRAVERS LA BRETAGNE................. 1
SOUV. DE L'AMÉRIQUE ESPAGNOLE....... 1

RAMON DE LA CRUZ

SAYNÈTES, *traduction A. de Latour*.... 1

LOUIS RATISBONNE

ALFRED DE VIGNY. Journal d'un poëte..... 1
L'ENFER DE DANTE, traduction en vers,
texte en regard................. 1
LE PARADIS DE DANTE.................. 1
LE PURGATOIRE DE DANTE.............. 1
IMPRESSIONS LITTÉRAIRES.............. 1
MORTS ET VIVANTS................... 1

DOCTEUR RAULAND

LE LIVRE DES ÉPOUX................... 1

JEAN REBOUL *de Nîmes*

LETTRES avec introd. de *M. Poujoulat*.. 1

MADAME RÉCAMIER

LES AMIS DE SA JEUNESSE ET SA CORRES-
PONDANCE INTIME. 1
SOUVENIRS ET CORRESPONDANCE, tirés de
ses papiers..................... 2

PAUL DE RÉMUSAT

LES SCIENCES NATURELLES.............. 1

ERNEST RENAN

ÉTUDES D'HISTOIRE RELIGIEUSE......... 1

D. JOSÉ GUELL Y RENTÉ

LÉGENDES AMÉRICAINES................ 1
LÉGENDES D'UNE AME TRISTE........... 1
LÉGENDES DE MONTSERRAT............. 1
TRADITIONS AMÉRICAINES.............. 1
LA VIERGE DES LYS — PETITE-FILLE DE ROI. 1

RODOLPHE REY

HIST. DE LA RENAISSANCE POL. DE L'ITALIE. 1

LOUIS REYBAUD *de l'Institut*

LA COMTESSE DE MAULÉON.............. 1
LES ÉCOLES EN FRANCE ET EN ANGLETERRE. 1
JÉRÔME PATUROT à la recherche de la
meilleure des républiques........... 2
MARINES ET VOYAGES................. 1
ROMANS 1
SCÈNES DE LA VIE MODERNE........... 1
LA VIE A REBOURS 1
LA VIE DE CORSAIRE 1
LA VIE DE L'EMPLOYÉ................ 1

HENRI RICHEBOURG

LA COMÉDIE AU VILLAGE.............. 1

HENRI RIVIÈRE

AVENTURES DE TROIS AMIS............. 1
LE CACIQUE. Journal d'un marin......... 1
LA FAUTE DU MARI................... 1
LA GRANDE MARQUISE................ 1
MADEMOISELLE D'AVREMONT.......... 1
LA MAIN COUPÉE.................... 1
LES MÉPRISES DU CŒUR.............. 1
LE MEURTRIER D'ALBERTINE RENOUF.... 1
PIERROT. — CAIN. — L'ENVOUTEMENT.. 1
LA POSSÉDÉE...................... 1

EDGAR RODRIGUES

LES VOLONTAIRES DE 1870............ 1

AMÉDÉE ROLLAND
vol.

LES FILS DE TANTALE................. 1
LA FOIRE AUX MARIAGES............. 1

NESTOR ROQUEPLAN

LA VIE PARISIENNE................... 1

VICTORINE ROSTAND

UNE BONNE ÉTOILE.................. 1
AU BORD DE LA SAONE.............. 1
LES SARRASINS AU VIIe SIÈCLE 1

DOCTEUR FÉLIX ROUBAUD

LES EAUX MINÉRALES DE LA FRANCE.... 1

JEAN ROUSSEAU

LES COUPS D'ÉPÉE DANS L'EAU........ 1
PARIS DANSANT..................... 1

ÉMILE RUBEN

CE QUE COUTE UNE RÉPUTATION....... 1

MARÉCHAL DE SAINT-ARNAUD

LETTRES (1832-1854), avec une notice de
Sainte-Beuve.................... 2

***

LE CHATEAU DE XOLKIEW, tiré des récits
historiques de Ch. Szajnocha.......... 1

SAINTE-BEUVE

CHATEAUBRIAND et son groupe littéraire
sous l'Empire. *Nouvelle édition, corri-
gée et augmentée de notes*......... 2
CHRONIQUES PARISIENNES............ 1
ÉTUDE SUR VIRGILE................ 1
LETTRES A LA PRINCESSE............ 1
NOUVEAUX LUNDIS................. 13
PORTRAITS CONTEMPORAINS. *Nouv. édit.
revue, corrigée et très-augmentée*.... 5
P.-J. PROUDHON, SA VIE, SA CORRESP..... 1
PREMIERS LUNDIS................. 3
SOUVENIRS ET INDISCRÉTIONS........ 1

SAINT-GERMAIN LEDUC

M. LE COMTE ET Mme LA COMTESSE 1

SAINT-MARC GIRARDIN

SOUVENIRS ET RÉFLEXIONS POLITIQUES
D'UN JOURNALISTE................. 1

SAINT-RENÉ TAILLANDIER *de l'Ac.fr.*

ALLEMAGNE ET RUSSIE.............. 1
LA COMTESSE D'ALBANY............. 1
HISTOIRE ET PHILOSOPHIE RELIGIEUSE... 1
LITTÉRATURE ÉTRANGÈRE — ÉCRIVAINS
ET POÈTES MODERNES.............. 1

SAINT-SIMON

DOCTRINE SAINT-SIMONIENNE........... 1

PAUL DE SAINT-VICTOR

BARBARES ET BANDITS — La Prusse et
la Commune.................... 1
HOMMES ET DIEUX................. 1

Mme PRUDENCE DE SAMAN

LES ENCHANTEMENTS DE PRUDENCE..... 1
LES NOUVEAUX ENCHANTEMENTS....... 1
GERTRUDE — DERNIERS ENCHANTEMENTS. 1

GEORGE SAND

ANDRÉ............................ 1
ANTONIA.......................... 1
AUTOUR DE LA TABLE.............. 1
LE BEAU LAURENCE 1
CADIO 1
CÉSARINE DIETRICH................. 1
LE CHATEAU DE PICTORDU........... 1
LA CONFESSION D'UNE JEUNE FILLE...... 2

***

CH. THIERRY-MIEG vol.
SIX SEMAINES EN AFRIQUE. Souvenirs de voyage, avec cartes et 9 dessins... 1

A. THIERS
HISTOIRE DE LAW..................... 1

ÉMILE THOMAS
HISTOIRE DES ATELIERS NATIONAUX...... 1

TIRSO DE MOLINA
THÉATRE. *Traduction d'Alphonse Royer.* 1

V. TISSOT
A LA RECHERCHE DU BONHEUR.......... 1

A. TROGNON
VIE DE MARIE-AMÉLIE, reine des Français................................ 1

MARIO UCHARD
LA COMTESSE DIANE..................... 1
UNE DERNIÈRE PASSION................. 1
JEAN DE CHAZOL........................ 1
LE MARIAGE DE GERTRUDE.............. 1
RAYMON............................... 1

LOUIS ULBACH
CAUSERIES DU DIMANCHE............... 1
LA CHAUVE-SOURIS.................... 1
LES CINQ DOIGTS DE BIROUK........... 1
LA COCARDE BLANCHE.................. 1
ÉCRIVAINS ET HOMMES DE LETTRES..... 1
VERBACUS............................ 1
FRANÇOISE........................... 1
HISTOIRE D'UNE MÈRE ET DE SES ENFANTS. 1
L'HOMME AUX CINQ LOUIS D'OR........ 1
LE JARDIN DU CHANOINE.............. 1
LOUISE TARDY........................ 1
LA MAISON DE LA RUE DE L'ÉCHAUDÉ... 1
LE MARI D'ANTOINETTE............... 1
MÉMOIRES D'UN INCONNU.............. 1
M. ET Mme FERNEL................... 1
LES PARENTS COUPABLES.............. 1
LE PARRAIN DE CENDRILLON.......... 1
PAULINE FOUCAULT................... 1
LE PRINCE BONIFACIO................ 1
LA PRINCESSE MORANI................ 1
LA RONDE DE NUIT................... 1
LES ROUÉS SANS LE SAVOIR........... 1
LE SACRIFICE D'AURÉLIE............. 1
LE SECRET DE MADlle CHAGNIER....... 1
LES SECRETS DU DIABLE.............. 1
SUZANNE DUCHEMIN................... 1
VOYAGE AUTOUR DE MON CLOCHER...... 1

AUGUSTE VACQUERIE
AUJOURD'HUI ET DEMAIN.............. 1

E. DE VALBEZEN (LE MAJOR FRIDOLIN)
LA MALLE DE L'INDE................. 1
RÉCITS D'HIER ET D'AUJOURD'HUI..... 1

OSCAR DE VALLÉE
LES MANIEURS D'ARGENT.............. 1

MAX VALREY
CES PAUVRES FEMMES !............... 1
LES FILLES SANS DOT................ 1
LES VICTIMES DU MARIAGE............ 1

THÉODORE VERNES
NAPLES ET LES NAPOLITAINS.......... 1

DOCTEUR L. VÉRON vol.
CINQ CENT MILLE FRANCS DE RENTE.... 1
MÉM. D'UN BOURGEOIS DE PARIS....... 5

PIERRE VÉRON
LE CARNAVAL DU DICTIONNAIRE........ 1
LES COULISSES DU GRAND DRAME....... 1
LES DINDONS DE PANURGE............. 1
LA VIE FANTASQUE................... 1
CES MONSTRES DE FEMMES............. 1
PARIS A TOUS LES DIABLES........... 1
LE SAC A LA MALICE................. 1

J. CH. VIATOR
VOYAGES EN FAMILLE, notes et souvenirs... 1

CLAUDE VIGNON
CHATEAU-GAILLARD................... 1
ÉLISABETH VERDIER.................. 1
UN NAUFRAGE PARISIEN............... 1

ALFRED DE VIGNY
Œuvres complètes — *Nouvelle édition*
CINQ-MARS, avec 2 autographes....... 1
JOURNAL D'UN POÈTE................. 1
POÉSIES COMPLÈTES.................. 1
SERVITUDE ET GRANDEUR MILITAIRES.... 1
STELLO............................. 1
THÉATRE COMPLET.................... 1

SAMUEL VINCENT
DU PROTESTANTISME EN FRANCE. Introd. de *Prévost-Paradol.*............... 1
MÉDITATIONS RELIGIEUSES. Notice de *Fontanès.* Introd. d'A. *Coquerel fils.*. 1

LÉON VINGTAIN
DE LA LIBERTÉ DE LA PRESSE......... 1
VIE PUBLIQUE DE ROYER-COLLARD. préface du *duc de Broglie.*.......... 1

L. VITET
Œuvres complètes.
LE COMTE DUCHATEL avec un portrait gravé par Flameng d'après Ingres, 1
ESSAIS HISTORIQUES ET LITTÉRAIRES... 1
ÉTUDES PHILOSOPHIQUES ET LITTÉRAIRES. avec notice de *M. Guizot.*......... 1
ÉTUDES SUR L'HISTOIRE DE L'ART..... 4
HISTOIRE DE DIEPPE................. 1
LA LIGUE.—SCÈNES HISTORIQUES. Précéd. des ÉTATS D'ORLÉANS.............. 1

RICHARD WAGNER
QUATRE POÈMES D'OPÉRAS ALLEMANDS.... 1

J.-J. WEISS
ESSAIS SUR L'HISTOIRE DE LA LITTÉRATURE FRANÇAISE................. 1

FRANCIS WEY
LES ANGLAIS CHEZ EUX............... 1
CHRISTIAN.......................... 1

Mme DE WITT *née Guizot*
HISTOIRE DU PEUPLE JUIF, depuis son retour de la captivité à Babylone..... 1

CORNÉLIS DE WITT
LA SOCIÉTÉ FRANÇAISE ET LA SOCIÉTÉ ANGLAISE AU XVIIIe SIÈCLE.......... 1

ALBERT WOLFF
DEUX EMPEREURS, 1870-1871.......... 1
LE TYROL ET LA CARINTHIE........... 1

E. YEMENIZ *Consul de Grèce*
LA GRÈCE MODERNE................... 1
SCÈNES ET RÉCITS DES GUERRES DE L'INDÉPENDANCE..................... 1

BIBLIOTHÈQUE NOUVELLE

Format grand in-18 à 3 francs le volume

EDMOND ABOUT   vol.
LE CAS DE M. GUÉRIN.................... 1
LE NEZ D'UN NOTAIRE................... 1

AMÉDÉE ACHARD
LA TRAITE DES BLONDES.................. 1

PIOTRE ARTAMOV
HISTOIRE D'UN BOUTON.................. 1
LES INSTRUMENTS DE MUSIQUE DU DIABLE. 1
LA MÉNAGERIE LITTÉRAIRE.............. 1

BABAUD-LARIBIÈRE
HISTOIRE DE L'ASSEMBLÉE NATIONALE
   CONSTITUANTE......................... 2

H. DE BARTHÉLEMY
LA NOBLESSE EN FRANCE avant et depuis 1789............................. 1

Mme DE BAWR
ROBERTINE.............................. 1
LES SOIRÉES DES JEUNES PERSONNES.... 1

ROGER DE BEAUVOIR
LES MYSTÈRES DE L'ILE SAINT-LOUIS..... 1
LES ŒUFS DE PAQUES................... 1

FRÉDÉRIC BÉCHARD
L'ÉCHAPPÉ DE PARIS.................... 1
LES EXISTENCES DÉCLASSÉES............ 1

GEORGES BELL
LUCY LA BLONDE....................... 1

ÉMILE BERGERAT
PEINTURES DÉCORATIVES DE PAUL BAUDRY
AU GRAND FOYER DE L'OPÉRA. Préface
de Th. Gautier....................... 1

PIERRE BERNARD
L'A B C DE L'ESPRIT ET DU CŒUR....... 1

CHARLES BERTHOUD
FRANÇOIS D'AMBOISE.................... 1

ALBERT BLANQUET
LE ROI D'ITALIE. Roman historique...... 1

RAOUL BRAVARD
CES SAVOYARDS !....................... 1

COMTE DE BRAYER
SOUVENIRS, poésies.................... 1

E. BRISEBARRE ET E. NUS
LES DRAMES DE LA VIE.................. 2

CLÉMENT CARAGUEL
SOUVENIRS ET AVENTURES D'UN VOLON-
TAIRE GARIBALDIEN.

COMTESSE DE CHABRILLAN
EST-IL FOU ?.......................... 1

＊＊＊
LA PONDÉRATION DES POUVOIRS........ 1

BLOGENSON
DEPPO, de Byron, trad. en vers........ 1

A. CONSTANT
LE SORCIER DE MEUDON................ 1

DÉCEMBRE-ALONNIER
LA BOHÈME LITTÉRAIRE................. 1

ÉDOUARD DELESSERT
LE CHEMIN DE ROME.................... 1

CAMILLE DERAINS
LA FAMILLE D'ANTOINE MOREL.......... 1

CH. DICKENS Trad. Amédée Pichot
LES CONTES D'UN INCONNU............. 1

MAXIME DU CAMP
LES CHANTS MODERNES................. 1
LE CHEVALIER DU CŒUR-SAIGNANT...... 1
L'HOMME AU BRACELET D'OR............ 1

MAXIME DU CAMP (Suite)   vol.
LE SALON DE 1859...................... 1
LE SALON DE 1861...................... 1

JOACHIM DUFLOT
SECRETS DES COULISSES DES THÉATRES
DE PARIS, préface de J. Noriac...... 1

ALEXANDRE DUMAS
L'ART ET LES ARTISTES CONTEMPORAINS.. 1
DE PARIS A ASTRAKAN.................. 3
LA SAN-FÉLICE........................ 9
SOUVENIRS D'UNE FAVORITE............ 4

ALEXANDRE DUMAS FILS
L'HOMME-FEMME....................... 1

ÉMILIE
CHANTS D'UNE ÉTRANGÈRE............. 1

XAVIER EYMA
LE ROMAN DE FLAVIO................... 1

ERNEST FEYDEAU
L'ART DE PLAIRE....................... 1

JULES GÉRARD le Tueur de lions
MES DERNIÈRES CHASSES............... 1

ÉMILE DE GIRARDIN
BON SENS, BONNE FOI.................. 1
L'ÉGALE DE SON FILS.................. 1
L'HOMME ET LA FEMME. — L'homme suze-
rain, la femme vassale............... 1
LES LETTRES D'UN LOGICIEN............ 1
LE POUR ET LE CONTRE................ 1
QUESTIONS ADMINIST. ET FINANCIÈRES... 1

ÉDOUARD GOURDON
CHACUN LA SIENNE..................... 1
LES FAUCHEURS DE NUIT............... 1
LOUISE................................ 1

LÉON GOZLAN
LES AVENTURES DU PRINCE DE GALLES... 1

Mme MANOEL DE GRANDFORT
MADAME N'EST PAS CHEZ ELLE.......... 1
OCTAVE. — COMMENT ON S'AIME QUAND
ON NE S'AIME PLUS................... 1

ED. GRIMARD
L'ÉTERNEL FÉMININ................... 1

JULES GUÉROULT
FABLES................................ 1

CHARLES D'HÉRICAULT
LA FILLE AUX BLUETS.................. 1
LES PATRICIENS DE PARIS.............. 1

LÉON HOLLÆNDER
18 SIÈCLES DE PRÉJUGÉS CHRÉTIENS..... 1

VICTOR HUGO
ACTES ET PAROLES. 1870-1871-1872...... 1

A. JAIME FILS
L'HÉRITAGE DU MAL................... 1
LES TALONS NOIRS.................... 1

LOUIS JOURDAN
LES PEINTRES FRANÇAIS............... 1

AURÈLE KERVIGAN
HISTOIRE DE RIRE..................... 1

MARY LAFON
LA BANDE MYSTÉRIEUSE................ 1
LA PESTE DE MARSEILLE............... 1

MARQUISE DE LAGRANGE vol.
LA RÉSINIÈRE D'ARCACHON............. 1
B. DE LA LANDELLE
LA GORGONE.................... 2
STEPHEN DE LA MADELAINE
UN CAS PENDABLE................. 1
L'ABBÉ DE LAMENNAIS
DE LA SOCIÉTÉ PREMIÈRE et de ses lois... 1
LARDIN et MIE D'AGHONNE
JEANNE DE FLEAS................. 1
LOSEROTTE
DE PALERME A TURIN.............. 1
FANNY LOVIOT
LES PIRATES CHINOIS.............. 1
LOUIS LURINE
VOYAGES DANS LE FAUBG............ 1
VICTOR LURO
MARGUERITE D'ANGOULÊME........... 1
AUGUSTE MAQUET
LE BEAU D'ANGENNES.............. 1
LA BELLE GABRIELLE.............. 3
DETTES DE COEUR................ 1
L'ENVERS ET L'ENDROIT............ 2
LA MAISON DU BAIGNEUR........... 2
LA ROSE BLANCHE................ 1
MÉRY
MARSEILLE ET LES MARSEILLAIS........ 1
ALFRED MICHIELS
CONTES D'UNE NUIT D'HIVER.......... 1
EUGÈNE DE MIRECOURT
LES CONFESSIONS DE MARION DELORME... 3
—   DE NINON DE LENCLOS... 3
MARC-MONNIER
HISTOIRE DU BRIGANDAGE DANS L'ITALIE
MÉRIDIONALE................... 1
MORTIMER-TERNAUX
LA CHUTE DE LA ROYAUTÉ........... 1
LE PEUPLE AUX TUILERIES.......... 1
CHARLES NARREY
LE QUATRIÈME LARRON............. 1

JULES NORIAC vol.
LA DAME A LA PLUME NOIRE.......... 1
MÉMOIRES D'UN BAISER............. 1
SUR LE RAIL.................... 1
COMTE A. DE PONTÉCOULANT
HISTOIRE ET ANECDOTES............ 1
A. DE PONTMARTIN
LES BRULEURS DE TEMPLES........... 1
CHARLES RABOU
LE CAPITAINE LAMBERT............. 1
LOUISON D'ARQUIEN.............. 1
LES TRIBULATIONS DE MAITRE FABRICIUS. 1
GIOVANI RUFINI
MÉMOIRES D'UN CONSPIRATEUR ITALIEN.. 1
SAINTE-BEUVE
LE GÉNÉRAL JOMINI.............. 1
MADAME DESBORDES-VALMORE......... 1
M. DE TALLEYRAND.............. 1
VICTORIEN SARDOU
LA PERLE NOIRE................ 1
AURÉLIEN SCHOLL
LES AMOURS DE THÉATRE........... 1
SCÈNES ET MENSONGES PARISIENS...... 1
E. SCRIBE
THÉATRE. Tome IV. — Opéras........ 1
E.-A. SEILLIÈRE
AU PIED DU BONON.............. 1
Mme SURVILLE née de Balzac
LE COMPAGNON DU FOYER........... 1
THACKERAY Trad. Am. Pichot
MORGIANA..................... 1
EM. DE VARS
LA JOUEUSE. Moeurs de province....... 1
A. VERMOREL
LES AMOURS FUNÈBRES............ 1
LES AMOURS VULGAIRES........... 1
DOCTEUR L. VÉRON
PARIS EN 1860. LES THÉATRES DE PARIS
DE 1806 A 1860, avec gravures....... 1
LOUIS DE VILLEPREUX
ÉTIENNE MARTIAL CHARME. Étude biogra-
phique..................... 1
ALBERT WOLFF
VICTORIEN SARDOU ET L'ONCLE SAM..... 1

BIBLIOTHÈQUE A 50 CENTIMES

Jolis volumes format grand in-32, sur beau papier

UN ASTROLOGUE vol.
LA COMÈTE ET LE CROISSANT. Présages et
prophéties sur la guerre d'Orient.... 1
GUSTAVE CLAUDIN
PALSAMBLEU!................... 1
LOUISE COLET
4 POÈMES couronnés par l'Académie... 1
ALEXANDRE DUMAS
LA JEUNESSE DE PIERROT, Conte de fée... 1
MARIE DORVAL................. 1
HENRY DE LA MADELÈNE
GERMAIN BARBE-BLEUE............. 1

LÉON PAILLET vol.
VOLEURS ET VOLÉS............... 1
J. PETIT-SENN
BLUETTES ET BOUTADES........... 1
AURÉLIEN SCHOLL
CLAUDE LE BORGNE.............. 1
EDMOND TEXIER
UNE HISTOIRE D'HIER............. 1
H. DE VILLEMESSANT
LES CANCANS.................. 1

OUVRAGES DIVERS

THÉOD. DE BANVILLE   f. c.
ODES FUNAMBULESQUES. 1 vol. (*épuisé*)   6 »

BARBEY D'AUREVILLY
L'ENSORCELÉE. 1 vol. (*épuisé*).......   6 »

PRINCESSE DE BELGIOJOSO
SCÈNES DE LA VIE TURQUE. 1 volume
(*épuisé*)......................   6 »

CAROLINE BERTON
LE BONHEUR IMPOSSIBLE. 1 v. (*épuisé*)   6 »

J.-B. BORÉDON
GABRIEL ET FIAMMETTA. 1 v. (*épuisé*).   6 »

CLÉMENT CARAGUEL
SOIRÉES DE TAVERNY. 1 vol. (*épuisé*).   6 »

ÉMILE CARREY
RÉCITS DE BABYLIE. 1 vol. (*épuisé*)..   6 »

CHAMPFLEURY
AMOUREUX DE SAINTE PÉRINE 1 vol.
(*épuisé*).....................   6 »
BOURGEOIS DE MOLINCHART. 1 v. (*ép.*)   6 »

COMTE GUY DE CHARNACÉ
LES FEMMES D'AUJOURD'HUI. 2 vol.   10 »

AL. COMPAGNON
CLASSES LABORIEUSES. 1 vol. (*épuisé*)   6 »

E.-J. DELÉCLUZE
SOUV. DE 60 ANNÉES. 1 vol. (*épuisé*)   6 »

MAX. DUCAMP
LE NIL. 1 vol. (*épuisé*)...........   6 »

PAUL FÉVAL
LE TUEUR DE TIGRES. 1 vol. (*épuisé*).   6 »

GUSTAVE FLAUBERT
SALAMMBO. 1 vol. in-8, *vélin*.......   25 »
SALAMMBO. 1 vol. in-18 (*épuisé*).....   6 »

ARNOULD FRÉMY
LES GENS MAL ÉLEVÉS. 1 vol. (*épuisé*).   6 »

EUGÈNE FROMENTIN
UNE ANNÉE DANS LE SAHEL. 1 vol...   6 »

LÉON GOZLAN
L'AMOUR DES LIVRES ET L'AMOUR DU
COEUR. 1 volume (*épuisé*).........   6 »
ÉMOTIONS DE POLYDORE MARASQUIN.
1 volume (*épuisé*)..............   6 »
LE MÉDECIN DU PECQ. 1 vol. (*épuisé*).   6 »
NUITS DU PÈRE LACHAISE. 1 v. (*ép.*)   6 »

THÉOPHILE GAUTIER
LA BELLE JENNY. 1 volume (*épuisé*)..   6 »

DON JOSÉ GUELL Y RENTÉ
NÉLUDIA. 1 volume................   3 »
LÉGENDE DE CATHERINE OSSEMA. 1 vol.   3 »

HOFFMANN *Trad. Champfleury*
CONTES POSTHUMES. 1 vol. (*épuisé*)..   6 »

REINE HORTENSE   f. c.
EN ITALIE, EN FRANCE ET EN ANGLE-
TERRE. 1 volume (*épuisé*).........   6 »

HENRI D'IDEVILLE
M. BEULÉ. Souv. personnels. 1 vol...   3 »

J. JANIN
L'ANE MORT. 1 volume (*épuisé*).....   6 »
CONTES DU CHALET. 1 vol. (*épuisé*)..   6 »

LAMARTINE
GRAZIELLA. 1 volume (*épuisé*)......   6 »
NOUVELLES CONFIDENCES. 1 vol.(*ép.*).   6 »

X. MARMIER
UNE GRANDE DAME RUSSE. 1 v. (*ép.*).   6 »

MÉRY
LES NUITS ESPAGNOLES. 1 vol.(*épuisé*)   6 »

PAUL MEURICE
SCÈNES DU FOYER. 1 volume (*épuisé*)   6 »

COMTE MIOT DE MELITO
Ancien ambassadeur et ministre
MÉMOIRES, publiés par sa famille
(1788-1815). 3 vol. in-8 (*épuisés*)..   30 »

FÉLIX MORNAND
LA VIE ARABE. 1 volume (*épuisé*).....   6 »

COMTESSE NATHALIE
LA VILLA GALIETTA. 1 vol. (*épuisé*)..   6 »

BARON DE NERVO
DICTONS ET PROVERBES ESPAGNOLS. 1 v.   2 50

A. PEYRAT
UN NOUVEAU DOGME. Histoire de l'Im-
maculée Conception. 1 vol. (*épuisé*)   6 »

GUSTAVE PLANCHE
ÉTUDES LITTÉRAIRES. 1 vol. (*épuisé*).   6 »

DOCTEUR ROUBAUD
POUGUES, ses eaux minérales, ses environs, etc. 1 volume...........   4 »

ROI LOUIS-PHILIPPE
MON JOURNAL. Événements de 1815.
2 volumes (*épuisés*).............   12 »

MARÉCHAL DE SAINT ARNAUD
LETTRES avec pièces justificatives, et
notice de *Sainte-Beuve*, 2e édition..
2 volumes *vélin*, ornés du portrait
et d'un autographe.............   30 »

AUGUSTE VACQUERIE
PROFILS ET GRIMACES. 1 vol. (*épuisé*)   6 »

ŒUVRES COMPLÈTES

DE

H. DE BALZAC

NOUVELLE ÉDITION — 55 VOLUMES

1 fr. 25 cent. le volume (*Chaque volume se vend séparément*)

La Comédie humaine, 40 vol. — **Les Contes drolatiques**, 3 vol. — **Le Théâtre**, édition complète, 2 vol. — **Œuvres de Jeunesse**, 10 vol.

COMÉDIE HUMAINE

SCÈNES DE LA VIE PRIVÉE

Tome 1. — LA MAISON DU CHAT-QUI-PELOTTE. Le Bal de Sceaux. La Bourse. La Vendetta. Mme Firmiani. Une Double Famille.
Tome 2. — LA PAIX DU MÉNAGE. La Fausse Maîtresse. Étude de femme. Autre étude de femme. La Grande Bretèche. Albert Savarus.
Tome 3. — MÉMOIRES DE DEUX JEUNES MARIÉES. Une Fille d'Ève.
Tome 4. — LA FEMME DE TRENTE ANS. La Femme abandonnée. La Grenadière. Le Message. Gobseck.
Tome 5. — LE CONTRAT DE MARIAGE. Un Début dans la vie.
Tome 6. — MODESTE MIGNON.
Tome 7. — BÉATRIX.
Tome 8. — HONORINE. Le Colonel Chabert. La Messe de l'Athée. L'Interdiction. Pierre Grassou.

SCÈNES DE LA VIE DE PROVINCE

Tome 9. — URSULE MIROUET.
Tome 10. — EUGÉNIE GRANDET.
Tome 11. — LES CÉLIBATAIRES — I. Pierrette. Le Curé de Tours.
Tome 12. — LES CÉLIBATAIRES — II. Un Ménage de garçon.
Tome 13. — LES PARISIENS EN PROVINCE. L'illustre Gaudissart. Muse du département.
Tome 14. — LES RIVALITÉS. La Vieille Fille. Le Cabinet des antiques.
Tome 15. — LE LYS DANS LA VALLÉE.
Tome 16. — ILLUSIONS PERDUES — I. Les Deux Poëtes. Un grand Homme de province à Paris, 1re partie.
Tome 17. — ILLUSIONS PERDUES — II. Un grand Homme de province, 2e p. Ève et David.

SCÈNES DE LA VIE PARISIENNE

Tome 18. — SPLENDEURS ET MISÈRES DES COURTISANES. Esther heureuse. A combien l'amour revient aux vieillards. Où mènent les mauvais chemins.
Tome 19. — LA DERNIÈRE INCARNATION DE VAUTRIN. Un Prince de la Bohême. Un Homme d'affaires. Gaudissart II. Les Comédiens sans le savoir.
Tome 20. — HIST. DES TREIZE. Ferragus. Duchesse de Langeais Fille aux yeux d'or.
Tome 21. — LE PÈRE GORIOT.
Tome 22. — CÉSAR BIROTTEAU.
Tome 23. — LA MAISON NUCINGEN. Les Secrets de la princesse de Cadignan. Les Employés. Sarrasine. Facino Cane.
Tome 24. — LES PARENTS PAUVRES — I. La Cousine Bette.

Tome 25. — LES PARENTS PAUVRES — II. Le Cousin Pons.

SCÈNES DE LA VIE POLITIQUE

Tome 26. — UNE TÉNÉBREUSE AFFAIRE. Un Episode sous la Terreur.
Tome 27. — L'ENVERS DE L'HISTOIRE CONTEMPORAINE. Madame de la Chanterie. L'Initié. Z. Marcas.
Tome 28. — LE DÉPUTÉ D'ARCIS.

SCÈNES DE LA VIE MILITAIRE

Tome 29. — LES CHOUANS. Une Passion dans le désert.

SCÈNES DE LA VIE DE CAMPAGNE

Tome 30. — LE MÉDECIN DE CAMPAGNE.
Tome 31. — LE CURÉ DE VILLAGE.
Tome 32. — LES PAYSANS.

ÉTUDES PHILOSOPHIQUES

Tome 33. — LA PEAU DE CHAGRIN.
Tome 34. — LA RECHERCHE DE L'ABSOLU. Jésus-Christ en Flandre. Melmoth réconcilié. Le Chef-d'œuvre inconnu.
Tome 35. — L'ENFANT MAUDIT. Gambara, Massimilla Doni.
Tome 36. — LES MARANA. Adieu. Le Réquisitionnaire. El Verdugo. Un Drame au bord de la mer. L'Auberge rouge. L'Elixir de longue vie. Maître Cornélius.
Tome 37. — SUR CATHERINE DE MÉDICIS. Le Martyr calviniste. La Confidence des Ruggieri. Les deux Rêves.
Tome 38. — LOUIS LAMBERT. Les Proscrits. Seraphita.

ÉTUDES ANALYTIQUES

Tome 39. — PHYSIOLOGIE DU MARIAGE.
Tome 40. — PETITES MISÈRES DE LA VIE CONJUGALE.

CONTES DROLATIQUES

Tome 41. — Tome 42. — Tome 43.

THÉÂTRE

Tome 44. — VAUTRIN, drame. Les Ressources de Quinola, comédie.
Tome 45. — LA MARATRE, drame. Le Faiseur (Mercadet), comédie.

ŒUVRES DE JEUNESSE

Tome 46. — JEAN-LOUIS.
Tome 47. — L'ISRAÉLITE.
Tome 48. — L'HÉRITIÈRE DE BIRAGUE.
Tome 49. — LE CENTENAIRE.
Tome 50. — LA DERNIÈRE FÉE.
Tome 51. — LE VICAIRE DES ARDENNES.
Tome 52. — ARGOW LE PIRATE.
Tome 53. — JANE LA PALE.
Tome 54. — DOM GIGADAS.
Tome 55. — L'EXCOMMUNIÉ.

COLLECTION MICHEL LÉVY
ET BIBLIOTHÈQUE DE LA LIBRAIRIE NOUVELLE
1 fr. 25 c. le volume grand in-18 de 300 à 400 pages

AMÉDÉE ACHARD vol.

BRUNES ET BLONDES.................... 1
LA CHASSE ROYALE.................... 2
LES DERNIÈRES MARQUISES............. 1
LES FEMMES HONNÊTES................. 1
PARISIENNES ET PROVINCIALES......... 1
LES PETITS-FILS DE LOVELACE......... 1
LES RÊVEURS DE PARIS................ 1
LA ROBE DE NESSUS................... 1

ACHIM D'ARNIM Tr. Th. Gautier fils
CONTES BIZARRES..................... 1

ADOLPHE ADAM
SOUVENIRS D'UN MUSICIEN............. 1
DERNIERS SOUVENIRS D'UN MUSICIEN.... 1

W. H. AINSWORTH Trad. H. Révoil
LE GENTILHOMME DES GRANDES ROUTES.. 2

***
MADAME LA DUCHESSE D'ORLÉANS, HÉLÈNE
DE MECKLEMBOURG-SCHWERIN......... 1

ARNOULD & FOURNIER
LE FILS DU CZAR..................... 1
L'HÉRITIER DU TRÔNE................. 1
STRUENSÉE........................... 1

ALFRED ASSOLANT
HISTOIRE FANTASTIQUE DE PIERROT..... 1

ÉMILE AUGIER de l'Acad. française
POÉSIES COMPLÈTES................... 1

DUC D'AUMALE de l'Acad. franç.
INSTITUTIONS MILITAIRES DE LA FRANCE. 1
LES ZOUAVES ET LES CHASSEURS A PIED.. 1

J. AUTRAN de l'Académie franç.
MILIANAH. Épisode des guer. d'Afrique.. 1

H. DE BALZAC
THÉÂTRE COMPLET..................... 2

ODYSSE BAROT
HISTOIRE DES IDÉES AU XIXᵉ SIÈCLE. —
ÉM. DE GIRARDIN, sa vie, ses idées, etc. 1

Mᵐᵉ DE BASSANVILLE
LES SECRETS D'UNE JEUNE FILLE....... 1

Mᵐᵉ DE BAWR
NOUVELLES.......................... 1
RAOUL ou l'Énéide.................. 1
ROBERTINE.......................... 1
LES SOIRÉES DES JEUNES PERSONNES.... 1

BEAUMARCHAIS
THÉÂTRE, avec Notice de L. de Loménie. 1

GUSTAVE DE BEAUMONT
L'IRLANDE SOCIALE, POLITIQUE ET RELIG.. 2

ROGER DE BEAUVOIR
AVENTURIÈRES ET COURTISANES......... 1
LE CABARET DES MORTS............... 1
LE CHEVALIER DE CHARNY............. 1
LE CHEVALIER DE SAINT-GEORGES...... 1
L'ÉCOLIER DE CLUNY................. 1
HISTOIRES CAVALIÈRES............... 1
LA LESCOMBAT....................... 1
MADEMOISELLE DE CHOISY............. 1
LE MOULIN D'HEILLY................. 1

ROGER DE BEAUVOIR (Suite) vol.

LES MYSTÈRES DE L'ILE SAINT-LOUIS..... 2
LES ŒUFS DE PÂQUES.................. 1
LE PAUVRE DIABLE................... 1
LES SOIRÉES DU LIDO................ 1
LES TROIS ROHAN.................... 1

Mᵐᵉ ROGER DE BEAUVOIR
CONFIDENCES DE Mˡˡᵉ MARS............ 1
SOUS LE MASQUE..................... 1

HENRI DÉCHADE
LA CHASSE EN ALGÉRIE............... 1

Mᵐᵉ BEECHER STOWE
LA CASE DE L'ONCLE TOM. (Trad. Pilatte). 2
SOUVENIRS HEUREUX. (Trad. Forcade).. 3

PRINCESSE DE BELGIOJOSO
ASIE MINEURE ET SYRIE.............. 1

GEORGES BELL
SCÈNES DE LA VIE DE CHÂTEAU........ 1

BENJAMIN CONSTANT
ADOLPHE, avec notice de Sainte-Beuve.. 1

A. DE BERNARD
LE PORTRAIT DE LA MARQUISE......... 1

CHARLES DE BERNARD
LES AILES D'ICARE.................. 1
UN BEAU-PÈRE....................... 2
L'ÉCUEIL........................... 1
LE GENTILHOMME CAMPAGNARD.......... 2
GERFAUT............................ 1
UN HOMME SÉRIEUX................... 1
LE NŒUD GORDIEN.................... 1
LE PARATONNERRE.................... 1
LE PARAVENT........................ 1
PEAU DU LION ET CHASSE AUX AMANTS... 1

BERNARDIN DE SAINT-PIERRE
PAUL ET VIRGINIE, précédé d'un essai par
Prévost-Paradol.................. 1

ÉLIE BERTHET
LA BASTIDE ROUGE................... 1
LE DERNIER IRLANDAIS............... 1
LA ROCHE TREMBLANTE................ 1

EUGÈNE BERTHOUD
SECRETS DE FEMME................... 1

CAROLINE BERTON
ROSETTE............................ 1

ALBERT BLANQUET
LA BELLE FÉRONNIÈRE................ 1
LA MAITRESSE DU ROI................ 1
***
HOMMES DU JOUR..................... 1
LES SALONS DE VIENNE ET DE BERLIN.... 1

CAMILLE BODIN
LA COUR D'ASSISES................. 1
LE DAMNÉ........................... 1
MÉMOIRES D'UN CONFESSEUR........... 1
LE MONSTRE......................... 1

CH. DE BOIGNE
LES PETITS MÉMOIRES DE L'OPÉRA..... 1

LOUIS BOUILHET
MÉLÆNIS, conte..................... 1

COMTESSE DASH (Suite)   vol.

LA CHAINE D'OR...................... 1
LA CHAMBRE BLEUE.................... 1
LE CHATEAU DE LA ROCHE-SANGLANTE.... 1
LES CHATEAUX EN AFRIQUE............. 1
LA DAME DU CHATEAU MURÉ............. 1
LA DERNIÈRE EXPIATION............... 2
LA DUCHESSE D'ÉPONNES............... 1
LA DUCHESSE DE LAUZUR............... 3
LA FEMME DE L'AVEUGLE............... 1
LES FOLIES DU CŒUR................. 1
LE FRUIT DÉFENDU................... 1
LES GALANTERIES DE LA COUR DE LOUIS XV. 4
— LA RÉGENCE..................... 1
— LA JEUNESSE DE LOUIS XV........ 1
— LES MAITRESSES DU ROI.......... 1
— LE PARC AUX CERFS.............. 1
LE JEU DE LA REINE................ 1
LA JOLIE BOHÉMIENNE............... 1
LES LIONS DE PARIS................ 1
MADAME DE LA SABLIÈRE............. 1
MADAME LOUISE DE FRANCE........... 1
MADEMOISELLE DE LA TOUR DU PIN..... 1
LA MAIN GAUCHE ET LA MAIN DROITE... 1
LA MARQUISE DE PARABÈRE........... 1
LA MARQUISE SANGLANTE............. 1
LE NEUF DE PIQUE.................. 1
LA POUDRE ET LA NEIGE............. 1
LA PRINCESSE DE CONTI............. 1
UN PROCÈS CRIMINEL................ 1
UNE RIVALE DE LA POMPADOUR........ 1
LE SALON DU DIABLE................ 1
LES SECRETS D'UNE SORCIÈRE........ 1
LA SORCIÈRE DU ROI................ 2
LES SOUPERS DE LA RÉGENCE......... 2
LES SUITES D'UNE FAUTE............ 1
TROIS AMOURS...................... 1

GÉNÉRAL DAUMAS

LE GRAND DÉSERT................... 1

E.-J. DELÉCLUZE

DONA OLIMPIA...................... 1
MADEMOISELLE JUSTINE DE LIRON..... 1
LA PREMIÈRE COMMUNION............. 1

ÉDOUARD DELESSERT

VOYAGE AUX VILLES MAUDITES........ 1

PAUL DELTUF

AVENTURES PARISIENNES............. 1

CHARLES DICKENS Trad. Am. Pichot

CONTES DE NOEL.................... 1
CONTES D'UN INCONNU............... 1
CONTES POUR LE JOUR DES ROIS...... 1
HISTORIETTES ET RÉCITS DU FOYER... 1
MAISON A LOUER.................... 1
LE NEVEU DE MA TANTE.............. 2

OCTAVE DIDIER

UNE FILLE DE ROI.................. 1
MADAME GEORGES.................... 1

MAXIME DU CAMP

LE SALON DE 1857.................. 1
LES SIX AVENTURES................. 1

ALEXANDRE DUMAS

ACTÉ.............................. 1
AMAURY............................ 1
ANGE PITOU........................ 2
ASCANIO........................... 2
UNE AVENTURE D'AMOUR.............. 1
AVENTURES DE JOHN DAVYS........... 2

ALEXANDRE DUMAS (Suite)   vol.

LES BALEINIERS.................... 2
LE BATARD DE MAULÉON.............. 3
BLACK............................. 1
LES BLANCS ET LES BLEUS........... 3
LA BOUILLIE DE LA COMTESSE BERTHE. 1
LA BOULE DE NEIGE................. 1
BRIC-A-BRAC....................... 2
UN CADET DE FAMILLE............... 3
LE CAPITAINE PAMPHILE............. 1
LE CAPITAINE PAUL................. 1
LE CAPITAINE RHINO................ 1
LE CAPITAINE RICHARD.............. 1
CATHERINE BLUM.................... 1
CAUSERIES......................... 2
CÉCILE............................ 1
CHARLES LE TÉMÉRAIRE.............. 2
LE CHASSEUR DE SAUVAGINE.......... 1
LE CHATEAU D'EPPSTEIN............. 2
LE CHEVALIER D'HARMENTAL.......... 2
LE CHEVALIER DE MAISON-ROUGE...... 2
LE COLLIER DE LA REINE............ 3
LA COLOMBE. Maître Adam le Calabrais. 1
LES COMPAGNONS DE JÉHU............ 3
LE COMTE DE MONTE-CRISTO.......... 6
LA COMTESSE DE CHARNY............. 5
LA COMTESSE DE SALISBURY.......... 2
LES CONFESSIONS DE LA MARQUISE.... 2
CONSCIENCE L'INNOCENT............. 1
CRÉATION ET RÉDEMPTION. — LE DOCTEUR
    MYSTÉRIEUX.................... 2
— LA FILLE DU MARQUIS........... 2
LA DAME DE MONSOREAU.............. 3
LA DAME DE VOLUPTÉ................ 3
LES DEUX DIANE.................... 3
LES DEUX REINES................... 2
DIEU DISPOSE...................... 2
LE DRAME DE 93.................... 3
LES DRAMES DE LA MER.............. 1
LES DRAMES GALANTS. LA MARQ. D'ESCOMAN 2
LA FEMME AU COLLIER DE VELOURS.... 1
FERNANDE.......................... 1
UNE FILLE DU RÉGENT............... 1
FILLES, LORETTES ET COURTISANES... 1
LE FILS DU FORÇAT................. 1
LES FRÈRES CORSES................. 1
GABRIEL LAMBERT................... 1
LES GARIBALDIENS.................. 1
GAULE ET FRANCE................... 1
GEORGES........................... 1
UN GIL BLAS EN CALIFORNIE......... 1
LES GRANDS HOMMES EN ROBE DE CHAM-
    BRE. — CÉSAR................. 2
— HENRI IV — LOUIS XIII ET RICHELIEU. 2
LA GUERRE DES FEMMES.............. 2
HISTOIRE D'UN CASSE-NOISETTE...... 1
L'HOMME AUX CONTES................ 1
LES HOMMES DE FER................. 1
L'HOROSCOPE....................... 1
L'ILE DE FEU...................... 2
IMPRESSIONS DE VOYAGE — EN SUISSE. 3
— EN RUSSIE..................... 4
— UNE ANNÉE A FLORENCE.......... 1
— L'ARABIE HEUREUSE............. 3
— LES BORDS DU RHIN............. 1
— LE CAPITAINE ARÉNA............ 1
— LE CAUCASE.................... 3
— LE CORRICOLO.................. 1
— LE MIDI DE LA FRANCE.......... 2

ALEXANDRE DUMAS (Suite)	vol.
IMPRESS. DE VOYAGE — DE PARIS A CADIX.	2
— QUINZE JOURS AU SINAÏ.	1
— LE SPERONARE.	2
— LE VÉLOCE.	2
— LA VILLA PALMIERI.	1
INGÉNUE.	2
ISABEL DE BAVIÈRE.	2
ITALIENS ET FLAMANDS.	1
IVANHOE de W. Scott (Traduction).	2
JACQUES ORTIS.	1
JACQUOT SANS OREILLES.	1
JANE.	1
JEHANNE LA PUCELLE.	1
LOUIS XIV ET SON SIÈCLE.	4
LOUIS XV ET SA COUR.	2
LOUIS XVI ET LA RÉVOLUTION.	3
LES LOUVES DE MACHECOUL.	2
MADAME DE CHAMBLAY.	1
LA MAISON DE GLACE.	2
LE MAITRE D'ARMES.	1
LES MARIAGES DU PÈRE OLIFUS.	1
LES MÉDICIS.	1
MES MÉMOIRES.	10
MÉMOIRES DE GARIBALDI.	2
MÉMOIRES D'UNE AVEUGLE.	2
MÉMOIRES D'UN MÉDECIN (BALSAMO).	5
LE MENEUR DE LOUPS.	1
LES MILLE ET UN FANTOMES.	1
LES MOHICANS DE PARIS.	4
LES MORTS VONT VITE.	2
NAPOLÉON.	1
UNE NUIT A FLORENCE.	1
OLYMPE DE CLÈVES.	3
LE PAGE DU DUC DE SAVOIE.	2
PARISIENS ET PROVINCIAUX.	2
LE PASTEUR D'ASHBOURN.	2
PAULINE ET PASCAL BRUNO.	1
UN PAYS INCONNU.	1
LE PÈRE GIGOGNE.	2
LE PÈRE LA RUINE.	1
LE PRINCE DES VOLEURS.	2
LA PRINCESSE DE MONACO.	2
LA PRINCESSE FLORA.	1
LES QUARANTE-CINQ.	3
LA RÉGENCE.	1
LA REINE MARGOT.	2
ROBIN HOOD LE PROSCRIT.	2
LA ROUTE DE VARENNES.	1
LE SALTÉADOR.	1
SALVATOR, suite des MOHICANS DE PARIS.	5
SOUVENIRS D'ANTONY.	1
LES STUARTS.	1
SULTANETTA.	1
SYLVANDIRE.	1
LA TERREUR PRUSSIENNE.	2
LE TESTAMENT DE M. CHAUVELIN.	1
THÉATRE COMPLET.	25
TROIS MAITRES.	1
LES TROIS MOUSQUETAIRES.	2
LE TROU DE L'ENFER.	2
LA TULIPE NOIRE.	1
LE VICOMTE DE BRAGELONNE.	6
LA VIE AU DÉSERT.	2
UNE VIE D'ARTISTE.	1
VINGT ANS APRÈS.	3

ALEXANDRE DUMAS FILS de l'Ac. fr.

ANTONINE.	1
AVENTURES DE QUATRE FEMMES.	4

ALEX. DUMAS FILS (Suite)	vol.
LA BOITE D'ARGENT.	1
LA DAME AUX CAMÉLIAS.	1
LA DAME AUX PERLES.	1
DIANE DE LYS.	1
LE DOCTEUR SERVANS.	1
LE RÉGENT MUSTEL.	1
LE ROMAN D'UNE FEMME.	2
SOPHIE PRINTEMS.	1
TRISTAN LE ROUX.	2
TROIS HOMMES FORTS.	2
LA VIE A VINGT ANS.	1

GABRIEL D'ENTRAGUES

HISTOIRES D'AMOUR ET D'ARGENT.	1

XAVIER EYMA

AVENTURIERS ET CORSAIRES.	1
LE ROI DES TROPIQUES.	1
LE TRONE D'ARGENT.	1

PAUL FÉVAL

ALIZIA PAULI.	1
LES COMPAGNONS DU SILENCE.	3
LES FANFARONS DU ROI.	1
LA MAISON DE PILATE.	1
LES NUITS DE PARIS.	1
LE ROI DES GUEUX.	2

PAUL FOUCHER

LA VIE DE PLAISIR.	1

ARNOULD FRÉMY

LES CONFESSIONS D'UN BOHÉMIEN.	1

GALOPPE D'ONQUAIRE

LE DIABLE BOITEUX A PARIS.	1
LE DIABLE BOITEUX AU CHATEAU.	1
LE DIABLE BOITEUX AU VILLAGE.	1

ANTOINE GANDON

LE GRAND GODARD.	1
L'ONCLE PHILIBERT.	1
LES 32 DUELS DE JEAN GIGON.	1

Cte AGÉNOR DE GASPARIN
(Édition populaire)

LE BONHEUR.	1
LES ÉCOLES DU DOUTE ET L'ÉCOLE DE LA FOI.	1
L'ENNEMI DE LA FAMILLE.	1
LA FAMILLE, ses devoirs, ses joies et ses douleurs.	2
INNOCENT III.	1
LA LIBERTÉ MORALE.	2
LUTHER ET LA RÉFORME AU XVIᵉ SIÈCLE.	1

SOPHIE GAY

ANATOLE.	1
LE COMTE DE GUICHE.	1
LA COMTESSE D'EGMONT.	1
LA DUCHESSE DE CHATEAUROUX.	2
ELLÉNORE.	1
LE FAUX FRÈRE.	1
LAURE D'ESTELL.	1
LÉONIE DE MONTBREUSE.	1
LES MALHEURS D'UN AMANT HEUREUX.	1
UN MARIAGE SOUS L'EMPIRE.	1
LE MARI CONFIDENT.	1
MARIE DE MANCINI.	1
MARIE-LOUISE D'ORLÉANS.	1
LE MOQUEUR AMOUREUX.	1
PHYSIOLOGIE DU RIDICULE.	1
SALONS CÉLÈBRES.	1
SOUVENIRS D'UNE VIEILLE FEMME.	1

JULES GÉRARD

LA CHASSE AU LION. *Dessins de G. Doré.*	1

GÉRARD DE NERVAL   vol.

LA BOHÈME GALANTE................... 1
LES FILLES DU FEU................... 1
LE MARQUIS DE FAYOLLE............... 1
SOUVENIRS D'ALLEMAGNE............... 1

F. GERSTAECKER Trad. Révoil

LES BRIGANDS DES PRAIRIES.......... 1
LES VOLEURS DE CHEVAUX............. 1
LES PIONNIERS DU FAR-WEST.......... 1
LE PEAU-ROUGE...................... 1
LA MAISON MYSTÉRIEUSE.............. 1
UNE CHARMANTE HABITATION !......... 1

ÉMILE DE GIRARDIN

ÉMILE.............................. 1

Mme ÉMILE DE GIRARDIN

LA CANNE DE M. DE BALZAC........... 1
CONTES D'UNE VIEILLE FILLE......... 1
LA CROIX DE BERNY (en société avec
   Th. Gautier, Méry et Jules Sandeau). 1
IL NE FAUT PAS JOUER AVEC LA DOULEUR. 1
LE LORGNON......................... 1
MARGUERITE......................... 1
M. LE MARQUIS DE PONTANGES........ 1
NOUVELLES.......................... 1
POÉSIES COMPLÈTES.................. 1
LE VICOMTE DE LAUNAY. Lettres pari-
   siennes. Édition complète........... 4

W. GODWIN Trad. Am. Pichot

CALEB WILLIAMS..................... 2

GŒTHE Trad. N. Fournier

HERMANN ET DOROTHÉE............... 1
WERTHER, avec notice d'Henri Heine... 1

OL. GOLDSMITH Trad. N. Fournier

LE VICAIRE DE WAKEFIELD, avec étude
   de lord Macaulay (trad. G. Guizot). 1

LÉON GOZLAN

LE BARIL DE POUDRE D'OR............ 1
LA COMÉDIE ET LES COMÉDIENS........ 1
LA FOLLE DU LOGIS.................. 1
LE NOTAIRE DE CHANTILLY............ 1

Mme MANOEL DE GRANDFORT

L'AMOUR AUX CHAMPS................. 1
L'AUTRE MONDE...................... 1

M. GUIZOT

LA FRANCE ET LA PRUSSE............. 1

LÉON HILAIRE

NOUVELLES FANTAISISTES............. 1

HILDEBRAND Trad. L. Wocquier

LA CHAMBRE OBSCURE................. 1
SCÈNES DE LA VIE HOLLANDAISE....... 1

ARSÈNE HOUSSAYE

L'AMOUR COMME IL EST............... 1
LES FEMMES COMME ELLES SONT........ 1
LES FEMMES DU DIABLE............... 1

CHARLES HUGO

LA CHAISE DE PAILLE................ 1

F. VICTOR HUGO Traducteur

LE FAUST ANGLAIS de Marlowe......... 1
SONNETS de Shakespeare............. 1

JULES JANIN de l'Acad. française

LE CHEMIN DE TRAVERSE.............. 1
UN CŒUR POUR DEUX AMOURS.......... 1
LA CONFESSION...................... 1

CHARLES JOBEY

L'AMOUR D'UN NÈGRE................. 1

PRINCE DE JOINVILLE   vol.

GUERRE D'AMÉRIQUE, CAMPAGNE DU PO-
   TOMAC............................. 1

PAUL JUILLERAT

LES DEUX BALCONS................... 1

ALPHONSE KARR

AGATHE ET CÉCILE.................. 1
LE CHEMIN LE PLUS COURT............ 1
CLOTILDE........................... 1
CLOVIS GOSSELIN.................... 1
CONTES ET NOUVELLES................ 1
ENCORE LES FEMMES.................. 6
LA FAMILLE ALAIN.................. 1
LES FEMMES........................ 1
FEU BRESSIER....................... 1
LES FLEURS......................... 1
GENEVIÈVE.......................... 1
LES GUÊPES......................... 1
UNE HEURE TROP TARD............... 1
HISTOIRE DE ROSE ET JEAN DUCHEMIN... 1
MORTENSE........................... 1
MENUS PROPOS....................... 1
MIDI A QUATORZE HEURES............. 1
LA PÊCHE EN EAU DOUCE ET EN EAU SALÉE. 1
LA PÉNÉLOPE NORMANDE............... 1
UNE POIGNÉE DE VÉRITÉS............. 1
PROMENADES HORS DE MON JARDIN...... 1
RAOUL.............................. 1
ROSES NOIRES ET ROSES BLEUES....... 1
LES SOIRÉES DE SAINTE-ADRESSE...... 1
SOUS LES ORANGERS.................. 1
SOUS LES TILLEULS.................. 1
TROIS CENTS PAGES.................. 1
VOYAGE AUTOUR DE MON JARDIN........ 1

KAUFFMANN

BRILLAT LE MENUISIER............... 1

HENRY DE KOCK

MADEMOISELLE MA FEMME.............. 1

LÉOPOLD KOMPERT Trad. L. Stauben

LES JUIFS DE LA BOHÈME............. 1
SCÈNES DU GHETTO................... 1

DE LACRETELLE

LA POSTE AUX CHEVAUX............... 1

Mme LAFARGE née Marie Cappelle

HEURES DE PRISON................... 1
MÉMOIRES........................... 1

CHARLES LAFONT

LES LÉGENDES DE LA CHARITÉ......... 1

G. DE LA LANDELLE

LES PASSAGÈRES..................... 1

STEPHEN DE LA MADELAINE

LE SECRET D'UNE RENOMMÉE........... 1

JULES DE LA MADELÈNE

LES ÂMES EN PEINE.................. 1
LE MARQUIS DES SAFFRAS............. 1

A. DE LAMARTINE

ANTAR.............................. 1
ANTONIELLA......................... 1
BALZAC ET SES ŒUVRES.............. 1
BENVENUTO CELLINI.................. 1
BOSSUET............................ 1
CHRISTOPHE COLOMB.................. 1
CICÉRON............................ 1
LE CONSEILLER DU PEUPLE............ 6
CROMWELL........................... 1

M. DE LAMARTINE (Suite) vol.
FÉNELON.................................. 1
LES FOYERS DU PEUPLE.............. 2
GENEVIÈVE. Histoire d'une servante.... 1
GUILLAUME TELL....................... 1
HÉLOISE ET ABÉLARD.................. 1
HOMÈRE ET SOCRATE.................. 1
JACQUARD — GUTENBERG............. 1
JEAN-JACQUES ROUSSEAU............. 1
JEANNE D'ARC........................... 1
Mme DE SÉVIGNÉ....................... 1
NELSON.................................. 1
RÉGINA.................................. 1
RUSTEM.................................. 1
TOUSSAINT LOUVERTURE.............. 1
VIE DU TASSE........................... 1

L'ABBÉ DE LAMENNAIS
LE LIVRE DU PEUPLE, avec une étude de
M. Ernest Renan........................ 1
PAROLES D'UN CROYANT, avec une étude
de Sainte-Beuve....................... 1

CHARLES DE LA ROUNAT
LA COMÉDIE DE L'AMOUR............. 1

H. DE LATOUCHE
ADRIENNE................................ 1
AYMAR................................... 1
CLÉMENT XIV ET CARLO BERTINAZZI..... 1
FRAGOLETTA............................. 1
FRANCE ET MARIE....................... 1
GRANGENEUVE.......................... 1
LÉO..................................... 1
UN MIRAGE.............................. 1
OLIVIER BRUSSON....................... 1
LE PETIT PIERRE....................... 1
LA VALLÉE AUX LOUPS................. 1

CHARLES LAVOLLÉE
LA CHINE CONTEMPORAINE.............. 1

CARLE LEDHUY
LE CAPITAINE D'AVENTURES............ 1
LE FILS MAUDIT........................ 1
LA NUIT TERRIBLE...................... 1

LOUIS LURINE
ICI L'ON AIME.......................... 1

CHARLES MAGNIN
HISTOIRE DES MARIONNETTES........... 1

FÉLICIEN MALLEFILLE
MARCEL................................. 1
MÉMOIRES DE DON JUAN................ 2
MONSIEUR CORBEAU..................... 1

COMTE DE MARCELLUS
CHANTS POPUL. DE LA GRÈCE MODERNE.. 1

MARIVAUX
THÉÂTRE. Av. notice de P. de St-Victor. 1

X. MARMIER de l'Acad. française
AU BORD DE LA NÉVA................... 1
EN CHEMIN DE FER...................... 1
LES DRAMES DU CŒUR.................. 1
HISTOIRES ALLEMANDES ET SCANDINAVES. 1

FÉLIX MAYNARD
UN DRAME DANS LES MERS BORÉALES... 1

CAPITAINE MAYNE-REID
Traduction Allyre Bureau
LES CHASSEURS DE CHEVELURES......... 1

MÉRY vol.
UN AMOUR DANS L'AVENIR.............. 1
ANDRÉ CHÉNIER......................... 1
L'ASSASSINAT — UNE NUIT DU MIDI..... 1
LE BONNET VERT........................ 1
UN CARNAVAL DE PARIS................. 1
LA CHASSE AU CHASTRE................. 1
LE CHÂTEAU DE LA FAVORITE........... 1
LE CHÂTEAU DES TROIS TOURS......... 1
LE CHÂTEAU VERT....................... 1
LA CIRCÉ DE PARIS..................... 1
LA COMTESSE HORTENSIA................ 1
UNE CONSPIRATION AU LOUVRE......... 1
LA COUR D'AMOUR...................... 1
UN CRIME INCONNU..................... 1
LES DAMNÉS DE L'INDE................. 1
DÉBORA................................. 1
LE DERNIER FANTÔME................... 1
LES DEUX AMAZONES.................... 1
UNE HISTOIRE DE FAMILLE............. 1
UN HOMME HEUREUX..................... 1
LA JUIVE AU VATICAN.................. 1
UN MARIAGE DE PARIS.................. 1
MARSEILLE ET LES MARSEILLAIS........ 1
MARTHE LA BLANCHISSEUSE — LA VÉNUS
D'ARLES.............................. 1
M. AUGUSTE............................ 1
LES MYSTÈRES D'UN CHÂTEAU.......... 1
LES NUITS ANGLAISES.................. 1
LES NUITS ITALIENNES................. 1
LE PARADIS TERRESTRE................. 1
SALONS ET SOUTERRAINS DE PARIS...... 1
TRAFALGAR............................. 1
LE TRANSPORTÉ......................... 1
URSULE................................. 1
LA VIE FANTASTIQUE................... 1

PAUL MEURICE
LES TYRANS DE VILLAGE................ 1

EUGÈNE DE MIRECOURT
ANDRÉ LE SORCIER...................... 1
UN ASSASSIN........................... 1
LA BOHÉMIENNE AMOUREUSE............. 2
CONFESSIONS DE MARION DELORME...... 3
CONFESSIONS DE NINON DE LENCLOS..... 3
LE FOU PAR AMOUR...................... 1
UN MARIAGE SOUS LA TERREUR......... 1
LE MARI DE MADAME ISAURE............ 1
MASANIELLO, LE PÊCHEUR DE NAPLES.... 1

PAUL DE MOLÈNES
AVENTURES DU TEMPS PASSÉ............ 1
CARACTÈRES ET RÉCITS DU TEMPS....... 1
CHRONIQUES CONTEMPORAINES........... 1
HISTOIRES INTIMES..................... 1
HISTOIRES SENTIMENTALES ET MILITAIRES. 1
MÉM. D'UN GENTILH. DU SIÈCLE DERNIER. 1

MOLIÈRE
ŒUVRES COMPLÈTES. — Nouvelle édition
publiée par Philarète Chasles........ 5

CHARLES MONSELET
LES FEMMES QUI FONT DES SCÈNES...... 1
LA FRANC-MAÇONNERIE DES FEMMES..... 1
LES MYST. DU BOULEV. DES INVALIDES.. 1

COMTE DE MONTALIVET
RIEN ! 18 années de gouvernement parlementaire. 3e édition............... 1

COMTE DE MOYNIER vol.

BOHÉMIENS ET GRANDS SEIGNEURS...... 1

HÉGÉSIPPE MOREAU

ŒUVRES, avec notice par *L. Ratisbonne*. 1

FÉLIX MORNAND

BRANERETTE.......................... 1

HENRY MURGER

LES BUVEURS D'EAU.................... 1
LE DERNIER RENDEZ-VOUS............... 1
MADAME OLYMPE....................... 1
LE PAYS LATIN........................ 1
PROPOS DE VILLE ET PROPOS DE THÉATRE. 1
LE ROMAN DE TOUTES LES FEMMES....... 1
LE SABOT ROUGE...................... 1
SCÈNES DE CAMPAGNE.................. 1
SCÈNES DE LA VIE DE BOHÈME.......... 1
SCÈNES DE LA VIE DE JEUNESSE........ 1
LES VACANCES DE CAMILLE............. 1

A. DE MUSSET, DE BALZAC, G. SAND

LES PARISIENNES A PARIS.............. 1

NADAR

LE MIROIR AUX ALOUETTES............. 1
QUAND J'ÉTAIS ÉTUDIANT.............. 1

HENRI NICOLLE

LE TUEUR DE MOUCHES................. 1

JULES NORIAC

MADEMOISELLE POUCET................. 1

ÉDOUARD OURLIAC

LES GARNACHES....................... 1

PAUL PERRET

LES BOURGEOIS DE CAMPAGNE........... 1
HISTOIRE D'UNE JOLIE FEMME.......... 1

LAURENT-PICHAT

LA PAÏENNE.......................... 1

AMÉDÉE PICHOT

LE CHEVAL-ROUGE..................... 1
UN DRAME EN HONGRIE................. 1
L'ÉCOLIER DE WALTER SCOTT........... 1
LA FEMME DU CONDAMNÉ................ 1
LES POÈTES AMOUREUX................. 1

EDGAR POE *Trad. Ch. Baudelaire*

AVENTURES D'ARTHUR GORDON PYM....... 1
EURÊKA.............................. 1
HISTOIRES EXTRAORDINAIRES........... 1
HISTOIRES GROTESQUES ET SÉRIEUSES.... 1
NOUVELLES HISTOIRES EXTRAORDINAIRES. 1

F. PONSARD

ÉTUDES ANTIQUES..................... 1

A. DE PONTMARTIN

CONTES D'UN PLANTEUR DE CHOUX...... 1
CONTES ET NOUVELLES................. 1
LA FIN DU PROCÈS.................... 1
MÉMOIRES D'UN NOTAIRE............... 1
OR ET CLINQUANT..................... 1
POURQUOI JE RESTE A LA CAMPAGNE..... 1

L'ABBÉ PRÉVOST

MANON LESCAUT, précédée d'une Étude
de *John Lemoinne*.................. 1

J. RACINE

THÉATRE COMPLET, précédé des cinq derniers mois de la vie de Racine, par
Sainte-Beuve...................... 2

RAOUSSET-BOULBON

UNE CONVERSION...................... 1

J.-F. REGNARD

THÉATRE, avec étude de J.-J. Weiss.... 1

DE RÉMUSAT ET DE MONTALIVET

CASIMIR PERIER et la polit. conservatrice. 1

ANNE RADCLIFFE *Tr. Fournier* vol.

LA FORÊT OU L'ABBAYE DE SAINT-CLAIR.. 1
L'ITALIEN OU LE CONFESSIONNAL DES
PÉNITENTS NOIRS..................... 1
JULIA OU LES SOUTERRAINS DU CHA-
TEAU DE MAZZINI.................... 1
LES MYSTÈRES DU CHATEAU D'UDOLPHE... 2
LES VISIONS DU CHATEAU DES PYRÉNÉES.. 1

ERNEST RENAN *de l'Institut*

JÉSUS.............................. 1

B.-H. RÉVOIL *Traducteur*

LE DOCTEUR AMÉRICAIN................ 1
LES HAREMS DU NOUVEAU MONDE........ 1

LOUIS REYBAUD

CE QU'ON PEUT VOIR DANS UNE RUE.... 1
CÉSAR FALEMPIN...................... 1
LA COMTESSE DE MAULÉON............. 1
LE COQ DU CLOCHER.................. 1
LE DERNIER DES COMMIS VOYAGEURS..... 1
ÉDOUARD MONGÉRON................... 1
L'INDUSTRIE EN EUROPE.............. 1
JÉRÔME PATUROT à la recherche de la
meilleure des Républiques........... 1
JÉRÔME PATUROT à la recherche d'une
position sociale.................... 1
MARIE BRONTIN...................... 1
MATHIAS L'HUMORISTE................ 1
MŒURS ET PORTRAITS DU TEMPS........ 1
PIERRE MOUTON...................... 1
SPLENDEURS ET INFORTUNES DE NARCISSE
MISTIORIS.......................... 1
LA VIE A REBOURS................... 1
LA VIE DE CORSAIRE................. 1

W. REYNOLDS

LES DRAMES DE LONDRES :
— LES FRÈRES DE LA RÉSURRECTION... 1
— LA TAVERNE DU DIABLE........... 1
— LES MYSTÈRES DU CABINET NOIR... 1
— LES MALHEURS D'UNE JEUNE FILLE. 1
— LE SECRET DU RESSUSCITÉ........ 1
— LE FILS DU BOURREAU........... 1
— LES PIRATES DE LA TAMISE...... 1
— LES DEUX MISÉRABLES........... 1
— LES RUINES DU CHATEAU DE RA-
VENSWORTH......................... 1
— LE NOUVEAU MONTE-CRISTO........ 1

CLÉMENCE ROBERT

LES AMANTS DU PÈRE LACHAISE........ 1
L'AMOUREUX DE LA REINE............. 1
L'ANGE DU PEUPLE.................. 1
LES ANGES DE PARIS................ 1
L'AVOCAT DU PEUPLE................ 1
LE BARON DE TRENCK................ 1
LA BELLE VALENTINE................ 1
LA CHAMBRE CRIMINELLE............. 1
LA COMTESSE THÉRÉSA............... 1
LA FAMILLE CALAS.................. 1
LA FONTAINE MAUDITE............... 1
LES FRANCS-JUGES.................. 1
LA JACQUERIE...................... 1
JEANNE LA FOLLE................... 1
JEANNE DE MONTFORT................ 1
LES JUMEAUX DE LA RÉOLE........... 1
LE MAGICIEN DE LA BARRIÈRE D'ENFER. 1
MANDRIN........................... 1
LE MARTYR DES PRISONS............. 1
LES MENDIANTS DE LA MORT.......... 1

CLÉMENCE ROBERT (Suite)   vol.

LES MENDIANTS DE PARIS............... 1
MICHELY............................... 1
LA MISÈRE DORÉE....................... 1
LE MOINE NOIR......................... 1
LE MONT SAINT-MICHEL.................. 1
LE PASTEUR DU PEUPLE.................. 1
LE PAVILLON DE LA REINE............... 1
LA PLUIE D'OR......................... 1
LES QUATRE SERGENTS DE LA ROCHELLE... 1
RENÉ L'OUVRIER........................ 1
LE SECRET DE MAITRE ANDRÉ............. 1
UN SERF RUSSE......................... 1
LA TOUR SAINT-JACQUES................. 1
LE TRIBUNAL SECRET.................... 1
WOLF LE LOUP.......................... 1

REGINA ROCHE Trad. N. Fournier

LA CHAPELLE DU VIEUX CHATEAU.......... 1

AMÉDÉE ROLLAND

LES MARTYRS DU FOYER.................. 1

JEAN ROUSSEAU

PARIS DANSANT......................... 1

JULES DE SAINT-FÉLIX

LE GANT DE DIANE...................... 1
MADEMOISELLE ROSALINDE................ 1
SCÈNES DE LA VIE DE GENTILHOMME....... 1

GEORGE SAND

ADRIANI............................... 1
LES AMOURS DE L'AGE D'OR.............. 1
LES BEAUX MESSIEURS DE BOIS-DORÉ..... 2
LE CHATEAU DES DÉSERTES............... 1
LE COMPAGNON DU TOUR DE FRANCE....... 2
LA COMTESSE DE RUDOLSTADT............ 2
CONSUELO.............................. 3
LES DAMES VERTES...................... 1
LA DANIELLA........................... 2
LE DIABLE AUX CHAMPS.................. 1
LA FILLEULE........................... 1
FLAVIE................................ 1
HISTOIRE DE MA VIE.................... 10
L'HOMME DE NEIGE...................... 3
HORACE................................ 1
ISIDORA............................... 1
JEANNE................................ 1
LÉLIA — Métella—Melchior—Cora..... 2
LUCREZIA FLORIANI — Lavinia........ 1
LE MEUNIER D'ANGIBAULT................ 1
NARCISSE.............................. 1
PAULINE............................... 1
LE PÉCHÉ DE M. ANTOINE................ 1
LE PICCININO.......................... 2
PROMENADES AUTOUR D'UN VILLAGE..... 1
LE SECRÉTAIRE INTIME.................. 1
SIMON................................. 1
TEVERINO — Léone Léoni.............. 1

JULES SANDEAU de l'Acad. franç.

CATHERINE............................. 1
LE JOUR SANS LENDEMAIN................ 1
MADEMOISELLE DE KÉROUARE.............. 1
SACS ET PARCHEMINS.................... 1

VICTORIEN SARDOU

LA PERLE NOIRE........................ 1

EUGÈNE SCRIBE

THÉATRE............................... 8
— COMÉDIES-VAUDEVILLES.............. 7
— OPÉRAS............................ 1

FRÉDÉRIC SOULIÉ

AU JOUR LE JOUR....................... 1
LES AVENTURES DE SATURNIN FICHET.... 2

FRÉDÉRIC SOULIÉ (Suite)   vol.

LE BANANIER — EULALIE PONTOIS...... 1
LE CHATEAU DES PYRÉNÉES............. 2
LE COMTE DE FOIX...................... 1
LE COMTE DE TOULOUSE.................. 1
LA COMTESSE DE MONRION................ 1
CONFESSION GÉNÉRALE................... 2
LE CONSEILLER D'ÉTAT.................. 1
CONTES ET RÉCITS DE MA GRAND'MÈRE... 1
CONTES POUR LES ENFANTS............... 1
LES DEUX CADAVRES..................... 1
LES DRAMES INCONNUS................... 5
VENCE................................. 1
ÉTUDES DE LA VIE SOCIALE.............. 1
— AVENTURES D'UN CADET DE FAMILLE. 1
— LES AMOURS DE VICTOR BONSENNE.... 1
— OLIVIER DUHAMEL................... 2
UN ÉTÉ A MEUDON....................... 1
LES FORGERONS......................... 1
HUIT JOURS AU CHATEAU................. 1
LE LION AMOUREUX...................... 1
LA LIONNE............................. 1
LE MAGNÉTISEUR........................ 1
LE MAÎTRE D'ÉCOLE. — DIANE ET LOUISE.. 1
UN MALHEUR COMPLET.................... 1
MARGUERITE............................ 1
LES MÉMOIRES DU DIABLE................ 3
LE PORT DE CRÉTEIL.................... 1
LES PRÉTENDUS......................... 1
LES QUATRE ÉPOQUES.................... 1
LES QUATRE NAPOLITAINES............... 2
LES QUATRE SŒURS...................... 1
UN RÊVE D'AMOUR — LA CHAMBRIÈRE..... 1
SATHANIEL............................. 1
SI JEUNESSE SAVAIT, SI VIEILLESSE POU-
VAIT!................................. 2
LE VICOMTE DE DÉZIERS................. 1

ÉMILE SOUVESTRE

LES ANGES DU FOYER.................... 1
AU BORD DU LAC........................ 1
VU BOUT DU MONDE...................... 1
AU COIN DU FEU........................ 1
CAUSERIES HISTORIQUES ET LITTÉRAIRES. 3
CHRONIQUES DE LA MER.................. 1
LES CLAIRIÈRES........................ 1
CONFESSIONS D'UN OUVRIER.............. 1
CONTES ET NOUVELLES................... 1
DANS LA PRAIRIE....................... 1
LES DERNIERS BRETONS.................. 2
LES DERNIERS PAYSANS.................. 1
DEUX MISÈRES.......................... 1
LES DRAMES PARISIENS.................. 1
L'ÉCHELLE DE FEMMES................... 1
EN BRETAGNE........................... 1
EN FAMILLE............................ 1
EN QUARANTAINE........................ 1
LE FOYER BRETON....................... 2
LA GOUTTE D'EAU....................... 1
HISTOIRES D'AUTREFOIS................. 1
L'HOMME ET L'ARGENT................... 1
LOIN DU PAYS.......................... 1
LA LUNE DE MIEL....................... 1
LA MAISON ROUGE....................... 1
LE MARI DE LA VEUVIÈRE................ 1
LE MAT DE COCAGNE..................... 1
LE MÉMORIAL DE FAMILLE................ 1
LE MENDIANT DE SAINT-ROCH............. 1
LE MONDE TEL QU'IL SERA............... 1
LE PASTEUR D'HOMMES................... 1

ÉMILE SOUVESTRE (Suite) vol.

LES PÉCHÉS DE JEUNESSE................ 1
PENDANT LA MOISSON................... 1
UN PHILOSOPHE SOUS LES TOITS......... 1
PIERRE ET JEAN........................ 2
PROMENADES MATINALES................. 1
RÉCITS ET SOUVENIRS.................. 1
LES RÉPROUVÉS ET LES ÉLUS............ 1
RICHE ET PAUVRE...................... 1
LE ROI DU MONDE...................... 2
SCÈNES DE LA CHOUANNERIE............. 1
SCÈNES DE LA VIE INTIME.............. 1
SCÈNES ET RÉCITS DES ALPES........... 1
LES SOIRÉES DE MEUDON................ 1
SOUS LA TONNELLE..................... 1
SOUS LES FILETS...................... 1
SOUS LES OMBRAGES.................... 1
SOUVENIRS D'UN BAS-BRETON............ 2
SOUV. D'UN VIEILLARD. La dernière étape. 1
SUR LA PELOUSE....................... 1
THÉÂTRE DE LA JEUNESSE............... 1
TROIS FEMMES......................... 1
TROIS MOIS DE VACANCES............... 1
LA VALISE NOIRE...................... 1

MARIE SOUVESTRE

PAUL FERROLL, traduit de l'anglais.... 1

DANIEL STAUBEN

SCÈNES DE LA VIE JUIVE EN ALSACE..... 1

DE STENDHAL

DE L'AMOUR........................... 1
LA CHARTREUSE DE PARME............... 1
CHRONIQUES ET NOUVELLES.............. 1
PROMENADES DANS ROME................. 2
LE ROUGE ET LE NOIR.................. 2

DANIEL STERN

NÉLIDA............................... 1

STERNE Trad. N. Fournier

VOYAGE SENTIMENTAL, avec Notice de
   Walter Scott...................... 1

EUGÈNE SUE

LE DIABLE MÉDECIN.................... 8
— ADÈLE VERNEUIL................... 1
— CLÉMENCE HERVÉ................... 1
— LA GRANDE DAME.................. 1
LES FILS DE FAMILLE.................. 3
GILBERT ET GILBERTE.................. 3
LES SECRETS DE L'OREILLER............ 3
LES SEPT PÉCHÉS CAPITAUX............. 6
— L'ORGUEIL...................... 2
— L'ENVIE — LA COLÈRE........... 2
— LA LUXURE — LA PARESSE........ 1
— L'AVARICE — LA GOURMANDISE.... 1

Mme SURVILLE, née de Balzac

BALZAC, SA VIE ET SES ŒUVRES........ 1

E. TEXIER

AMOUR ET FINANCE.................... 1

W. THACKERAY Trad. W. Hughes

LES MÉMOIRES D'UN VALET DE PIED...... 1

OSCAR DE VALLÉE vol.

LES MANIEURS D'ARGENT............... 1

VALOIS DE FORVILLE

LE COMTE DE SAINT-POL............... 1
LE CONSCRIT DE L'AN VIII............ 1
LE MARQUIS DE PAZAVAL.............. 1

MAX. VALREY

MARTHE DE MONTBRUN................. 1

V. VERNEUIL

MES AVENTURES AU SÉNÉGAL........... 1

PIERRE VÉRON

L'ÂGE DE FER-BLANC.................. 1
AVEZ-VOUS BESOIN D'ARGENT.......... 1
LA BOUTIQUE A TREIZE............... 1
LA COMÉDIE EN PLEIN VENT........... 1
LA COMÉDIE EN VOYAGE.............. 1
LA FAMILLE HASARD................. 1
LA FOIRE AUX GROTESQUES........... 1
LA GRRANDE FAMILLE HASARD......... 1
MYTHOLOGIE PARISIENNE............. 1
MAISON AMOUR ET Cie............... 1
LES MARCHANDS DE SANTÉ............ 1
LES MARIONNETTES DE PARIS......... 1
M. ET Mme TOUT LE MONDE........... 1
PARIS COMIQUE SOUS LE 2e EMPIRE... 1
PARIS S'AMUSE..................... 1
LE PAVÉ DE PARIS.................. 1
LES PANTINS DU BOULEVARD.......... 1
M. PERSONNE...................... 1
LES PRÉNOMÈNES VIVANTS............ 1
LE ROMAN DE LA FEMME A BARBE...... 1
LES SOUFFRE-PLAISIRS.............. 1

ALFRED DE VIGNY

LAURETTE OU LE CACHET ROUGE........ 1
LA VEILLÉE DE VINCENNES........... 1
VIE ET MORT DU CAPITAINE RENAUD.... 1

CHARLES VINCENT et DAVID

LE TUEUR DE BRIGANDS.............. 1

L. VITET

LES ÉTATS D'ORLÉANS............... 1

VOLTAIRE

THÉÂTRE, avec notice Sainte-Beuve.... 1

JULES DE WAILLY FILS

SCÈNES DE LA VIE DE FAMILLE......... 1

FRANCIS WEY

LONDRES IL Y A CENT ANS........... 1

E. YEMENIZ

LA GRÈCE MODERNE................. 1

COLLECTION FORMAT IN-32

1 FRANC LE VOLUME

Jolis volumes papier vélin

ÉMILE AUGIER de l'Acad. franç.   vol.
LES PARIÉTAIRES. Poésies.............   1

DUC D'AUMALE de l'Acad. franç.
LES ZOUAVES ET LES CHASSEURS A PIEDS..   1

THÉODORE DE BANVILLE
LES PAUVRES SALTIMBANQUES...........   1

GEORGES BELL
LE MIROIR DE CAGLIOSTRO.............   1

A. DE BELLOY
PHYSIONOMIES CONTEMPORAINES........   1
PORTRAITS ET SOUVENIRS..............   1

ALFRED BOUGEARD
LES MORALISTES OUBLIÉS..............   1

ALFRED DE BRÉHAT
LE CHATEAU DE KERMARIA.............   1
SÉRAPHINE DARISPE..................   1

ALFRED BUSQUET
LA NUIT DE NOEL...................   1

CHAMPFLEURY
MONSIEUR DE BOISDHYVER.............   3

PAUL DÉROULÈDE
CHANTS DU SOLDAT..................   1
NOUVEAUX CHANTS DU SOLDAT.........   1

ÉMILE DESCHANEL
LE BIEN et LE MAL qu'on a dit des en-
fants..........................   1
HISTOIRE DE LA CONVERSATION........   1
LE MAL QU'ON A DIT DE L'AMOUR......   1

XAVIER EYMA
EXCENTRICITÉS AMÉRICAINES..........   1

OL. GOLDSMITH Trad. A. Esquiros
VOYAGE D'UN CHINOIS EN ANGLETERRE...   1

LÉON GOZLAN
UNE SOIRÉE DANS L'AUTRE MONDE......   1

COMTE F. DE GRAMMONT
COMMENT ON VIENT et COMMENT ON S'EN VA.   1

CHARLES JOLIET
L'ESPRIT DE DIDEROT...............   1

LOUIS JOURDAN
LES PRIÈRES DE LUDOVIC.............   1

E. DE LA BÉDOLLIÈRE
HISTOIRE DE LA MODE EN FRANCE.......   1

A. DE LAMARTINE
LES VISIONS.......................   1

SAVINIEN LAPOINTE   vol.
MES CHANSONS....................   1

LARCHER et JULIEN
CE QU'ON a dit de la FIDÉLITÉ et de
L'INFIDÉLITÉ.   1

ALBERT DE LASALLE
HISTOIRE DES BOUFFES PARISIENS.......   1

ALFRED DE LÉRIS
LES VIEUX AMIS...................   1
TROIS NOUVELLES EN UN ACTE.........   1

ALBERT LHERMITE
UN SCEPTIQUE S'IL VOUS PLAIT........   1

Mme MANNOURY-LACOUR
ASPHODÈLES.....................   1
SOLITUDES......................   1

MÉRY
ANGLAIS ET CHINOIS...............   1
HISTOIRE D'UNE COLLINE............   1

MICHELET
POLOGNE ET RUSSIE...............   1

HENRY MURGER
PROPOS DE VILLE ET PROPOS DE THÉATRE..   1

EUGÈNE NOEL
RABELAIS   1
LA VIE DES FLEURS ET DES FRUITS......   1

F. PONSARD
HOMBRE. Poème...................   1

JULES SANDEAU de l'Acad. franç.
OLIVIER........................   1

***
PARIS CHEZ MUSARD................   1

P. J. STAHL
LES BIJOUX PARLANTS..............   1
L'ESPRIT DE VOLTAIRE.............   1
DE L'AMOUR ET DE LA JALOUSIE........   1

LOUIS ULBACH
L'HOMME AUX CINQ LOUIS D'OR........   2

DOCTEUR YVAN
CANTON, UN COIN DU CÉLESTE EMPIRE. ..   1

BROCHURES DIVERSES

E. AUBRY-VITET f. c.
LA VRAIE RÉFORME ÉLECTORALE..... 1 »

ÉMILE AUGIER
DISCOURS DE RÉCEPTION A L'ACADÉMIE
FRANÇAISE...................... 1 »

DUC D'AUMALE
LA QUESTION ALGÉRIENNE à propos de
la lettre adressée par l'empereur au
maréchal de Mac-Mahon.......... 1 »

LOUIS BLANC
LA RÉVOLUTION DE FÉVRIER AU LUXEM-
BOURG......................... 1 »

BLANQUI & ÉMILE DE GIRARDIN
DE LA LIBERTÉ DU COMMERCE ET DE LA
PROTECTION DE L'INDUSTRIE........ 2 »

H. BLAZE DE BURY
M. LE COMTE DE CHAMBORD— UN MOIS
A VENISE....................... 1 »

BONNAL
ABOLITION DU PROLÉTARIAT.......... 1 »
LA FORCE ET L'IDÉE............... 1 »

G. BOULLAY
RÉORGANISATION ADMINISTRATIVE..... 1 »

CHAMPFLEURY
RICHARD WAGNER.................. » 50

GUSTAVE CHAUDEY
DE L'ÉTABLISSEMENT DE LA RÉPUBLIQUE. 1 »

RENÉ CLÉMENT
ÉTUDE SUR LE THÉATRE ANTIQUE...... 1 »

ATHANASE COQUEREL FILS
LE BON SAMARITAIN, sermon........ » 50
LE CATHOLICISME ET LE PROTESTAN-
TISME considérés dans leur origine
et leur développement............. 1 »
LES CHOSES ANCIENNES ET LES CHOSES
NOUVELLES..................... » 50
L'ÉGOISME DEVANT LA CROIX, sermon
sur Luc........................ » 50
PROFESSION DE FOI CHRÉTIENNE...... » 50
LA SCIENCE ET LA RELIGION, sermon » 50
SERMON D'ADIEU prêché dans l'église
de l'Oratoire................... » 50

L. COUTURE
DU BONAPARTISME DANS L'HISTOIRE DE
FRANCE........................ 1 »
DU GOUVERNEMENT HÉRÉDITAIRE EN
FRANCE........................ 1 50

CUVILLIER-FLEURY
LA RÉFORME UNIVERSITAIRE.......... 1 »

UN CURÉ
A NOTRE SAINT-PÈRE LE PAPE........ 1 »

ÉDOUARD DELPRAT
L'ADMINISTRATION DE LA PRESSE..... 1 c.

CHARLES DIDIER
QUESTION SICILIENNE.............. 1 »
UNE VISITE AU DUC DE BORDEAUX..... 1 »

ERNEST DESJARDINS
NOTICE SUR LE MUSÉE NAPOLÉON III et
promenade dans les galeries....... » 50

DUFAURE
LE DROIT AU TRAVAIL.............. » 50

ALEXANDRE DUMAS f. c.
RÉVÉLATIONS SUR L'ARRESTATION D'É-
MILE THOMAS................... » 50

ALEXANDRE DUMAS FILS
UNE LETTRE SUR LES CHOSES DU JOUR. 1 »
UNE NOUVELLE LETTRE SUR LES CHOSES
DU JOUR....................... 1 »
NOUVELLE LETTRE DE JUNIUS A SON
AMI A.-D, révélations sur les prin-
cipaux personnages de la guerre
actuelle....................... 2 »

ADRIEN DUMONT
LES PRINCIPES DE 1789............ 1 »

CHARLES EMMANUEL
LES DÉVIATIONS DU PENDULE ER LE
MOUVEMENT DE LA TERRE.......... 1 »

LÉON FAUCHER
LE CRÉDIT FONCIER............... » 50

GUSTAVE FLAUBERT
LETTRE A LA MUNICIPALITÉ DE ROUEN
au sujet d'un vote concernant Louis
Bouilhet...................... » 50

OCTAVE FEUILLET
DISCOURS DE RÉCEPTION A L'ACADÉMIE
FRANÇAISE..................... 1 »

MARQUIS DE GABRIAC
DE L'ORIGINE DE LA GUERRE D'ITALIE. 1 »

G. GANESCO
DIPLOMATIE ET NATIONALITÉ........ 2 »

COMTE A. DE GASPARIN
LA DÉCLARATION DE GUERRE......... » 50
LES RÉCLAMATIONS DES FEMMES...... 1 »

A. GERMAIN
MARTYROLOGE DE LA PRESSE........ 2 50

ÉMILE DE GIRARDIN
L'ABOLITION DE L'AUTORITÉ......... 1 »
ABOLITION DE L'ESCLAVAGE MILITAIRE.. 1 »
AVANT LA CONSTITUTION........... » 50
LA CONSTITUANTE ET LA LÉGISLATVE.. 1 »
LE DROIT DE TOUT DIRE........... 1 »
L'ÉQUILIBRE FINANCIER PAR L. RÉ-
FORME ADMINISTRATIVE........... 1 »
L'EXPROPRIATION ABOLIE PAR LA DETTE
FONCIÈRE CONSOLIDÉE............ 2 »
LE GOUVERNEMENT LE PLUS SIMPLE.... 1 »
JOURNAL D'UN JOURNALISTE AU SECRET. 1 »
LA NOTE DU 14 DÉCEMBRE.......... 1 »
L'ORNIÈRE DES RÉVOLUTIONS........ 1 »
LA PAIX....................... 1 »
RESPECT DE LA CONSTITUTION....... 1 c.
UNITÉ DE COLLÈGE............... 1 »
LE SOCIALISME ET L'IMPOT......... 1 »
SOLUTION DE LA QUESTION D'ORIENT... » 50

GLADSTONE
DEUX LETTRES au lord Aberdeen sur
les poursuites politiques exercées
par le gouvernement napolitain.... 1 »

JULES GOUACHE
LES VIOLONS DE M. MARRAST........ » 50

EUGÈNE GRANGÉ
LES VERSAILLAISES, chansons........ 1 »

ALEXANDRE GUÉRIN
LES RELIGIEUSES................. 1 »

COMTE D'HAUSSONVILLE   f. c.
CONSULTATION DE MM. LES BATONNIERS
  DE L'ORDRE DES AVOCATS.............. 1 »
LETTRE AUX BATONNIERS DE L'ORDRE
  DES AVOCATS.................... 1 »
LETTRE AU SÉNAT................... 1 »
M. DE CAVOUR ET LA CRISE ITALIENNE. 1 »

LÉON HEUZET
CATALOGUE DE LA MISSION DE MACÉ-
  DOINE ET DE THESSALIE............ » 50

VICTOR HUGO & CRÉMIEUX
DISCOURS SUR LA PEINE DE MORT (Procès de l'Événement)............... » 1

VICTOR HUGO
LA LIBÉRATION DU TERRITOIRE........ » 50
MES FILS....................... 1 »
POUR UN SOLDAT.................. » 30

LOUIS JOURDAN
LA GUERRE A L'ANGLAIS............. 1 »

LAMARTINE
DU DROIT AU TRAVAIL.............. » 50
LETTRE AUX DIX DÉPARTEMENTS....... » 50
LA PRÉSIDENCE................... » 50
DU PROJET DE CONSTITUTION......... » 50
UNE SEULE CHAMBRE.............. » 50

H. DE LA POMMERAYE
HISTOIRE DU DÉBUT D'ALEXANDRE DU-
  MAS FILS AU THÉATRE............ » 50

LÉONCE DE LAVERGNE
LA CONSTITUTION DE 1852 ET LE DÉ-
  CRET DU 24 NOVEMBRE........... 1 »

LEMERCIER DE NEUVILLE
LES FIGURES DU TEMPS. Notices bio-
  graphiques — ROBERT HOUDIN..... 1 »
  — Mme PRIPA................... 1 »

ÉDOUARD LEMOINE
ABDICATION DU ROI LOUIS-PHILIPPE... » 50

JOHN LEMOINNE
AFFAIRES DE ROME................ 1 »

A. LEYMARIE
HISTOIRE D'UNE DEMANDE EN AUTORI-
  SATION DE JOURNAL. — Simple ques-
  tion de propriété................. 2 »

AUGUSTE LUCHET
LA SCIENCE DU VIN............... 2 50

STEPHEN DE LA MABELAINE
CHANT. Étude pratique de style....... 2 »

MARTIN PASCHOUD
LIBERTÉ, VÉRITÉ, CHARITÉ.......... 1 »

ÉTIENNE MAURICE
DÉCENTRALISATION ET DÉCENTRALISA-
  TEURS....................... 1 »

COMTE DE MONTALIVET
CONFISCATION DES BIENS DE LA FA-
  MILLE D'ORLÉANS. — Souvenirs his-
  toriques...................... » 50
OBSERVATIONS SUR LE PROJET DE LOI
  RELATIF AUX CONSEILS GÉNÉRAUX.. 1 »
LE ROI LOUIS-PHILIPPE ET SA LISTE CI-
  VILE........................ » 50

P. MORIN
COMM. L'ESPRIT VIENT AUX TABLES... 1 50

BARON DE NERVO
L'ADMINISTRATION DES FINANCES SOUS
  LA RESTAURATION............... 2 »
LES FINANCES DE LA FRANCE SOUS LE
  RÈGNE DE NAPOLÉON III.......... 1 »

D. NISARD   f. c.
LES CLASSES MOYENNES EN ANGLETERRE
  ET LA BOURGEOISIE EN FRANCE..... 1 »
DISCOURS PRONONCÉ A L'ACADÉMIE FRAN-
  ÇAISE, en réponse au discours de ré-
  ception de F. Ponsard............. 1 »

UN PAYSAN CHAMPENOIS
A TIMON sur son projet de Constitution. » 50

CASIMIR PERIER
LE BUDGET DE 1863............... 1 »
LA RÉFORME FINANCIÈRE DE 1852.... 1 »

GEORGES PERROT
CATALOGUE DE LA MISSION D'ASIE
  MINEURE..................... » 50

ANSELME PETETIN
DE L'ANNEXION DE LA SAVOIE. 2e éd... 1 »

H. PLANAVERGNE
NOUVEAU SYSTÈME DE NAVIGATION,
  fondé sur le principe de l'émergence
  des corps roulant sur l'eau......... 1 50

A. PONROY
LE MARÉCHAL BUGEAUD............ 1 »

F. PONSARD
DISCOURS DE RÉCEPTION A L'ACADÉMIE
  FRANÇAISE.................... 1 »

PRÉVOST-PARADOL
LES ÉLECTIONS DE 1863............ 1 »
DU GOUVERNEMENT PARLEMENTAIRE ET
  DU DÉCRET DU 24 NOVEMBRE...... 1 »
DE LA LIBERTÉ DES CULTES EN FRANCE. 1 »
DEUX LETTRES SUR LA RÉFORME DU CODE
  PÉNAL...................... 1 »
QUELQUES RÉFLEXIONS SUR NOTRE SI-
  TUATION INTÉRIEURE............. » 50

ESPRIT PRIVAT
LE DOIGT DE DIEU............... 1 »

ERNEST RENAN
CATALOGUE DES OBJETS PROVENANT DE
  LA MISSION DE PHÉNICIE......... » 50
LA MONARCHIE CONSTITUTIONNELLE EN
  FRANCE..................... 1 »
LA PART DE LA FAMILLE ET DE L'ÉTAT
  DANS L'ÉDUCATION.............. » 10

SAINTE-BEUVE
A PROPOS DES BIBLIOTHÈQ. POPULAIRE » 50
DE LA LIBERTÉ DE L'ENSEIGNEMENT SU-
  PÉRIEUR..................... » 50
DE LA LOI SUR LA PRESSE.......... » 50

SAINT-MARC GIRARDIN
DU DÉCRET DU 24 NOVEMBRE ou De la
  réforme de la Constitution de 1852.. 1 »

GEORGE SAND
LA GUERRE..................... 1 »

G. SAND ET V. BORIE
TRAVAILLEURS ET PROPRIÉTAIRES.... 1 »

ED. DE SONNIER
LES DROITS POLITIQUES DANS LES
  ÉLECTIONS. — Manuel de l'Électeur
  et du Candidat................. 1 »

* * *
LA LIBERTÉ RELIGIEUSE ET LA LÉGIS-
  LATION ACTUELLE............... 1 »

THIERS
DU CRÉDIT FONCIER............... » 50
LE DROIT AU TRAVAIL............. » 50

WARNER
SCHAMYL....................... 3 » »

www.ingramcontent.com/pod-product-compliance
Lightning Source LLC
Chambersburg PA
CBHW050148030726
47505CB00005B/1285